ROSIE ADAMS

Kleiner Hund und große Liebe

ROMAN

lübbe

Dieser Titel ist auch als E-Book erschienen

FSC
www.fsc.org
MIX
Papier aus verantwortungsvollen Quellen
FSC® C014496

Originalausgabe

Lektorat: Daniela Jarzynka
Umschlaggestaltung: Christin Wilhelm, www.grafic4u.de
unter Verwendung von Motiven von © shutterstock: Julia Remezova | StevanZZ | ian woolcock | sumroeng chinnapan | New Africa
Satz: Dörlemann Satz, Lemförde
Gesetzt aus der Minion
Druck und Verarbeitung: GGP Media GmbH, Pößneck
Printed in Germany
ISBN 978-3-404-18440-8

2 4 5 3 1

Sie finden uns im Internet unter luebbe.de
Bitte beachten Sie auch: lesejury.de

Zur Erinnerung an meinen Colin

Und für meine kleine Mariele,
die mich beim Schreiben stets begleitet hat

ROSIE ADAMS

Kleiner Hund und große Liebe

Über die Autorin:

Rosie Adams ist nicht nur Fan der englischen Landschaft und Kultur, sondern auch große Freundin von Hunden, Pferden, Katzen und der gesamten Vogelschar. Seit ihrer Kindheit ist alle freie Zeit dafür reserviert, in Geschichten zu schwelgen, in denen neben Liebe und Freundschaft auch Tiere immer eine Rolle spielen.

Harry

Der Sommer ist meine liebste Jahreszeit. Den ganzen Tag steht die Tür in den Garten auf, und ich kann mit meinen hübschen Ladys Diana, Lizzy, Katy und Meghan auf der Wiese herumtollen. In diesem Jahr ist allerdings etwas anders: Mit der einen Pfote unserer Chefin stimmt was nicht. Da ist ein Verband drumgewickelt, und durchs Haus kann sie nur humpeln. Für unsere ausgiebigen Spaziergänge holt uns ein komischer Kauz ab. Hat auch was, denn der hat mir gar nichts zu sagen. Die Mädels folgen brav, wenn er nach ihnen ruft. Aber ich wäre kein hoch prämierter Champion-Rüde, wenn ich auf so ein stümperhaftes Gepfeife hören würde. Nein, ich werde die Gelegenheit nutzen und mal wieder die Gegend unsicher machen. Dabei habe ich natürlich diesen einen gewissen Strandabschnitt im Sinn. Da gibt es immer Vögel zum Aufscheuchen, die mich dann empört beschimpfen und Angriffe auf mich starten – eine echt lustige Sache. Selbstverständlich bekommen sie mich mit ihren scharfen Schnäbeln nie zu packen. Immerhin gehöre ich der nicht nur unternehmungslustigsten, sondern auch flinksten aller Hunderassen der Welt, ach, was sag ich, ganz Englands an. Schließlich bin ich ein Corgi!

1. Sara

»Dad, das ist nicht dein Ernst!«

Sara Cowell betrachtete ihren Vater mit der Skepsis, die sie sich in den vergangenen dreiundvierzig Jahren angewöhnt hatte, wenn es um seine *tollen Einfälle*, wie er es nannte, ging.

Sie saßen im Sonnenschein des sommerlichen Spätnachmittags auf einer Bank im St. James's Park, und ihr Dad fütterte entgegen allen Verboten die Enten auf dem See mit Brotstückchen.

»Wieso nicht? Dein Restaurant ist jetzt für drei Wochen geschlossen. Aber ich kenne dich: Statt in den Urlaub zu fahren und auszuruhen, wirst du trotzdem jeden Tag dort herumhängen.«

»Das *Rosmary* ist nicht nur mein Restaurant, sondern auch Victors«, erinnerte Sara ihn. »Ich kann ihn nicht einfach mit der Renovierung im großen Gastraum hängen lassen. Und in der Küche steht auch mal wieder eine Inventur an.«

Ihr Vater winkte nur ab. Er hatte nie ein Geheimnis daraus gemacht, dass er nicht viel von Saras Lebensgefährten hielt. Für ihn war nie jemand gut genug für seinen Augenstern gewesen.

»London ist doch scheußlich in den Sommermonaten. Pack deine Koffer, und fahr nach Lyme Regis! Da ist es gerade ganz wundervoll bei diesem Wetter. Das Meer, dieses idyllische kleine Städtchen an den Klippen. Du könntest am Strand Fossilien sammeln – das hast du früher immer so gern gemacht.«

Sara seufzte.

»Da war ich zehn, Dad. Es ist Jahrzehnte her, dass wir Tante Marjorie das letzte Mal zusammen in ihrem kleinen Cottage besucht haben. Hatte es nicht sogar einen Namen?«

»Ivy Cottage. Es ist wunderbar dort!«

»Wenn es dort so erholsam und wunderbar ist, wieso fährst du dann nicht selbst hin?«

Er schüttelte bedauernd den Kopf.

»Du weißt doch: In der Bücherei bin ich unabkömmlich. Ich habe inzwischen sieben Lesehilfe-Schüler. Gerade jetzt, so kurz vor den Zeugnissen, kann ich die nicht im Stich lassen.«

Als pensionierter Lehrer nahm er seine Aufgabe als ehrenamtlicher Helfer in der Stadtteilbibliothek sehr ernst.

Jetzt beugte er sich vor, um aus der Brottüte die letzten Krümel zu schütteln, und sah Sara mit seinen leuchtend grünen Augen, die sie von ihm geerbt hatte, bittend an.

»Komm schon, Kleine, es wäre ja nur für eine oder zwei Wochen.«

Sara runzelte die Stirn.

»Was wäre nur für eine oder zwei Wochen?«

Ihr Dad zuckte mit den Schultern.

»Ach, du kennst Marjorie doch. Sie hat es nicht gern, wenn jemand Fremdes sich um ihre Hunde kümmert.«

Sara erinnerte sich noch gut an diverse Besuche der energischen Schwester ihres Vaters in Begleitung einer Handvoll aufgeregter Corgis. Die lustigen, kurzbeinigen Hunde vom Land hatten sich in London nicht recht wohlgefühlt. Aber Tante Marjorie wollte sie einfach bei niemandem in ihrem Heimatort an der Küste Dorsets zurücklassen. Und wann immer sie ihren Bruder und ihre Nichte sehen und mal wieder etwas Stadtluft schnuppern wollte, hatte sie fünf quirlige Begleiter dabei.

»Ähm … Was hat das damit zu tun, dass ich nach Lyme Regis in den Urlaub fahren soll?«, erkundigte sich Sara vorsichtig.

Ihr Vater war zumindest so nett, schuldbewusst dreinzublicken.

»Also, um ehrlich zu sein … Marjorie ist wohl gestolpert und hat sich verletzt. Sie kann gerade nicht so, wie sie möchte. Die langen Spaziergänge mit den Hunden und so …«

Sara sprang von der Bank auf.

»Was?!? Das glaub ich jetzt nicht! Du willst mich gar nicht zu einem schönen erholsamen Urlaub überreden, sondern ich soll mich um Tante Marjories ausgeflippte Hundemeute kümmern?!«

»Du liebst Tiere doch«, sagte ihr Dad und lächelte schief. »Und Marjorie meint, ihr Harry hat dich ganz besonders ins Herz geschlossen. Während er mich immer in die Fersen zwickt. Und da dachten wir …«

Sara verschränkte die Arme.

»Erstens hättest du mich das direkt fragen können. Und zweitens: Kommt überhaupt nicht infrage! Egal, was Tante Marjorie und du da ausgehandelt habt. Ich verbringe die drei Wochen hier in der Stadt, kümmere mich mit Victor ums Restaurant, treffe mich mit Freunden, gehe mal wieder tanzen und ins Museum. Wenn du deiner Schwester helfen willst, musst du schon selbst hinfahren!«

»Sara, nun überleg es dir wenigstens mal. Es würde dir sicher guttun. Immer hast du nur das Restaurant und die Kocherei im Kopf. Es gibt doch noch andere Dinge im Leben.«

»Ach ja? Na, dann viel Spaß damit! Mach's gut, wir sehen uns!«

Sie wandte sich um und schritt über den knirschenden Kiesweg davon. Hinter sich hörte sie ihren Dad etwas rufen. Sie drehte sich nicht noch einmal um.

Kopfschüttelnd marschierte sie an den blühenden Staudenbeeten und dem Pavillon vorbei, wich den Blicken der schlendernden Touristen aus, die sich wahrscheinlich darüber wunderten, dass ihre Lippen sich tonlos, aber heftig bewegten.

Es gab noch andere Dinge im Leben? Sie hatte nur die Kocherei im Kopf?

Das waren doch nur Vorwände, die ihr Dad rauskramte, um sie zu diesem Hilfsakt zu überreden. Da hatten er und Tante Marjorie über ihren Kopf hinweg einen schönen Plan ausgetüftelt.

Sara sollte als kostenlose Hilfskraft einspringen, während Tante Marjorie …

Sara blieb abrupt stehen. Als sie sich umsah, war die Bank, auf der sie mit ihrem Vater gesessen hatte, bereits hinter einer riesigen Trauerweide aus ihrem Blickfeld verschwunden.

Sie hatte gar nicht gefragt, was es mit Tante Marjories Unfall auf sich hatte. Was war ihr passiert, dass sie nach einem Stolpern ihre Hunde nicht mehr versorgen konnte? Sofort übermannte Sara das schlechte Gewissen. Andererseits: Schwer verletzt konnte Marjorie nicht sein, sonst läge sie im Krankenhaus. Wenn sie nur für eine oder zwei Wochen Hilfe brauchte, war es vielleicht ein verstauchter Knöchel oder so etwas … Das war keine gravierende Verletzung, aber für die äußerst umtriebige Tante Marjorie wäre es eine erhebliche Einschränkung in ihrem Tagesablauf. Schließlich liebte die landesweit bekannte Corgi-Züchterin es, mit ihrer Hundemeute die Hügel über dem hübschen Küstenörtchen unsicher zu machen oder mit ihnen auf den Felsen am Meer herumzuklettern. Wenn Tante Marjorie nicht mit ihren Vierbeinern unterwegs sein konnte, würde sie mit Sicherheit sehr unglücklich sein.

Durch ihr aufwallendes Mitgefühl ein wenig besänftigt, setzte Sara ihren Weg fort. Gedankenverloren verließ sie den Park gen Süden und steuerte auf die St.-James's-Park-Tube-Station zu, um die Circle Line zu nehmen. Erst, als sie in South Kensington die Stufen zur Straße hinaufstieg, wurde ihr klar, dass sie unbewusst nicht den Weg nach Hause, sondern zum Restaurant eingeschlagen hatte. Dabei war nicht nur das Restaurant geschlossen, auch Victor war heute nicht in der Stadt. Er traf sich mit einem angesagten Innendekorateur in Bath.

Sara zuckte mit den Schultern. Na, dann würde sie eben schon mit der Inventurliste der Küche beginnen.

Das *Rosmary* lag in einer kleinen Seitenstraße und war schon von Weitem durch ein ovales Schild zu erkennen, das über der Tür auf den Bürgersteig hinaushing. Darauf zu sehen war der elegante Schriftzug, der von einem Rosmarinzweig harmonisch eingerahmt wurde.

Selbst heute noch – vier Jahre nach Eröffnung ihres eigenen Feinschmeckerlokals – bekam Sara Herzklopfen, wenn sie dieses Schild und den weißen Schriftzug über den beiden Fenstern des Gastraums sah. Schließlich war damit ihr Herzenswunsch, der Traum ihrer Kindheit in Erfüllung gegangen.

Schon als kleines Mädchen hatte sie gern in der Küche herumgewerkelt und neue Kompositionen ausprobiert. Zugegeben, als Elfjährige hatten ihre Ideen manchmal seltsame Blüten getrieben – Reis mit Apfelmus und Chili, frittierte Kartoffeln mit süßen Rübenschnitzeln, gekochter Pudding mit Pfefferschärfe –, aber alles hatte dazu beigetragen, dass sie zu der ausgezeichneten Köchin geworden war, für die das *Rosmary* heute in London bekannt war.

Ihr Dad hatte sich große Sorgen gemacht, dass ihr kindliches Interesse fürs Kochen etwas damit zu tun haben könnte, dass ihre Mum so früh gestorben war. Eine Art ungesunde Kompensation sozusagen. Er hatte versucht, sie für Fußball, Reiten, Schach und Aquaristik zu interessieren. Sara hatte keine Ahnung, ob er damals mit seinen Befürchtungen recht gehabt hatte. Sie wusste nur, dass keiner seiner Vorschläge sie derart begeistert hatte wie das Experimentieren mit ungewöhnlichen Zutaten und neuen Rezepten. Sie war ihren Töpfen und Pfannen treu geblieben und hatte lieber auf dem Markt nach frischem Gemüse gestöbert, als Schuhe oder Modeschmuck zu shoppen. Und ihr Vater hatte es schließlich akzeptiert, sie beständig in ihrem Hobby unterstützt und jede neue Kreation mit Begeisterung probiert.

Ach, Dad.

Plötzlich tat es Sara leid, dass sie gerade einfach so weggegangen war. Denn er hatte es nur gut gemeint, wie immer.

Sie würde ein Glas Wasser trinken, sich eine Karotte zum Knabbern aus dem Kühlraum stibitzen und ihn dann mit dem Handy anrufen. Vielleicht wanderte er ja immer noch im Park herum und hatte doch noch Lust auf den eigentlich geplanten Vater-Tochter-Abend. Sie könnten die neu eröffnete Bar mit Blick aufs London Eye ausprobieren und anschließend ins Kino gehen, um einen ihrer geliebten Programmfilme zu sehen, über die sie dann stundenlang diskutieren konnten.

Sara öffnete die Fronttür des Restaurants, ging hinein und schloss hinter sich wieder ab, damit nicht doch ein Passant das *Geschlossen*-Schild ignorieren und ihr in den Laden folgen würde.

Sie meinte, Victors Aftershave zu riechen, von dem er gerne mal zu viel nahm. Kein Wunder, dass sie beinahe seine Anwesenheit spürte, denn diesen Ort kannte sie kaum jemals ohne ihn.

Abends, wenn das *Rosmary* geöffnet hatte, ging er in seinem feinen, lässig sitzenden Anzug zwischen den Tischen herum, begrüßte die Gäste, kümmerte sich um die Aperitifs und stellte ihnen Oscar oder Ashley als ihre Servicekraft des Abends persönlich vor.

Victor war ein großer, feingliedriger Mann mit grauen Schläfen und Goldrandbrille. Er war klug und eloquent, das Musterbeispiel eines gepflegten Gentlemans. Besonders bei den weiblichen Gästen kam er gut an, womit Sara ihn gern aufzog. Sie konnte das gut nachvollziehen, hatte sie sich selbst bei ihrem Kennenlernen vor fünf Jahren von seiner leicht distinguierten Art sehr angezogen gefühlt.

Nach der ersten Phase des Frischverliebtseins waren sie dann rasch in die Restaurantplanung eingetaucht. Dad hatte gemeckert, dass Victor sie mit ihrem Kochtalent nur für seine ehrgeizigen Pläne ausnutzen wolle, doch für Sara war es die aufregendste Zeit ihres Lebens gewesen.

Der acht Jahre ältere Victor hatte einige Erfahrungen im Restaurantbereich und gute Kontakte mitgebracht. Und so hatten sie schon zwölf Monate später ihre ersten Gäste im *Rosmary* empfangen können.

Dass ihr Job ihr häufigstes Gesprächsthema war, war nur logisch. Egal, was ihr Dad sich da zurechtdachte, von wegen, sie habe nichts anderes im Kopf. Victor und sie hatten sich miteinander einen gemeinsamen Traum erfüllt.

Da war es wahrscheinlich kein Wunder, dass sie in den letzten Wochen vor ihren ersten richtigen Betriebsferien irgendwie verschwitzt hatten, einen gemeinsamen Urlaub zu planen – auch wenn es der erste seit der Eröffnung gewesen wäre.

Sie ließ ihren Blick kurz durch den tadellos aufgeräumten Gastraum schweifen. Alles blitzte vor Sauberkeit. Jeder, der enttäuscht am *Geschlossen*-Schild vorbei in den Raum sehen würde, sollte erkennen, dass sich ein Besuch nach den Betriebsferien definitiv lohnen würde.

Die zwanzig Tische standen in angenehmem Abstand zueinander und waren teilweise durch große Pflanzen oder Regale mit Weinflaschen voneinander getrennt, sodass der Eindruck von intimen Nischen entstand. Natürlich waren sie auch jetzt mit leuchtend roten Tischdecken und feinem Geschirr eingedeckt. An den Wänden hingen Schwarz-Weiß-Fotografien berühmter Köchinnen und Köche im Wechsel mit getrockneten Kräutersträußen.

Auf dem Weg zum Kühlraum tippte Sara mit dem Finger in die Erde des mannshohen Rosmarinstrauches, den sie selbst zu einem kleinen Stamm mit kugeliger Krone gezogen hatte. Die Erde war leicht bröselig, nicht zu feucht. Gut so.

Sie blieb kurz stehen und sah sich um. Eigentlich war alles wunderbar so, wie es war. Sie wünschte im Grunde überhaupt keine größeren Veränderungen. Wieso wollte Victor unbedingt mit diesem hippen Inneneinrichter sprechen, der zudem nicht einmal gewillt war, die zweistündige Fahrt von Bath nach London anzutreten, um das *Rosmary* anzusehen?

Sie schüttelte den Kopf und setzte ihren Weg fort.

Als sie nun die Küche Richtung Kühlraum durchquerte, hielt sie plötzlich inne. Verwirrt sah sie sich um. Irgendetwas irritierte sie.

Und dann bemerkte sie es: Zwei Gemüsemesser am Magnetstreifen an der Wand waren der Größe nach vertauscht. Und eine der kleinen Metallschüsseln befand sich nicht an ihrem Platz auf dem Regal über dem Herdbereich, sondern stand daneben.

Sara streckte die Hand aus und fuhr darüber. Sie war noch feucht. Jemand hatte sie benutzt und abgewaschen, aber nicht ordentlich abgetrocknet und an den richtigen Platz zurückgestellt.

Sara schnupperte.

Es lag ein Geruch in der Luft. Gewürze. Ein Hauch von Paprika und Tomate. Und etwas Süßes, das ihr bekannt vorkam. Was war es nur?

Plötzlich hörte sie aus dem hinteren Bereich des Hauses ein Geräusch.

Ihr Herz blieb beinahe stehen. Einbrecher? Sie lauschte angestrengt. Sollte sie die Polizei rufen? Was, wenn es etwas anderes war? Eine Katze vielleicht?

Einmal hatte eine aus der Nachbarschaft sich während der Anlieferung von Lebensmitteln zur Hintertür reingeschlichen und war ins Lager geraten. Sara hatte sich fast zu Tode erschrocken, als sie Stunden später hineinging und aus dem Regal von zwei grünen Augen vorwurfsvoll angestarrt wurde.

Aber da waren die Schüssel und die vertauschten Messer …

Sic griff nach ihrem Lieblingsmesser, das scharf wie ein Skalpell war. Beruhigend vertraut lag es schwer in ihrer Hand. Mit gespitzten Ohren und auf leisen Sohlen schlich sie aus der Küche und den schmalen Flur entlang, der den vorderen Bereich – Gastraum, Küche und Kühlraum – vom hinteren – Lager, Umkleide und Büro – trennte.

Von dort waren eindeutig Stimmen zu hören.

Sara zögerte kurz.

Der süße, diffus bekannte Geruch stieg ihr erneut in die Nase. Die Erkenntnis, um was es sich handelte, lag ihr auf der Zunge wie ein Wort, nach dem sie vergeblich suchte.

Die Geräusche, die zu ihr drangen, klangen nach ... Keuchen oder ... Stöhnen?

Und da wurde ihr klar, was sie hörte.

Verdammt. Victor und sie hatten lange überlegt, ob sie ihren Angestellten Schlüssel zu den Räumlichkeiten anvertrauen konnten. Dann hatten sie schließlich entschieden, dass ihre wichtigsten Servicekräfte Oscar und Ashley einen erhalten sollten, die Spül- und Küchenhilfen jedoch nicht.

Nun hatte offenbar jemand die Betriebsferien für einen kleinen persönlichen Ausflug ins Restaurant genutzt.

Sara tippte auf Oscar, denn der smarte Kerl ließ gern und häufig Bemerkungen zu seinen neuen Eroberungen fallen. Bisher hatte Sara das mit einem gutmütigen Lächeln quittiert, aber dies hier ging eindeutig zu weit.

In diesem Augenblick hörte sie ein Kichern, und eine weibliche Stimme gurrte: »Das hast du doch mit Absicht gemacht, mir diesen leckeren Salat vorzusetzen – das Spezialdressing war ein Aphrodisiakum, gib's zu!«

Sara zuckte zurück.

Das war nicht Oscar, das war Ashley! Unfassbar. Sie hatte die Kellnerin bisher immer für ihre korrekte Art geschätzt und ihre herrlich kurvige Figur bewundert. Nun wusste Sara auch, welchen süßlichen Duft sie in der Küche und im Flur wahrgenommen hatte: Es war Ashleys dezentes Parfüm.

Weil Sara nicht mehr mit einem Einbrecher rechnete, sondern vielmehr mit einem äußerst schuldbewusst dreinschauenden Pärchen, ging sie festen Schrittes weiter zur Tür der geräumigen Umkleide. Darin standen nicht nur die Schränke für die Sachen der Angestellten, sondern außerdem ein Tisch und ein ausladendes Sofa.

Ausladend und offenbar auch ... einladend, dachte Sara grimmig.

Die Tür war nur angelehnt. Von drinnen drangen erneut eindeutige Geräusche heraus.

Peinlich musste diese Situation nur Ashley sein, nicht ihr selbst, entschied Sara, hob die Hand und klopfte laut an den Türrahmen.

Dann stieß sie die Tür auf.

* * *

»Ich hab immer gesagt, der Kerl taugt nichts«, knurrte Dad und stellte vor Sara eine Tasse Tee auf dem Tisch ab.

Ein guter Tee war seiner Meinung nach die beste Erste-Hilfe-Maßnahme in ausweglos erscheinenden Situationen. Besorgt betrachtete er Saras gerötete Augen im übermüdeten Gesicht.

»Oder möchtest du etwas ... Stärkeres?«

»Oh, nein, danke. Ich hatte gestern Abend zwei, drei Gläser zu viel«, stöhnte Sara und hielt sich den Kopf.

Leider hatte auch der teure Rotwein die Bilder in ihrem Kopf nicht vertreiben können. Die Bilder von Victor und Ashley auf dem Sofa der Umkleide, wie sie halb nackt ineinander verschlungen dort gelegen und gekeucht hatten, Victor über Ashleys volle Brüste gebeugt, die er hingebungsvoll knetete, während sie mit geschlossenen Augen und weit geöffnetem Mund unter ihm stöhnte.

Es hatte zwei, drei Sekunden gedauert, bis Sara begriff. Sekunden, bis der Schock sie wie eine Tsunamiwelle mit sich riss.

Dann war ihr ein Geräusch entfahren. War es ein Aufschrei gewesen? Ein Schluchzer? Sara wusste es nicht mehr.

Doch es hatte Victor dazu gebracht, über seine Schulter zu schauen ...

Wie er ihren Namen rief. In einer Mischung aus Ekstase und Entsetzen. Wie Ashley aufkreischte. Und wie Sara selbst die Flucht ergriff. In Panik durch den engen Flur, an der Küche vorbei, durch den Gastraum zur Tür. Ihre flatternden Hände, die es kaum fertigbrachten, den Schlüssel aus ihrer Tasche zu ziehen und ins Schloss zu stecken. Victor, der plötzlich hinter ihr stand, mit einer

Hand versuchte, das Hemd zurück in die eiligst wieder angezogene Hose zu stopfen, die andere Hand an ihrer Schulter. Sie hatte seine Hand fortgeschlagen, hatte ihn angeschrien, sie wusste nicht einmal mehr, was sie gebrüllt hatte. Dann endlich hatte sie es geschafft. Der Schlüssel drehte sich im Schloss. Sie hatte die Tür aufgerissen und war hinausgestürzt. Weg, einfach nur weg von dem, was sie gesehen hatte.

Sara hatte keine Ahnung, wie lange sie für den Heimweg gebraucht hatte. Sie war den Bürgersteig entlanggerannt, hatte sich im Netz der Straßen verirrt und lange auf einer Bank in einem kleinen Park gesessen, in irgendeinem ihr unbekannten Stadtteil. Stunden später erst, längst war es dunkel gewesen, hatte sie es gewagt, die Stufen zu dem Haus hinaufzusteigen, in dem ihre Wohnung lag. Die Fenster im zweiten Stock hatten wie blinde Augen dunkel auf die Straße hinausgeblickt. Als sie eintrat, waren die Räume leer, Victor war nicht da. Auf dem Küchentisch lag ein Zettel: *Ruf mich an! Wir müssen reden! V.*

Doch Sara wollte nicht reden. Sie wollte nichts, als ihre frischen, blutenden, schmerzenden Wunden zu lecken. Und wie ginge das besser als in Gesellschaft von zwei Flaschen bestem Rotwein?

Irgendwann hatte sie sich auf dem Gästebett zusammengerollt und sich in den Schlaf geweint.

Als sie heute Morgen erwacht war, hatte nicht nur ihr Kopf, sondern auch ihr Herz höllisch wehgetan. Daran hatten die Dusche und eine Tasse starker Kaffee nichts geändert.

Nun saß sie im kleinen Apartment ihres Dads und war gerne bereit, ihm zuzugestehen, dass seine Menschenkenntnis besser als ihre eigene war.

»Hast du schon mit ihm gesprochen?«

»Nein. Er hat ungefähr hundert Mal angerufen und bombardiert mich mit Textnachrichten, dass es ihm leidtut, dass er sich hat hinreißen lassen, dass Ashley ihm nichts bedeutet und sie sowieso gestern Abend fristlos gekündigt hat, dass wir reden müssen, aber …«

Sara brach ab und senkte den Kopf.

»Verstehe«, murmelte ihr Dad. »Verstehe.«

Er legte seine große, warme Hand auf ihre. Eine tröstliche Geste, die sie sich auch nach den vergangenen Kindertagen bewahrt hatten und die stets ihre Wirkung tat. Es war so gut, ihn an ihrer Seite zu haben.

»Weißt du, du erinnerst mich immer mehr an Marjorie. Schon als wir Kinder waren, ist sie ein echter Sturkopf gewesen. Es hatte keinen Sinn, sich mit ihr anzulegen. Wenn sie etwas wollte, steuerte sie darauf zu wie eine Dampfmaschine. Wenn sie etwas nicht wollte, konnten keine zehn Pferde sie dazu bringen. Ich habe sie immer für ihre hartnäckig vertretenen Überzeugungen beneidet. Neben ihr hab ich mich regelrecht wankelmütig gefühlt. Ja, du erinnerst mich wirklich an sie. Besonders heute.«

Er versank kurz in seinen Erinnerungen. Dann ging ein Ruck durch seinen Körper, er hob den Kopf und lächelte sie aufmunternd an.

»Hey, möchtest du 'ne Weile hier wohnen? Für uns zwei ist meine Behausung wohl etwas zu klein mit dem einen Zimmer und der Kochnische, aber ich frage Sam, ob ich für ein, zwei Wochen in sein Gästezimmer ziehen darf. Dann hast du hier deine Ruhe und kannst darüber nachdenken, wie du weitermachen willst.«

Sara war ihm dankbar, dass er weder nach ihrer gemeinsamen Wohnung mit Victor noch nach dem *Rosmary* fragte. Sie wusste schließlich selbst noch nicht, wie es weitergehen sollte.

Die Erwähnung seiner Schwester hatte in ihr allerdings erneut einen Gedanken angestoßen, der ihr schon die ganze Nacht im Kopf herumgespukt war.

Ihr Dad schob ihr die Teetasse hin.

Sie nahm einen großen Schluck.

»Dein Angebot ist superlieb, Dad. Victor wird allerdings

schnell auf die Idee kommen, mich hier bei dir zu suchen. Und ich will erst in Ruhe nachdenken, ehe ich ihm begegne. Deswegen habe ich gerade etwas beschlossen.«

Ihr Vater sah sie aufmerksam an.

»Ich werde nach Lyme Regis fahren und Tante Marjorie mit den Hunden helfen. Im Grunde ist das ein Wink des Schicksals. Dort bin ich ungestört und kann mir darüber klar werden, was ich selbst will.«

Ihr Dad schwieg eine Weile.

»Steht dein Entschluss hundertprozentig fest?«, fragte er dann.

»Auf jeden Fall! Ich muss hier weg!«

Sara versuchte, die Bilder in ihrem Kopf zu verdrängen, die wieder vor ihrem inneren Auge aufziehen wollten. Victor mit …

»Ich meine, willst du nicht lieber zum Wandern in den Lake District? Oder aufs Festland? Vielleicht eine Städtetour durch Paris, Florenz, Madrid?«

»Nein! Da würde ich ja doch nur die ganze Zeit grübeln und die Reise nicht genießen können. Tante Marjorie kennt mich, ihr muss ich nichts vormachen. Trotzdem werden wir bestimmt eine gute Zeit miteinander haben. Ich kann für uns kochen. Und es wird mir guttun, am Meer mit den Hunden spazieren zu gehen, einfach etwas Sinnvolles zu tun zu haben.«

»In Ordnung.« Ihr Dad nickte. »Es ist nur … Zu einem Detail bin ich gestern noch gar nicht gekommen, weil du gleich auf und davon warst …«

»Ein Detail? Welches Detail?«

Ihr Dad lächelte.

»Marjories jüngste Hündin hat gerade Welpen. Sechs kleine süße Corgi-Babys.«

Sara hatte keine Ahnung, ob das eine gute oder eine katastrophal schlechte Nachricht war.

Harry

Die wunderbare Sara ist zu Besuch bei uns!

Ich kenn sie, seit ich als Mini-Corgi mal in der großen Stadt war. Da hat sie mich überall herumgetragen und mir Dinge gezeigt, die wir hier am schönsten Platz der Welt nicht haben. Sie versteht es eben, einen anspruchsvollen Rüden wie mich zu unterhalten. Außerdem duftet Sara immer besonders gut – nach all den leckeren Sachen, die sie den lieben langen Tag in der Küche zubereitet.

Die Chefin ist zwar genauso entzückt davon, dass Sara bei uns ist, wie ich und meine Mädels, aber ich kann auch spüren, dass sie sich so ihre Gedanken macht. Die Chefin und ich haben eben einen ganz besonderen Draht zueinander.

2. Sara

Lyme Regis, auch *die Perle von Dorset* genannt, lag an der Jurassic Coast, einem Küstenabschnitt Südenglands. Berühmt geworden war das kleine Städtchen, weil an seinen Stränden mit den gewaltigen Felsbrocken, Steinen und Sandabschnitten unzählige Fossilien zu entdecken waren.

Die damals zwölfjährige Mary Anning hatte hier 1811 das erste vollständige Skelett eines Ichthyosaurus entdeckt, ein Fischsaurier, der vor Urzeiten in den Wassern dieses Meeres gelebt hatte. Durch ihre weiteren Fossilienfunde – ein Plesiosaurier und ein Flugsaurier – machte sich die junge Frau einen Namen und zählte heute zu den bekanntesten Paläontologinnen ihrer Zeit. Nach wie vor sorgte ihre außergewöhnliche Geschichte für einen Strom an Touristen.

Viele hübsche Tearooms, Shops und natürlich das Museum im Herzen der Stadt, am Ort des Anning-Hauses gebaut, versüßten den Urlaubern ihre historische Spurensuche. Jetzt, im Juni, war die Zahl der Menschen, die Lyme Regis bevölkerten, von den knapp fünftausend der üblichen Einwohner auf das Doppelte angeschwollen. Trotzdem schien Sara der Ort im Gegensatz zum trubeligen London nahezu beschaulich.

Gestern Nachmittag, nach ihrer Ankunft, hatte Sara einige Zeit mit Tante Marjorie zusammengesessen, von ihrem Dad und aus London berichtet und Marjories fantastischen Tee genossen. Nur sehr kurz war ihre eigene Lage Thema gewesen, wofür Sara sehr dankbar gewesen war.

»Du hast es richtig gemacht!«, hatte ihre Tante nur knapp gesagt. »Ihn nach so einer Geschichte erst mal in seinem eigenen Saft schmoren lassen. Unerreichbar für ihn sein. Er soll in Ruhe darüber nachdenken, was er angerichtet hat, und sich nicht mit irgendwelchen Entschuldigungen rausreden. Und du, du wirst hier lauter Dinge unternehmen, die dich auf andere Gedanken bringen! Ich hab da so einige Vorschläge. Wart's nur ab, du wirst hier eine schöne Zeit haben. Auch wenn du dir das jetzt vielleicht noch nicht vorstellen kannst.«

Anschließend hatte Marjorie ihr einen langen Spaziergang mit ihren fünf kurzbeinigen Hunden entlang der Klippen verordnet. Sara hatte gezögert, denn schließlich kannte die kleine Hundemeute sie nur flüchtig. Die fünf begeisterten Vierbeiner hatten sich jedoch so vorbildlich benommen, als wollten sie Sara beweisen, dass ihr Entschluss hierherzukommen goldrichtig gewesen war. Und Sara hatte den Gang in der frischen Meeresbrise genossen.

Herrlich, wenn der Wind mit dem deutlichen Salzgeschmack über die Wiesen oberhalb der zum steinigen Strand hin abfallenden Klippen fuhr und ihr das rotblonde Haar zerzauste. Es schien, als wollte er ihre düsteren Gedanken einfach wegpusten.

Das Bett in Tante Marjories behaglich eingerichtetem Gästezimmer war außerordentlich bequem gewesen, und so sah Sara nun ihrem ersten Tag in Lyme Regis mit leiser Zuversicht entgegen.

»Wie wäre es, wenn ich heute für uns koche?«, schlug sie beim gemeinsamen Frühstück auf der Terrasse vor.

Tante Marjories Cottage mit dem riesigen Garten lag oberhalb des kleinen Städtchens am Ortsrand, sodass sie von der Südseite aus bis hinunter ans Meer schauen konnten, während sie ihren Toast aßen.

»Goldkind! Dich schickt der Himmel!«, kommentierte Marjorie das strahlend. »Das ständige Hin und Her am Herd ist für meinen Knöchel Gift. Colin bringt mir zwar jeden Tag etwas vorbei, aber … hm, ich drücke es mal so aus: Junggesellen-Ernährung ist nicht ganz mein Geschmack. Ehrlich gesagt hatte ich auf genau so ein Angebot gehofft.«

Sara ging im Kopf ein paar mögliche Gerichte durch, und ihre Stimmung hob sich allein dadurch.

»Wo bekomme ich hier denn das beste Gemüse?«

»Oh, da musst du zu Alice gehen. Sie hat ihr kleines Geschäft ungefähr auf halbem Weg runter in den Ort. Du könntest dich erst ein bisschen im Städtchen umschauen und dann auf dem Heimweg alles mitbringen, was du brauchst.«

»Wie finde ich diese Alice denn?«

Obwohl Lyme Regis ein kleiner Ort war, gab es auch hier durchaus mehrere Straßen, die sich den steilen Hang hinaufwanden.

»Kein Problem. Nimm die Hunde mit. Dann machst du zuerst einen kleinen Bummel, und wenn du genug vom Sightseeing hast, sagst du Harry, dass er dich zu Alice führen soll. Du kannst dich auf ihn verlassen. Er liebt sie.«

Skeptisch sah Sara zu dem kleinen Rüden hinunter, der mit nach hinten ausgestreckten Hinterbeinen platt auf dem Bauch neben dem Tisch auf den Terrassenfliesen lag. Als Züchterin nannte Marjorie die Farbe ihrer Hunde *red*, also rot. Doch für Sara sahen sie alle aus wie Sahnekaramellbonbons: weiße Brust, Pfoten und Schwanzspitze, während der restliche Körper in den Nuancen von hellem Blond bis Rötlichbraun gefärbt war. Die Ohren der Corgis schienen im Gegensatz zu ihren kleinen, eher gedrungenen Körpern riesig und gaben ihren niedlichen Gesichtern eine gewisse Komik.

Als hätte er gespürt, dass sie über ihn sprachen, hob Harry den Kopf und hechelte Sara fröhlich an.

»Es sieht aus, als würde er lächeln«, bemerkte die und konnte nicht anders, als zurückzulächeln.

»Natürlich tut er das.« Marjorie hob den Zeigefinger. »Unterschätze nie einen Corgi! Die verstehen viel mehr, als man meint. Kleine Hunde, aber große Persönlichkeiten.«

Prompt wedelte Harry mit dem Schwanz, und sie mussten beide lachen.

»Was machst du mit den Welpen, wenn ich verschwinde? Im Welpenzimmer muss aufgeräumt und sauber gemacht werden.«

Marjorie winkte ab.

»Colin kommt gleich vorbei. Also habe ich heute noch Hilfe. Wenn du das ab morgen übernehmen würdest, wäre das toll.«

Diesen Colin hatte Tante Marjorie gestern schon ein paarmal erwähnt. Sara stellte sich unter dem Inhaber der örtlichen Whisky-Destillerie einen hart gesottenen Kerl in Marjories Alter vor, der vielleicht mit seinem freundlichen Hilfsangebot die ungebundene, temperamentvolle Frau becircen wollte. Aus welchem Grund sonst sollte er die letzten Tage ganz unentgeltlich fortwährend hier aufgetaucht sein und seine Hilfe angeboten haben?

»Natürlich mach ich das gern. Deswegen bin ich doch hier!«

Marjorie sah sie einen Augenblick lang mit hochgezogenen Brauen an.

»Betrachte die Welpen als eine weitere Möglichkeit, auf andere Gedanken zu kommen und dich ein bisschen zu erden. Aber eigentlich bist du ja wegen etwas ganz anderem hier.«

Sara spürte, wie sie errötete. Bei ihrer hellen Haut und den rotblonden Haaren passierte ihr das leicht. Ob ihr Dad seiner Schwester erzählt hatte, dass sie erst zu dieser Hilfeleistung bereit gewesen war, als sie selbst nach ihrer persönlichen Katastrophe einen Rückzugsort gebraucht hatte?

Marjorie schien ihre Gedanken zu erraten und klopfte ihr auffordernd auf den Handrücken.

»Na, dann mal los! Mach Lyme Regis unsicher!«

Also machte Sara sich nach Abräumen des Frühstückstisches auf den Weg.

Die hübsche Hündin Meghan, deren zuckersüße Welpen im eigens dafür eingerichteten Zimmer herumtollten, war die Erste am Gartentor. Offenbar konnte sie eine kleine Pause von den wilden Rangen kaum erwarten.

Und so lief Sara begleitet von fünf quietschfidelen Corgis, die ihr die Aufmerksamkeit aller anderen Passanten an diesem Morgen garantierten, durch den Ort bis hinunter zur Hafenmauer und dann mit diversen Schaufensterstopps wieder den Hügel hinauf.

Lyme Regis war eine echte Touristenperle. Neben diversen Cafés und Tearooms gab es etliche Fischrestaurants, Bars und Souvenirläden, die in erster Linie aufgearbeitete Fossilien in allen Varianten anboten: faustgroße Steine mit herauspolierten Ammoniten, Tassen und T-Shirts mit aufgedruckten fossilen Skeletten oder auch mit Bildern der Tiere, wie sie wohl vor Millionen von Jahren ausgesehen hatten, Taschen, Stifte, Hausschuhe mit dem Schriftzug *Lyme Regis* und etliche Dinge mehr.

Als Sara genug von diesen Touri-Attraktionen hatte, wartete sie ab, bis sie in einer kleinen Nebenstraße allein mit den Hunden war. Dann wandte sie sich an Harry, der geschäftig an einer Mauer schnüffelte.

»Harry?«

Der Rüde hob neugierig den Kopf, als er angesprochen wurde.

»Wo ist Alice?«, fragte sie ihn. »Komm, wir gehen zu Alice!«

Auf diese Weise, hatte Tante Marjorie ihr gesagt, sollte er begreifen, was sie von ihm wollte.

Und tatsächlich schien der kleine Kerl gleich Bescheid zu wissen. Er straffte regelrecht den langen Rücken und trabte los, der Gruppe eifrig vorweg.

Sara folgte ihm eiligst und hatte schon bald Mühe, mit den kurzen Beinen ihres pflichtbewussten Guides mitzuhalten. Der Weg führte steil bergan, und Harry schien damit weit weniger Probleme zu haben als seine Begleiterin auf zwei Beinen.

»Hey, Harry, langsamer«, keuchte Sara und wollte gerade anhalten, um nach Luft zu schnappen, als die Schar Corgis um eine Ecke bog.

Dahinter waren auf dem breiten Bürgersteig ein paar Tische wie Marktstände aufgebaut, auf denen viele verschiedene Sorten Gemüse und Obst präsentiert wurden.

Harry stoppte vor der Tür und bellte fröhlich wedelnd, als freute er sich darüber, seine Aufgabe so gut gelöst zu haben.

Beinahe augenblicklich stürzte eine junge Frau aus dem Laden.

»Ein Überraschungsbesuch! Hurra!«, rief sie, ließ sich auf die Knie nieder und knuddelte die Hunde, die sich allesamt auf sie stürzten, um ihr Gesicht abzulecken.

Sara sah dem Knäuel aus Wiedersehensfreude schwer atmend, aber mit einem breiten Lächeln auf dem Gesicht zu.

Alice wirkte wie ein Negativ ihrer selbst: Sie war etwa zehn Jahre jünger als Sara, also Anfang dreißig, hatte schwarzes Haar, samtig braune Haut und dunkle, schelmisch blitzende Augen. Über ihrer dunkelgrünen Hose trug sie ein hellgrünes T-Shirt mit der Aufschrift *Fresh Alice*, deren einzelne Buchstaben sich aus Obst- und Gemüsesorten zusammensetzten.

»Ja, ist ja gut, ihr Süßen! Ist ja gut! Ich freu mich auch, euch zu sehen!« Sie kicherte, während sie die Corgis streichelte.

Dann hob sie den Kopf und sprang auf.

»Du musst Sara sein!«

Ihre feingliedrige Hand schoss vor und griff nach Saras, um sie herzlich zu schütteln.

»Ähm ...?«, machte Sara überrumpelt.

Alice winkte lachend ab.

»Marjorie erzählt so oft von dir. Und gestern sag ich noch zu Jamie, das ist mein Mann, ›Jamie‹, sag ich, ›ich wette, Sara kommt aus London, um Marjorie mit den Hunden zu helfen, jetzt, da sie selbst nicht so richtig kann.‹ Genau das hab ich gesagt. Weil sie doch sonst keine Familie hat, und ihr Bruder, also dein Dad, der kommt mit den Hunden ja nicht so gut zurecht. Deswegen dachte ich, du springst bestimmt ein. Und peng! Hier bist du!«

Sie deutete auf Sara, als wolle sie sie einem größeren Publikum vorstellen.

Wieder spürte Sara, wie ihr heiß wurde, weil sie für etwas gelobt wurde, das sie erst in Erwägung gezogen hatte, als sie selbst in Not war.

»Es ist toll, mal wieder hier zu sein«, murmelte sie verlegen. »Zuletzt war ich als Teenager in Lyme Regis.«

Alice zeigte zwei Reihen strahlend weißer Zähne, als sie sie angrinste.

»Dann herzlich willkommen! Wenn du außerhalb meiner Ladenzeiten mal etwas trinken gehen möchtest oder Lust auf eine Tour in der Umgebung hast, sag einfach Bescheid.«

»Oh, danke, ich weiß noch gar nicht ...«

»Keine Eile, keine Eile! Du sollst nur wissen, dass du mich jederzeit ansprechen kannst. Marjories Familie ist quasi unsere eigene. Jamie und ich verdanken ihr so viel. Aber jetzt willst du bestimmt ein paar frische Sachen mitnehmen, oder? Marjorie kommt fast täglich vorbei. Hat sie dir einen Einkaufszettel mitgegeben? Halt! Warte! Du bist doch Köchin mit einem eigenen Restaurant in London, richtig? Natürlich, wie dumm von mir, das zu vergessen! Da wirst du bestimmt selbst wissen, was du brauchst. Du kochst für euch zwei Hübschen, oder?«

Sara nickte.

»Na, Gott sei Dank. Marjorie hat erzählt, Colin kümmert sich, was ja kein Wunder ist nach dieser Geschichte mit ihrem Knöchel. Er hat wahrscheinlich ein mächtig schlechtes Gewissen, nicht? Da ist es ja das Mindeste, dass er mal mit den Hunden geht und für Marjorie mitkocht. Aber um ehrlich zu sein: Ich gönne Marjorie ein wirklich genießbares Dinner.«

Alice zwinkerte ihr zu und beugte sich dann noch einmal zu den um sie herumwuselnden Hunden hinunter, um jeden einzelnen gebührend zu streicheln.

Sara war von dem hervorsprudelnden Wortschwall ein wenig überrumpelt. Alice schien einiges über sie zu wissen, während sie selbst bis heute Morgen noch nie von ihr gehört hatte. Tante Marjorie erzählte offenbar viel von ihrem Dad und ihr und ihrem

Leben in London. Wie beschämend, dass sie selbst so wenig über ihre Tante wusste.

Und auch in Alice' Geplapper tauchte wieder dieser Colin auf. Was hatte er denn mit Marjories Knöchel zu tun, dass er nun durch seine Hilfsangebote Abbitte zu leisten versuchte? Ihre Tante hatte kein Wort dazu fallen lassen.

»Was soll es denn heute geben?«, unterbrach Alice sie nun in ihren Gedanken und erhob sich endgültig, während sie die Hände an ihrer Hose abwischte.

Puh, endlich vertrautes Terrain!

Sara erzählte von der geplanten Pilzsuppe, der Gemüsepie und dem Hafermilchpudding mit frischen Früchten.

Die Augen ihres Gegenüber leuchteten auf. Alice winkte sie in den kleinen Laden hinein, in dem jeder Quadratzentimeter für grob gezimmerte Regale im Country-Style genutzt war, auf denen fantastisch aussehende Früchte, Gemüse in den schönsten Formen und Farben und aromatisch duftende Kräuter zu finden waren.

»Ich bin im Himmel!«, seufzte Sara.

Die Hunde wussten offenbar genau, dass sie den Laden nicht betreten sollten. Mit gespitzten Ohren beobachteten die Hündinnen Diana, Lizzy, Katy und Meghan sie aus ihren braunen Knopfaugen brav durch das große Schaufenster. Jedes Mal, wenn Sara sich kurz umwandte und zu ihnen hinaussah, wedelten sie. Harry jedoch behielt die Straße im Blick, immer bereit, auf der anderen Seite vorübergehende fremde Rüden mit lautem Gekläff in die Flucht zu schlagen.

Bald war der mitgebrachte Einkaufskorb prall gefüllt mit den leckersten Sachen, und Sara machte sich glücklich auf den Heimweg.

Die Aussicht, die nächsten zwei Wochen in der Nähe dieses grandiosen Ladens zu verbringen, dessen Inhaberin allein über verschiedene Apfelsorten einen kleinen Vortrag halten und über jedes ihrer dargebotenen Gemüse ins Schwärmen geraten konnte, versetzte sie in genau die gute Laune, die ihr Dad ihr für den Aufenthalt hier prophezeit hatte.

Die Hunde wetzten vorweg zu Tante Marjories Cottage, das hoch oben über dem Städtchen am Hang thronte.

Der Aufstieg war eine kleine Herausforderung. Konnte es allen Ernstes sein, dass diese kleinen, kurzbeinigen Hunde eine bessere Kondition hatten als sie selbst? Na ja, zugegeben, bei der Arbeit im *Rosmary* war sie zwar ständig in Bewegung, aber das regelmäßige Joggen im St. James's Park, das sie sich irgendwann einmal vorgenommen hatte, fiel meist hinter den alltäglichen Aufgaben zurück. Da blieb ihre Fitness eben auf der Strecke.

Am Törchen angekommen, stürmten die Corgis in den Garten und dann hinein ins Haus.

Von drinnen waren Stimmen zu hören, eine weibliche und eine männliche, dann Gelächter. Offenbar war also dieser Colin noch da.

Sara blieb für einen Augenblick im mit einer gewaltigen Rambler-Rose bewachsenen Durchgang zum Garten stehen und gönnte sich einen Blick zurück, während sie den feinen Duft der Hunderten zartrosa Blüten einsog.

Unter sich sah sie die schmalen Straßen des Ortes, die sich einladend und bunt bis hinunter an die Promenade zogen. Die Befestigung über dem Strand lief in eine gewaltige Hafenmauer aus, *The Cobb* genannt, die ins Meer hineinragte und den leichten Booten Schutz vor der Brandung gewährte. *The Cobb* spielte eine bedeutende Rolle in Jane Austens berühmtem Roman *Überredung*, ein Buch, das Sara schon als Mädchen verschlungen hatte. Aber es war nicht nur die Erinnerung an selige Lesestunden im Schaukelstuhl ihres Vaters, die sie jetzt versonnen innehalten ließ. Es war die Kombination dessen mit dem heutigen Anblick des blauen Meeres, auf dessen Wellen weiße Gischt tanzte und über dem die Möwen in halsbrecherischen Aktionen segelten und dabei schrien. Dazu der Korb an ihrem Arm, aus dem es nach all den frischen Lebensmitteln duftete.

Ihr Dad hatte mit seinem Vorschlag verdammt recht gehabt. Es war genau richtig, hier zu sein.

Sara lächelte bei der Erinnerung an seine grimmige Miene, als er sie am Bahnhof Paddington zum Zug begleitet hatte. Selbst wenn Victor ihr dort aufgelauert hätte, um sie zu einem Gespräch zu nötigen, wäre er an ihrem Vater nicht vorbeigekommen. Natürlich war Victor nicht dort gewesen. Er hatte ja keinen blassen Schimmer von Tante Marjories Notstand und Saras Entschluss, hierherzureisen. Victor.

Allein sein Name ließ Saras Lächeln in sich zusammenfallen, und sie seufzte leise.

Verflixt, wieso musste sie auch an ihn denken, statt einfach erst einmal zur Ruhe zu kommen?

Obwohl es ihr schwerfiel, lag ihr Handy ausgeschaltet in der Kommodenschublade in Tante Marjories Gästezimmer. Nachdem sie Victor eine einzige Nachricht geschickt hatte, dass es ihr gut ginge und sie sich bei ihm melden würde, sobald sie so weit war, hatte Sara keine weiteren Nachrichten von ihrem … hm … *Ex* anschauen wollen. Sie hatte das dringende Bedürfnis, erst einmal wieder zu sich selbst zu finden.

Selbst Tante Marjorie, mit ihrer weit größeren Lebenserfahrung, hatte gesagt, es sei das Beste für sie, erst einmal unerreichbar für ihn zu sein.

Natürlich würde Sara sich in ein paar Tagen damit beschäftigen müssen, wie sie nun reagieren, wie sie ihr Leben anfassen sollte. Momentan war sie noch keinen Deut schlauer, wie sie mit der surrealen Situation umgehen sollte. Was bedeutete ihr deutliches Zögern, wenn sie an Victor als ihren *Ex*-Freund dachte? Hieß das etwa, dass in ihren Augen, in ihrem Herzen noch gar nicht alles vorbei war? Natürlich konnte es noch nicht wirklich zu Ende sein, ohne ein Gespräch mit ihm. Aber konnte es nach so einem »Ausrutscher«, als den Victor das Geschehene in einer seiner Mailboxnachrichten bezeichnet hatte, weiterhin ein *Wir* geben? Ein *Wir*, das von Liebe und Gemeinsamkeit sprach? Und wenn das nicht möglich sein würde, was würde dann mit dem *Rosmary* geschehen? Jedes Mal, wenn Sara an diesen Punkt kam, zog sich in ihr etwas schmerzhaft zusammen. Ihr Herzenswunsch, ihr Kindheitstraum – würde Victors »Ausrutscher« über Ashleys große Brüste nun das Aus dafür bedeuten?

»Es braucht Zeit«, sagte eine raue Stimme hinter ihr.

Sara drehte sich herum.

Auf dem Gartenweg stand Tante Marjorie. Sie war genauso klein und kompakt wie ihr Bruder, Saras Dad, mit einem sonnenverwöhnten Gesicht, um das die silbergrauen Haare wogten und in dem die familiengrünen Augen leuchteten. In Jeans und T-Shirt machte sie wirklich nicht den Eindruck einer Frau Mitte sechzig. Jetzt allerdings stützte sie sich auf eine Krücke, trug nur links einen ihrer geliebten Turnschuhe, während ihr rechter Fuß mit der festen Bandage in einer Sandale steckte.

»Woher weißt du, was ich gerade gedacht habe?«, erkundigte sich Sara lächelnd.

Marjorie wiegte den Kopf.

»Sagen wir mal so, ich kenne diesen Gesichtsausdruck.«

»Heißt das, du hast auch schon mal so einen Schlamassel erlebt?«, wollte Sara wissen.

Seit sie gestern hier angekommen war, war ihr mehr als einmal klar geworden, wie wenig sie von ihrer Tante wusste.

Wieso hatte sie eigentlich nie geheiratet? Dabei hatte es mal irgendetwas gegeben. Sara erinnerte sich an ihre eigene, kindliche Freude darüber, bei einer Trauung Blumenmädchen sein zu dürfen. Und an ihre bodenlose Enttäuschung, dass dann doch nichts daraus wurde. Die Gründe dafür bekam sie nicht mehr zusammen.

Über Marjories Gesicht huschte für einen kurzen Augenblick ein Schatten. Dann lächelte sie wieder ihr breites Lächeln.

»Ich alter Knochen? Ach was! Nein, ich hab diesen Ausdruck schon öfter gesehen, wenn Freundinnen oder Freunde ähnliche Situationen erlebt haben wie du jetzt.«

Sara trat nun auch durch das Gartentörchen und schloss es sorgfältig hinter sich. Harrys Ausbruchkünste waren legendär.

Unsicher, was sie zu diesem Thema noch sagen sollte, sah sie Marjorie zögernd an.

Die deutete nur lächelnd auf den vollen Korb.

»Du hast Alice also gefunden.«

»Harry hat mir tatsächlich den Weg gezeigt. Er ist wirklich eine Wucht.«

Marjorie grinste.

»Leider weiß er das auch.«

In diesem Moment erschien in der Tür des Cottage eine große Gestalt.

»Der Auslauf der Kleinen ist dann wieder sauber, Marjorie«, sagte der Fremde. »Und wegen des Rosenspaliers komm ich morgen rum. Das dürfte nicht allzu viel Arbeit machen.«

»Wunderbar, Colin, vielen lieben Dank! Das hier ist meine Nichte Sara. Sara, Colin Buck betreibt hier in Lyme Regis die Whisky-Destillerie.«

Das war Colin?

Der Mann in kurzen Shorts, T-Shirt und Laufschuhen war schlank und breitschultrig, mit dunklen Haaren und ernst dreinblickenden braunen Augen. Und er war definitiv nicht in Tante Marjories Alter, sondern eher in Saras.

Er sah sie ein paar Sekunden lang unverwandt an. Dann ging ein Ruck durch ihn, er nickte ihr zu und streckte seine Hand aus. Die an sich freundliche Geste wurde jedoch von keinerlei Lächeln begleitet und wirkte wie ein reiner Akt hölzerner Höflichkeit.

So nahm Sara seine Hand nur kurz und nickte ihm ebenfalls zu.

»Bis morgen, Marjorie«, sagte er noch und war schon zum Gartentor hinaus und den Hügel hinunter verschwunden.

»Sehr nett«, brummelte Sara. »Redet der immer so viel?«

»Mach dir nichts draus. Colin ist ein Eigenbrötler«, erklärte Marjorie.

Dann machte sie sich mit ihrer Krücke wieder auf den Weg hinein, von wo lautes Gebell zu ihnen herausschallte.

»Bin ja schon da, Meghan. Ich lass dich zu deinen Kleinen.«

Sara warf noch einen letzten Blick auf den Weg hinunter zum Meer. Sie würde sich zwingen, heute nicht mehr an Victor zu denken, und stattdessen diesen ersten Tag an diesem schönen Ort genießen. Ja, genau das würde sie tun.

Harry

Sara ist erst seit gestern bei uns, aber die Chefin sieht sie manchmal auf diese gewisse Art an, mit der sie auch mich hin und wieder ansieht. Nachdenklich, forschend, allwissend – wie eine echte Bestimmerin eben.

Ich kenne diesen Blick. Und bei dem werde ich jedes Mal ein wenig aufgeregt. Denn der sagt mir, dass eine Entscheidung ansteht. Die Chefin überlegt dann, welches hübsche Mädel ich demnächst beglücken darf, um mit ihr viele entzückende Corgi-Babys zu machen. Dabei hat sie stets das richtige Händchen – deswegen ist unsere Familie ja auch weltberühmt. Wir sind sogar mit der wilden Sippe verwandt, die früher bei der netten alten Frau in dem großen Schloss wohnte.

Der Blick der Chefin ist mir also wohlvertraut.

Und nun bin ich gespannt, wen sie für Sara aussuchen wird …

3. Colin

Colin verfiel in seinen üblichen leichten Trab, während er zunächst den Hügel hinunter und dann Richtung Westen zur *Lyme Regis Whisky-Destillerie* joggte.

Gut, dass Marjories Nichte aus London zur Unterstützung ihrer Tante angereist war. Wie hieß sie noch mal? Sara? Ja, Sara.

Er hoffte, dass ihr sein Starren in den ersten Sekunden nicht unangenehm aufgefallen war.

Saras Augen waren von einem so intensiven Grün, dass er gar nicht anders gekonnt hatte, als ihren prüfenden Blick wie hypnotisiert zu erwidern.

Sanft schüttelte er den Kopf, um die Erinnerung an das daraufhin einsetzende verlegene Schweigen loszuwerden.

Jedenfalls kam es ihm sehr gelegen, dass Sara nun da war und er nicht mehr zwingend jeden Morgen die Corgi-Welpen versorgen musste, bevor er seiner eigenen Arbeit nachgehen und auch den Whiskyladen öffnen konnte. In der momentanen Geschäftsflaute zählte jede Stunde, die er in den Betrieb investieren konnte.

Natürlich hatte er Marjorie gern den Gefallen getan. Außerdem war er es ihr schuldig, nachdem diese blöde Sache passiert war. Und die sechs kleinen Corgis waren wirklich toll.

In den letzten Tagen hatte er tatsächlich überlegt, ob er irgendwann selbst einen Hund aus Marjories Zucht zu sich nehmen sollte. Eigentlich war Colin ganz zufrieden mit seinem Alltag, der Arbeit in der vom alten Williams übernommenen Destillerie, den Abenden mit seiner Pubquiz-Runde und den wöchentlichen Treffen mit Brenda zum gemeinsamen Joggen – aber vielleicht würde ihm ein bisschen Gesellschaft auf vier Pfoten zusätzlich guttun?

Allerdings würde er auf jeden Fall eine Hündin nehmen. So ein aufmüpfiger Rüde wie Harry wäre nichts für ihn. Der stellte seine riesigen Ohren bei Colins Rufen stets auf Durchzug und tat auch sonst gern, was ihm gerade beliebte. Und das war nicht immer das, was den Zweibeinern recht war. Die Corgi-Mädels waren dagegen allesamt brav und konnten durch ihre treuen Blicke jeden entzücken.

Brenda war ganz hin und weg gewesen, als sie vorgestern bei ihrer Joggingrunde kurz am Ivy Cottage haltgemacht und die Welpen angeschaut hatten.

Zugegeben, mit Brenda würde er sich gerne häufiger und länger treffen, und von ihm aus dürften sich diese Treffen nicht nur aufs Nebeneinanderherlaufen beschränken.

Aber das würde Brendas Mann Lenox sicherlich gar nicht schmecken. Leider wusste der aus Oxford zugezogene Anwalt nur zu gut, dass er den hiesigen Männern die schönste Frau von ganz Lyme Regis quasi vor der Nase weggeschnappt hatte, und bewachte seine Eroberung eifersüchtig.

Colin erinnerte sich noch ganz genau, was er empfunden hatte, als er an seinem ersten Schultag vor beinahe vierzig Jahren das Mädchen mit den goldblonden Zöpfen und den meerblauen Augen zum ersten Mal gesehen hatte. Zusammen mit ihren Eltern hatte sie wie die anderen Kinder des Ortes auf dem Schulhof darauf gewartet, in ihre Klasse gerufen zu werden. Brenda hatte ihn währenddessen kurz angelächelt, bevor sie wieder zu ihrem Vater hinaufgesehen hatte, in dessen Hand sie ihre eigene geschoben hatte.

Schlagartig war Colin klar gewesen, was die Erwachsenen damit meinten, wenn sie von der »großen Liebe« sprachen. Denn er war sicher gewesen, die Liebe seines Lebens soeben gefunden zu haben.

Es war ihm wie Schicksal vorgekommen, dass sie ihm in der Klasse direkt gegenübergesessen hatte, sodass er sie jederzeit heimlich beobachten konnte. Natürlich hatte er sich damals nicht getraut, sie anzusprechen.

Doch Colin hatte geduldig auf eine Situation gewartet, in der er sie auf sich aufmerksam machen konnte. Die Gelegenheit war in Gestalt von Franc Donovan gekommen, der sämtliche Mädchen der Klasse gegen sich aufbrachte, indem er sie an den Zöpfen zog oder ihnen Bleistifte oder Anspitzer stahl. Eines Tages hatte Franc es auf Brenda abgesehen und ihr das Haarband geklaut. Er behauptete, es sei ein Pfand und dürfe nur zurückgegeben werden, wenn Brenda ihm einen Kuss schenken würde.

Brenda dachte nicht daran.

Mit zornig verschränkten Armen stand sie in der Ecke des Schulhofes, umgeben von ihren ratlosen Freundinnen.

Colin hatte all seinen Mut zusammengenommen und war zu der kleinen Gruppe hinübergegangen.

»Gib das Haarband zurück!«, hatte er möglichst ruhig, aber bestimmt von dem Jungen verlangt, der damals einen halben Kopf größer als er selbst gewesen war.

Franc, der es nicht gewohnt war, dass Colin überhaupt mal ein Wort sprach, hatte ihn ausgelacht und gespottet: »Und was, wenn nicht?«

Da hatte Colin ausgeholt und ihm mit der Faust eine verpasst.

Franc war zurückgetaumelt, hatte sich die Wange gehalten und mit den Tränen gekämpft.

»Das sag ich!«, hatte er gedroht.

Colin hatte nur die Hand hingehalten.

Das Haarband wechselte den Besitzer, und Franc stolperte davon, während Colin sich umdrehte und mit weichen Knien seiner großen Liebe zum ersten Mal ganz nah gegenüberstand.

»Deins?«, hatte er gefragt, obwohl er es natürlich sehr wohl wusste.

Brenda hatte genickt und das Band entgegengenommen. Ihr »Danke« war von ihrem bezaubernden Lächeln begleitet gewesen, das prompt einen Schwarm Schmetterlinge in Colins Bauch umherschwirren ließ.

Dass er später zum Lehrer gerufen, scharf getadelt und mit einer Strafarbeit im Gepäck nach Hause geschickt worden war, hatte Colin nicht gekümmert.

Brenda hatte ihn angelächelt. Das war alles, was zählte.

Und seitdem waren sie einander verbunden gewesen. Es hatte sich eine Freundschaft entwickelt, die bis heute Bestand hatte.

In ihrer Teenagerzeit hatte es eine kurze Phase gegeben, in der Colin sich Hoffnungen gemacht hatte, dass endlich mehr aus ihnen werden würde. Die wenigen heimlichen Küsse in Williams' altem Bootshaus am Strand waren ihm bis heute noch gut im Gedächtnis geblieben. Aber irgendwie hatten sie es trotz dieser Annäherung nie geschafft, ein richtiges Paar zu werden.

Als Brenda nach der Schule zum Studium nach Oxford gegangen war, hatten sie sich eine Weile aus den Augen verloren.

Eines Tages war Brenda jedoch wieder aufgetaucht: Schöner denn je hatte sie vor seiner Tür gestanden und strahlend erzählt, dass sie zurück sei. Zurück in Lyme Regis.

Colin hatte sein Glück kaum fassen können – bis sie ihm berichtete, dass ihr frisch angetrauter Ehemann in der Stadt eine Anwaltskanzlei eröffnen würde.

Das lag nun auch schon fünf Jahre zurück.

Ihre Freundschaft war neu erblüht. Natürlich war unter diesen Umständen nicht infrage gekommen, Brenda zu beichten, was er von ihrer ersten Begegnung an für sie empfunden hatte und noch immer empfand.

Als Colin jetzt in den Hof des alten Destillerie-Gebäudes einbog, sah er jemanden am Eingang seines Shops stehen. Er war ein bisschen spät dran, zehn Minuten, um genau zu sein.

Als er näher kam, erkannte er Stanley McEvan, der die angrenzende, zu einem Laden umgebaute Scheune von ihm gepachtet hatte.

»Stan, guten Morgen!«, rief er.

Stan hob die eine Hand zum Gruß und grinste schief. In der anderen Hand hielt er einen weißen Umschlag.

Sofort war Colin klar, dass er keine guten Neuigkeiten hatte.

»Was gibt es so früh am Tag?«

»Wollen wir vielleicht erst mal reingehen?«, schlug Stan vor.

Colin nickte und schloss die Ladentür auf. Gemeinsam gingen sie hinein.

Der Verkaufsraum verströmte die urige Atmosphäre eines Gewölbekellers. An dessen Ende führte hinter einem dicken Vorhang eine Treppe tatsächlich in so einen Keller hinunter, in dem Colin hin und wieder Abende zur Verkostung anbot. An den Wänden des Shops zogen sich Regale mit Whisky-Flaschen und kleinen Fässern entlang. Außerdem gab es ein paar Knabbersachen wie Cracker und Chips, Whiskygläser mit dem Aufdruck seiner Marke *Lyme Regis Whisky*.

Colin schaltete die Deckenbeleuchtung ein, die ihr Licht sanft auf die bronzeschimmernde Flüssigkeit in den mal bauchigen, mal kantigen Flaschen ergoss.

Dann wandte er sich zu Stan um und sah ihn fragend an.

Der rang die Hände.

»Colin, ich bin kein Mann, der viel Tamtam macht, das weißt du.«

»Raus damit!«

»Pauline und ich, wir gehen zurück nach Schottland«, erklärte Stan mit schuldbewusstem Gesicht.

Das war noch schlimmer, als Colin bei Stans ernster Miene befürchtet hatte. Nach dem Umbau und der Modernisierung der Destillerie hatte es lange gedauert, bis jemand das angrenzende Gebäude pachten wollte. Es lag zu weit ab vom Ortskern und erinnerte eher an eine zünftige Scheune als an einen der mit Plüsch und Troddeln ausgestatteten Tearooms, die die Touris hier so liebten. Als Stan und Pauline die Scheune vor sechs Jahren für ihren

Keramikladen übernommen hatten, war Colin mehr als erleichtert gewesen.

»Aber … das Geschäft läuft doch gut. Eure Sachen sind wirklich hübsch und sehr beliebt. Wenn es an der Miete liegt … Da können wir noch mal drüber sprechen. Ich meine …«

»Daran liegt es nicht, Colin. Die Miete ist mehr als fair, das wissen wir beide. Tut mir echt leid. Pauline hat Heimweh. Sie will unbedingt zurück. Lyme Regis ist hübsch und alles, sie wird hier trotzdem einfach nicht heimisch.«

Stan legte den Umschlag mit einer ruckartigen Bewegung auf den Verkaufstresen, als wollte er ihn möglichst rasch loswerden.

Colin spürte deutlich, wie ein zentnerschwerer Felsklotz in seinen Magen sank.

»Heimweh, hm? Na, dagegen ist wirklich kein Kraut gewachsen«, brummte er, um es Stan nicht noch schwerer zu machen.

Er mochte den kauzigen Mittfünfziger und dessen stets in wallende bunte Stoffe gekleidete Frau. Was an der Nachbarschaft mit ihnen auch von großem Vorteil war, war die gegenseitige Befeuerung der Geschäfte.

Die Menschen, die am Keramikangebot, den bunten Teetassen und -kannen, Blumenpötten und der Wanddeko interessiert waren, scheuten den Weg aus dem Ortskern auf den Hügel hinauf nicht. Und wenn sie schon einmal da waren, schauten sie auch bei ihm herein und nahmen für einen Abend mit Freunden oder als Mitbringsel für die Nachbarn daheim eine Flasche *Lyme Regis Whisky* mit. Das würde nun also bald der Vergangenheit angehören.

»Wann brecht ihr auf?«

»Ende des Monats. Aber keine Bange, die Miete für den nächsten Monat kriegst du natürlich noch.«

Sie sahen sich einen Augenblick lang an. Dann bot Colin seinem Gegenüber die Hand an, und Stan schlug ein.

»Ich werde euch vermissen«, sagte Colin rau.

»Du machst das schon, Colin! Dein Fusel ist nun mal der beste weit und breit.«

Dass Stan den kostbaren Whisky gern scherzhaft als Fusel bezeichnete, war immer ein Insider zwischen ihnen gewesen.

Sie lachten beide darüber, während Colin spürte, dass in seinem Magen ein steinschweres Etwas zu wachsen begann.

»Na dann«, sagte Stan und schob die Hände in die Hosentaschen. »Geh ich mal rüber. Bis später.«

»Bis später. Grüß Pauline.«

Als Stan mit steifen Schritten hinausgegangen und um die Ecke des Ziegelgebäudes verschwunden war, zog Colin sich hinter dem Tresen den Hocker heran und ließ sich darauf nieder.

Verdammt. Das war wirklich das Letzte, was er in der momentanen Krise gebrauchen konnte. Die beiden gehobenen Restaurants der Familie Stallings, die regelmäßig größere Mengen seines Whiskys abgenommen hatten, hatten im Winter beide zugemacht, und die Läden unten im Ort servierten zum Fisch lieber Wein. Von deren mageren Bestellungen konnte er nicht leben.

Würde es am Ende doch so kommen, dass er die Destillerie aufgeben müsste? Auf alle Fälle würde er seine beiden Angestellten Tom und Gregory ohne die Pachteinnahmen nicht mehr lange beschäftigen können. Aber wie sollte er ohne die beiden zurechtkommen? Die Arbeit in der Destillerie war für einen allein zu viel, und dazu kam noch der Laden.

Obwohl es draußen sommerlich warm war, fröstelte er plötzlich.

Am besten würde er erst einmal duschen.

Er rutschte vom Hocker, ging um den Tresen herum und drehte am Fenster der Tür das *Geöffnet*-Schild herum, sodass *Bin gleich zurück* zu lesen war. Dann trat er hinaus und schloss die Tür hinter sich ab.

»Hey, warst du etwa am Morgen laufen?«, rief eine helle Stimme.

Colin fuhr herum.

Gab es das?

Durch die Toreinfahrt des Hofes kam soeben eine schmale Gestalt im geblümten Sommerkleid leichtfüßig auf ihn zu.

Er blinzelte. Bildete er sich das nur ein, weil er heute Morgen so intensiv an sie gedacht hatte? Nein, sie war es wirklich.

Brenda hob die Hand und winkte ihm zu.

Er ging ihr ein paar Schritte entgegen.

»Nur weil ich die Welpen von Marjorie versorgt habe. Der Weg lädt geradezu dazu ein«, antwortete er.

Jedes Mal, wenn er Brenda unvorbereitet sah, war er überrascht von ihrer Schönheit, als hätte er sie noch nie vorher betrachtet. So auch jetzt.

»Aber übermorgen laufen wir doch wieder zusammen abends, oder?«, fragte sie ein wenig besorgt.

»Davon würde mich nichts abhalten.«

»Prima«, sagte sie lächelnd.

Einen Augenblick standen sie schweigend voreinander, und Brenda musterte ihn aufmerksam.

»Ist was passiert?«

»Stan hat mir gerade gesagt, dass Pauline und er Ende des Monats nach Schottland zurückgehen.«

Sie hob beide Hände an den Mund.

»Oh nein! Das ist ja furchtbar für dich. Warum denn das?«

»Pauline hat Heimweh.«

In Brendas blauen Augen stand Mitgefühl, und dieser Anblick ließ den Klotz in seinem Magen noch größer werden.

»Heimweh kann ich verstehen. Ich hätte es auch keinen Monat länger in Oxford ausgehalten. Wenn man eine richtige Heimat hat, muss man irgendwann zurückkehren.«

Colin senkte den Kopf.

»Ich hoffe, dass es mir möglich sein wird zu *bleiben*. Keine Ahnung, wie lange ich den Betrieb ohne die beiden Restaurants oben und nun auch noch ohne die Pacht halten kann. Und was soll ich hier tun, wenn nicht Whisky herstellen?!«

Nun trat echtes Entsetzen in Brendas Miene.

»Aber Colin … Du kannst doch nicht … Du kannst hier nicht weggehen«, flüsterte sie.

Sie legte eine Hand auf seinen Unterarm. Er war verschwitzt vom Laufen, das störte sie offenbar nicht.

Die Berührung ihrer schmalen Finger auf seiner Haut war mehr, als er in diesem Moment ertragen konnte.

Er räusperte sich.

»Was führt dich denn hierher?«, fragte er.

Brenda löste ihre Hand und strich dabei tröstend über seinen Arm.

»Ich könnte ja behaupten, ich hätte gespürt, dass etwas bei dir nicht stimmt, aber das wäre gelogen. Obwohl es zu uns passen würde, nicht?« Wieder lächelte sie. »Eigentlich wollte ich eine Flasche von deinem Feinsten für ein Abendessen mit einem von Lenox' Klienten kaufen.«

Colin ignorierte in gewohnter Manier das Grollen in seinem Inneren, das er stets spürte, sobald dieser Name fiel. Brendas zu heftiger Eifersucht neigendem Ehemann konnte er einfach nichts abgewinnen. Da nutzte es auch nicht, dass der angesehene Anwalt vor seinen reichen Klienten gern mit dem feinsten Whisky Südenglands angab.

»Wenn das so ist, gehen wir am besten noch mal rein.«

Colin drehte den Schlüssel im Schloss wieder herum, und sie traten ein. Brenda griff zielsicher die beste und teuerste Sorte aus dem Regal, legte den entsprechenden Geldschein auf den Tresen, und Colin kassierte ab. Innerhalb kürzester Zeit standen sie wieder draußen in der Sonne.

»Wenn du bei Marjorie warst, hast du bestimmt ihre Nichte kennengelernt? Ich war gerade bei Alice, und die meinte, sie sei unglaublich sympathisch und zudem ausgesprochen hübsch.«

Colin zögerte einen Moment. Die Erinnerung an die hellhäutige Frau mit den leuchtend grünen Augen stieg so deutlich in ihm auf, dass es ihn selbst überraschte.

»Ach, du kennst ja Alice. Sie ist immer schwer begeistert von den Menschen.«

»Also ist sie nett?«, forschte Brenda weiter.

Er zuckte mit den Schultern.

»Keine Ahnung. Wir haben uns nur flüchtig Hallo gesagt. Aber ich nehme es an, wenn sie ihr Londoner Leben einfach so stehen und liegen lässt, um Marjorie wegen ihres Knöchels zu helfen.«

»Ja, das stimmt. Das spricht unbedingt für sie.«

Brenda wandte sich bereits zum Gehen, drehte sich jedoch noch einmal um.

»Und Marjorie hat dich nicht zu einem gemeinsamen Dinner oder so eingeladen? Ich meine, damit du ihre Nichte besser kennenlernst?!«

Colin zog seine Brauen nach oben.

»Nein. Hat sie nicht. Wieso sollte sie? Soviel ich weiß, bleibt Sara ja auch nur, bis Marjorie wieder selbst rumlaufen und die Hunde versorgen kann. Ich glaube, dass ihre Nichte bestimmt Besseres zu tun hat, als mit irgendwelchen Kerlen zu Abend zu essen.«

Brenda lachte hell auf und schüttelte den Kopf.

Das hatte sie schon immer gekonnt: ihm das Gefühl geben, er, der wortkarge Einzelgänger, sei unterhaltsam oder gar witzig.

»Ja, da hast du wahrscheinlich recht. Dann sehen wir uns also übermorgen, ja?«

»Übermorgen um sieben.«

Colin nickte und dachte: Und wenn es nach mir ginge, gern an jedem anderen Tag.

Harry

Aufgaben eines Zuchtrüden:

1. *Ich flirte mit allen Hundemädchen, die an unserem Gartenzaun vorbeikommen oder die wir auf unseren Spaziergängen treffen.*
2. *Wenn die Chefin eine Partnerin für mich aussucht, lasse ich all meinen Charme spielen. Und selbstverständlich konnte mir noch niemals eine widerstehen.*
3. *Sind die Welpen erst da, bin ich in den ersten drei Wochen besonders reizend zu der jeweiligen Mum, denn das ist eine anstrengende Zeit für sie.*
4. *Ab der vierten Woche darf ich dann bei der Erziehung der Kleinen mitwirken. Das heißt: Spielen! Spielen! Spielen!*
5. *Für diese spaßbringende Aufgabe werde ich dann auch noch ausgiebig von allen gelobt, und meine guten Gene werden gepriesen.*
6. *Ich habe keine Ahnung, was Gene sind.*

Ich finde diese Aufgaben ausgesprochen angenehm. Und ehrlich gesagt verstehe ich nicht, wieso es die Menschen nicht genauso halten. Ihr Leben könnte so viel einfacher sein …

4. Marjorie

Während Sara in der Küche herumwerkelte und dort ganz in ihrem Element zu sein schien, spielte Marjorie mit den Welpen.

Sie saß auf einem Kissen mitten im Welpenauslauf und unterhielt die kleinen Rangen mit Zerrstricken und Kautschukbällen.

Die fünf Wochen alten Babys waren schon sehr rege und stürzten sich auf die Spielzeuge, als handele es sich um begehrte Beute. Da wurde ein bunter Baumwollstrick schnell zum davonhoppelnden Kaninchen oder ein Handfeger zum gemeinsam bekämpften Feind. Die Welpen spielten auch gern miteinander Fangen und Raufen oder balgten sich um ein Spielzeug.

Es war wichtig, dass sie das Spiel mit dem Menschen und seine Regeln von Anfang an kannten. Sie lernten, dass sie nicht in die Hände mit der so viel verletzlicheren Haut beißen durften, dass sie spielerisch knurren und toben, aber nie jähzornig oder ernsthaft aggressiv werden durften. Nur so würden gute, verträgliche Familienhunde aus ihnen werden, die sich jederzeit anfassen ließen und gesetzte Grenzen akzeptierten.

Es war ein homogener Wurf von drei Rüden und drei Hündinnen, allesamt in der Farbe *red*, trotzdem fiel es Marjorie nicht schwer, sie auseinanderzuhalten. Zum einen gab es Varianten in den Farbnuancen. Und was noch gravierender war: Schon in diesem zarten Alter zeigten sie Wesensunterschiede. Die kleinste, zierlichste Hündin war die mutigste, die stets als Erste neue Dinge erkundete. Ihr dickster Bruder war zwar rasch am Futternapf, zog es sonst jedoch vor, gemütlich in einer Ecke zu liegen.

Alle Welpen waren bereits vor ihrer Geburt ihren zukünftigen Familien versprochen gewesen. Marjories schon seit drei Jahrzehnten erfolgreiche Zuchtstätte war landesweit bekannt. Trotzdem plante sie nur maximal einen Wurf im Jahr, und so hatte sie nie Schwierigkeiten, geeignete liebe Menschen für den gefragten Nachwuchs zu finden.

Auf den alten Tonfliesen im Flur war plötzlich Pfotentapsen zu hören. Harry erschien an der Tür. Gerade noch hatte er bei Sara in der Küche gesessen, doch nun wollte er offenbar hier nach dem Rechten sehen. Er sprang mit einem kleinen Hopser über die für die erwachsenen Hunde angepasste Auslassung im Absperrgitter, und augenblicklich ließ die Bande von Marjorie ab und stürzte sich begeistert auf ihn.

Im Gegensatz zur Hundemama Meghan, die nach den ersten intensiven Wochen ihre Pausen von den nervenden Gören genoss, konnte Onkel Harry kaum genug vom Spiel mit den Jungen bekommen. Dabei war es ihm vollkommen egal, ob es sein eigener Nachwuchs war oder der eines anderen Rüden, so wie jetzt.

»Du machst das hier, mein Großer, nicht?«, sagte Marjorie zu ihm und strich ihm über den Rücken.

Harry wedelte kurz in ihre Richtung, um dann wieder mit dem Zerrstrick zu schleudern, an dem drei wild knurrende Welpen hingen.

Es dauerte deutlich länger als sonst, bis Marjorie sich vom Kissen aufgerappelt hatte. Dieser verdammte Knöchel schmerzte immer noch, ständig musste sie darauf Rücksicht nehmen. Sie nahm die Krücke, die sie an die Wand gelehnt hatte, und humpelte langsam durch den Flur Richtung Wohnzimmer, wo die Terrassentür um diese Jahreszeit bei gutem Wetter stets aufstand.

Als sie an der Küche vorbeikam, hörte sie Sara leise singen. Ihre Nichte war so vertieft in ihre Arbeit, dass sie gar nicht mitbekam, wie Marjorie einen Augenblick im Türrahmen stand und ihr zusah.

Während Lizzy und Diana auf den Liegekissen an der Wand Stellung bezogen hatten und genau beobachteten, ob vom Tisch etwas herunterfallen würde, lief Sara geschäftig hin und her, wusch Kräuter und zerhackte sie dann mit dem erschreckend großen Messer, das sie in Yasmines Haushaltswarenladen im Ort erstanden hatte, in rasender Geschwindigkeit.

Für einen Moment sah Marjorie wieder das Kind vor sich, das damals in ihrer Küche ebenso emsig beschäftigt gewesen war.

Maxwell hatte seiner Tochter mit besorgtem Blick zugesehen. Seine eigene Trauer um Elisa hatte ihn für eine Weile dumpf und kummervoll werden lassen. Als er aus diesem tiefen Tal wieder aufgetaucht war, hatte er festgestellt, dass Sara zu einer leidenschaftlichen Versorgerin geworden war: Sie kochte und backte, weil sie ihrem immer schmaler werdenden Dad eine Freude machen und ihm etwas Leckeres servieren wollte. Irgendwann hatte sich das Ganze verselbstständigt und weiterentwickelt. Und schon bald war Marjorie sicher gewesen, dass Sara den Küchenzauber nicht mehr nur deswegen veranstaltete, weil sie mit ihren acht Jahren ihrer schmerzlich vermissten Mum nah sein oder ihren trauernden Dad trösten wollte. Nein, Sara war aus dieser Not heraus etwas widerfahren, was den meisten Menschen verwehrt blieb: Sie hatte ihre wahre Passion entdeckt, etwas, wofür sie brannte und das sie allen Kummer vergessen ließ.

Was für ein Drama, dass ihr Traum vom eigenen Restaurant, diesem schicken, hoch gelobten *Rosmary*, nun womöglich wie eine Seifenblase zerplatzen würde. Und warum? Weil vielen Männern nun mal eine Frau nicht ausreichte.

Als ihr bei diesem Gedanken ein unwilliges Murren entwich, wandte Sara sich um.

»Tante Marjorie, ich hab dich gar nicht bemerkt.«

»Das riecht schon sehr verheißungsvoll.«

Sara lachte und strich sich mit dem Ellenbogen ein paar Strähnen aus dem erhitzten Gesicht.

»Ach, ich bin ja nur bei den Vorbereitungen. Aber das Gemüse von Alice ist wirklich toll. Probier nur mal!«

Sie griff etwas von dem Holzbrett vor ihr, streute ein wenig

Gewürz darauf und flog regelrecht durch die Küche. Sie hielt ihr eine Gurkenscheibe hin.

»Mach die Augen zu.«

Marjorie wollte erwähnen, dass sie Alice' Waren seit Jahren kannte, doch dann tat sie, wie ihr geheißen. Als sie auf die Gurke biss, explodierte auf ihrer Zunge ein köstlicher Geschmack. Überrascht riss sie die Augen auf.

»Fantastisch, oder?«

»Gurke?«

»Ja, und aus ihren Gewürzen selbst gemachtes Kräutersalz. Nicht schlecht, oder?«

»Nicht schlecht?! Schätzchen, deine kleine Auszeit hier ist definitiv das Beste, was mir passieren konnte. Dafür lohnt sich sogar ein verstauchter Knöchel.«

»Ach ja, dein Knöchel. Dazu wollte ich dich noch etwas fragen. Alice hat erwähnt, dass dieser Colin dir mit den Hunden und im Haus hilft, weil er ein mächtig schlechtes Gewissen hat. Was hat er denn mit deinem Fuß zu tun?«

Marjorie zögerte.

Sollte sie Sara davon erzählen? Schließlich würde ihre Nichte nur für kurze Zeit hier sein. Da konnte sie ihr doch sicher das Geheimnis anvertrauen, das Brenda und sie – und auf eine gewisse Weise auch Colin – miteinander verband.

Nur kurze Zeit hier. Bei diesen Worten läutete plötzlich eine feine Glocke in ihrem Inneren. Ein Männergesicht tauchte vor ihr auf. Mit blondem Haar und sympathischen blauen Augen. Wie hieß er noch? Ian? Nein, Dean, er hieß Dean. Ob das vielleicht …? Könnte das …?

»Tante Marjorie?«, hakte Sara, halb besorgt, halb amüsiert, nach.

»Wie? Oh, ähm … Ach, keine Ahnung, was sie damit gemeint haben könnte. Colin ist einfach sehr hilfsbereit. Lass dich von seiner Einsilbigkeit nicht täuschen. Er ist ein echt netter Kerl mit dem Herzen auf dem rechten Fleck. Mir ist übrigens gerade etwas eingefallen. Heute Abend trifft sich der Jurassic Coast Kulturclub im *Red Lion* zum Pubquiz. Hättest du Lust, mich zu begleiten?«

Marjorie bemerkte, dass Sara nicht sonderlich begeistert von ihrem Vorschlag war.

»Ich bin eine der Veranstalterinnen, weißt du, und darf einfach nicht fehlen. Mit meinem Fuß kann ich nicht selbst runterlaufen, deswegen holen Alice und Jamie mich mit dem Auto ab. Es wäre doch schön, wenn du Alice wiedersiehst und wir uns einen netten Abend machen?!«

Ein Ruck ging durch ihre Nichte.

»Klar komm ich mit. Wird ja vielleicht ganz nett«, antwortete sie und lächelte tapfer.

Marjorie tätschelte ihr den Arm.

»Das ist lieb von dir! So, und nun halte ich dich nicht länger auf. Ich schau mal, wo die beiden jungen Mädels sind. Es ist so verdächtig still.«

Langsam setzte sie ihren Weg den Flur entlang fort.

Sobald sie Meghan und Katy ausfindig gemacht hatte, würde sie Brenda anrufen und sie für den heutigen Abend um eine bestimmte Tischbelegung bitten. Schaden konnte es schließlich nicht, und wer wusste schon … Vielleicht war es genau das Richtige für Sara in der jetzigen Lage?!

Im Garten lag Meghan rücklings auf der Liege unter dem großen Feldahorn und hatte ihr momentan strapaziertes Gesäuge gen Himmel gedreht. Ihre kurzen Beine waren eingeklappt und hingen niedlich zu den Seiten herab. Sie schnarchte.

Aber wo steckte Katy?

Marjorie ließ ihren Blick durch den Garten streifen.

Auf den sechstausend Quadratmetern gab es Rasenflächen, einen großen Teich mit ummauertem Rand, Staudenbeete, die mit kleinen Zäunchen gegen die Welpen geschützt waren, Bäume und Sträucher.

Unmöglich, alles auf einmal zu überblicken und etwas so Kleines wie einen Corgi ausfindig zu machen.

Marjorie lauschte. Drang da nicht von irgendwo ein leises, regelmäßiges Geräusch an ihre Ohren? Langsam krückte sie auf dem mit Rindenmulch ausgelegten Weg um die Hausecke und tatsächlich … Da drüben, nahe am Staketenzaun, sah sie ein wippendes hellbraunes Hinterteil.

Weil sie ihre anderen Hunde nicht aufstören wollte, pfiff Marjorie nicht, sondern humpelte zu den Hortensien, unter denen Katy sich gerade zu schaffen machte. Bei ihr angekommen, stupste sie die Hündin mit dem Krückenende sachte auf den Po. Erschrocken fuhr Katy herum.

»Übeltäterin!«, sagte Marjorie, die angesichts der erdverkrusteten Schnute vor ihr nicht wirklich böse sein konnte, möglichst streng. »Regel Nummer eins für den Garten: Nicht buddeln!«

Katy, die diese Regel sehr wohl kannte, hechelte mit offenem Fang und sah dabei äußerst schuldbewusst aus.

Marjorie hörte zwar immer wieder, dass man Hunde nicht vermenschlichen sollte. Aber das Gesichtchen hier vor ihr wirkte tatsächlich reichlich verlegen aufgrund des hundischen Kontrollverlusts.

»Und was ist Regel Nummer zwei?«, tönte eine Stimme über den Gartenzaun. »Keine Gespräche mit Fremden über den Gartenzaun führen?«

Marjorie hob verwundert den Blick. Diese Stimme klang irgendwie vertraut.

Einen Moment lang – zwei Sekunden, drei oder vielleicht auch zehn – stand sie einfach nur da und starrte ihn an. Den Mann, der ihr auf der anderen Seite des Zauns in legeren Chinos, Hemd und Strohhut gegenüberstand.

»Oje«, sagte er. »Dieser Blick ist ja noch strenger, als ich ihn in Erinnerung hatte.«

»Du bist es wirklich.«

Etwas anderes brachte sie nicht heraus.

»Tja, ja, sieht ganz so aus. Und du hast mich offenbar gleich wiedererkannt. Nach wie vielen Jahren? Wie lange ist das jetzt her?«

Dreiunddreißig Jahre, dachte Marjorie.

Wie konnte es sein, dass sie diese Zahl sofort glasklar vor Augen hatte? War es, weil Sara nun hier war? Sara mit ihrer aktuellen, so schmerzhaften Geschichte?

Sie sagte: »Keine Ahnung. Eine halbe Ewigkeit.«

Es fühlte sich allerdings nicht so an. Es fühlte sich nicht an wie eine Ewigkeit, ob halb oder ganz. Es fühlte sich an, als sei es erst, wenn nicht gestern, dann maximal letzte Woche gewesen, dass sie sich zum letzten Mal gesehen hatten.

John, dachte sie. Dann konnte sie nichts anderes mehr denken. Und das verstörte sie zutiefst.

»Du bist also immer noch hier in deinem Ivy Cottage«, sagte er. »Und du siehst aus, als ging es dir verdammt gut. Du hast dich gut gehalten.«

»Im Gegensatz zu dir«, hörte Marjorie sich sagen, und Erleichterung durchflutete sie, dass sie sich auf ihre Schlagfertigkeit verlassen konnte.

»Ui, immer noch die spitze Zunge. Natürlich. Und du hast recht. Jünger bin ich nicht geworden.«

John lüpfte den Strohhut und fuhr sich mit der Hand über den lichten Scheitel. Vom Verlust des Großteils seiner Locken abgesehen, sah auch er sehr gut aus. Braun gebrannt, für einen Mann eher klein, nur wenig größer als sie selbst, aber kräftig und mit diesem spitzbübischen Funkeln in den dunklen Augen.

Endlich – nach gefühlt endlos langen Minuten – schaffte Marjorie es, sich wieder in den Griff zu bekommen.

»Was führt dich nach Lyme Regis?«, erkundigte sie sich.

John schob die Hände in die Hosentaschen.

»Meine Tante Isabell – du kennst sie doch noch? –, sie hatte dieses hübsche kleine Häuschen oben an der Green Lane.«

Marjorie nickte.

»Natürlich. Mein Beileid, John.«

Vor ein paar Wochen hatte Isabell Egans Todesanzeige im Gemeindeblatt gestanden. Da hatte Marjorie die heraufziehenden Erinnerungen noch energisch zur Seite geschoben.

»Danke. Aber um ehrlich zu sein, wir hatten nicht mehr allzu viel Kontakt in den letzten … Jahren. Nicht mehr, seitdem ich damals fortgegangen bin. Umso erstaunlicher, dass sie mir ihr Haus vererbt hat. Ich dachte, es geht an den National Trust oder – noch wahrscheinlicher – an den Birdwatch Club.«

Als sie beide lachten, kam Marjorie der Klang ihrer eigenen Stimme ein wenig hölzern vor. Doch John schien nichts aufzufallen, denn er lächelte sie immer noch auf diese Weise an, als gefalle ihm, was er sah.

»Aha. Und nun bist du hier, um dein Erbe in Augenschein zu nehmen?! Willst du es vermieten, oder steht es zum Verkauf?«

»Weder – noch.«

Er machte eine kleine Pause, und Marjorie konnte ihr Herz plötzlich schneller schlagen spüren. Ihr dummes, albernes, fünfundsechzig Jahre altes Herz. »Ich bin letzte Woche selbst eingezogen. Tja, zurück zu den Wurzeln, nicht wahr?«

Ihr wurde ein wenig schwindelig, und sie stützte sich stärker auf die Krücke.

»Alles okay, Marjorie? Was ist mit deinem Fuß?«, wollte John sogleich besorgt wissen.

»Nur eine Stauchung, ich bin gestolpert. Über einen der Hunde«, log sie und sah sich nach Katy um, die doch gerade noch da gewesen war. Nun war sie nirgends zu sehen. Marjorie fühlte sich mit einem Mal auf merkwürdige Art allein.

»Ja, Hunde sind nicht ohne. Wir hatten früher auch einen. Cockerspaniel, ein wirklich treues Kerlchen. Als meine Frau noch lebte.«

»Oh nein, ich … ich wusste nicht, dass …«, stammelte sie.

»Kein Problem. Woher sollst du das wissen?! Es ist auch schon zwölf Jahre her. Krebs. Na ja. Da ich jetzt pensioniert bin und Tante Isabells Haus leer stand, dachte ich: Wieso nicht zurückkehren? Hier war ich früher mal sehr glücklich. Und irgendwie hatte ich das Gefühl, dass hier noch Dinge auf mich warten, die zu Ende gelebt werden wollen.«

Marjorie fehlten die Worte.

John wartete einen Moment ab, bevor er weitersprach: »Ich habe im Veranstaltungsblatt gesehen, dass du einen Kulturclub ins Leben gerufen hast. Heute Abend Pubquiz im *Red Lion*, wie? Dürfen alte Bekannte dort auch mitmachen?«

»Sicher. Es steht allen offen.«

Er lächelte, und die Falten um seine Augen herum vertieften sich.

»Dann freu ich mich auf heute Abend. Hab einen schönen Tag, Marjorie.«

»Du auch, John. Bis heute Abend.«

Marjorie griff die Krücke fester und wandte sich um. Die wenigen Meter bis zur Ecke des Cottage erschienen ihr ungewöhnlich lang.

Als müsste sie sich versichern, dass sie nicht geträumt hatte, drehte sie sich kurz um. In diesem Augenblick wandte sich auch John um, der die schmale Straße in den Ort bereits ein Stück hinuntergegangen war. Beide lächelten, und John winkte ihr zu.

Sie musste dringend mit Brenda telefonieren. Bei der Tischbelegung heute Abend sollten einige Personen unbedingt am selben Tisch landen. Und andere sollten besser so weit voneinander entfernt sitzen wie nur möglich.

Harry

Wenn die Chefin nervös ist – was nur selten vorkommt, denn sie ist wirklich eine extrem souveräne Leaderin –, braucht sie mich besonders.

Und dass sie heute nervös ist, spüre nicht nur ich.

Auch Lizzy und Diana, die beiden älteren Mädels unseres Rudels, sind ab der Lunchzeit in Habachtstellung, und da ziehen Katy und Meghan natürlich auch mit. Wir teilen uns auf:

Sobald draußen auf der Straße ein Geräusch zu hören ist, wetze ich raus und belle wie verrückt. Deswegen traut sich kein Feind ans Haus ran. Sogar Tom, der Postbote, wirft die Briefe lieber übers Gartentor.

Lizzy, mit ihren zwölf Jahren unsere Erfahrenste, heftet sich an die Fersen der Chefin und lässt sie keine Sekunde aus den Augen.

Diana macht dasselbe mit Sara, denn die gehört nun schließlich auch zu unserem Rudel.

Katy und Meghan übernehmen die Welpen und halten sie ruhig, sodass die Chefin den Kopf frei hat für das, was sie so zappelig macht.

Wenn ich doch nur wüsste, was das ist.

5. Sara

»Du lieber Himmel! Was ist denn nur mit den Hunden los, Tante Marjorie?«

Sara warf einen ratlosen Blick zurück. Nur eineinhalb Meter hinter ihr saß Diana, den Blick unverwandt auf sie gerichtet. Bisher hatte sie keine Ahnung gehabt, dass die zweitälteste Hündin ihrer Tante ein besonderes Faible für sie hatte. Doch seit dem Mittag folgte Di ihr auf Schritt und Tritt.

Marjorie runzelte die Stirn.

»Ich habe keine Ahnung. Irgendwie sind alle ziemlich durch den Wind. Lizzy lässt mich auch nicht aus den Augen. Und Harry kläfft ständig im Garten herum. Kommt mir fast so vor, als seien sie alle mächtig angespannt, seit …«

»Ja?«

Sara, die gerade vor dem Garderobenspiegel im Hausflur noch einmal unauffällig den Sitz ihres geblümten Sommerkleides überprüfte, wandte sich um.

»Ach nichts.«

Bildete sie sich das nur ein, oder überzog eine feine Röte Marjories Wangen?

»Ist heute irgendetwas passiert?«, hakte Sara nach.

Bevor Marjorie etwas erwidern konnte, schoss Harry zum wahrscheinlich fünfzigsten Mal an diesem Tag durch die Terrassentür, um bellend an den Gartenzaun zu wetzen.

»Harry!«, donnerte Marjorie und humpelte so schnell hinaus, wie es ihr verletzter Fuß nur zuließ. »Jetzt reicht es aber!«

Sara hatte den Eindruck, dass ihre Tante ganz froh darüber war, nicht antworten zu müssen.

Als Marjorie kurze Zeit später mit dem keineswegs zerknirscht, sondern wie immer fröhlich wirkenden Harry hereinkam, schien sie Saras Frage vergessen zu haben.

»Am besten, wir nehmen ihn und die beiden alten Mädels mit. So, wie sie drauf sind, würden sie hier wahrscheinlich alles zerlegen, wenn wir ohne sie gehen. Meghan und Katy kümmern sich schon den ganzen Tag um die Welpen, also sind die versorgt. Bist du fertig? Alice und Jamie sind bestimmt gleich hier.«

Sara nickte und öffnete bereits die Tür des Cottage, als sie bei einem Blick zurück beobachtete, wie Marjorie noch einen kritischen Blick in den Spiegel warf und ihr Haar ordnete. Sie hätte Marjorie nicht als besonders eitel eingeschätzt, doch heute Abend hatte sie drei verschiedene Blusen anprobiert, ehe sie zufrieden gewesen war. Sie wusste wirklich viel zu wenig über ihre Tante.

Sie gingen gemeinsam mit den drei Hunden hinaus, die höchst zufrieden darüber schienen, mit von der Partie zu sein.

Kaum hatten sie das von blühenden Rambler-Rosen gekrönte Gartentörchen erreicht, hielt davor der Kastenwagen mit der Aufschrift *Fresh Alice*.

Alice sprang hinterm Steuer hervor, und auf der Beifahrerseite kletterte ein großer, schlaksiger Kerl heraus, dessen kastanienbrauner Lockenkopf auf den ersten Blick wie eine Perücke wirkte.

»Marjorie! Sara! Ihr seht fantastisch aus!«, rief Alice und umarmte sie beide.

Sara freute sich, ihre neue Bekannte so schnell wiederzusehen und nun auch deren Mann kennenzulernen.

Jamie war ebenso still, wie Alice überschwänglich war, und sehr höflich. Nachdem er Marjorie geholfen hatte, samt Krücke auf den Beifahrersitz zu klettern, hielt er Sara die hintere Tür auf.

»Bitte sehr, *ladies first* «, sagte er.

Die Corgis hüpften einer nach dem anderen hinein.

Sara und Jamie sahen sich an und prusteten los. Dann quetschten sie sich zu den Corgis auf die Rückbank, und die Fahrt hinunter in den Ort konnte losgehen.

Sara war froh, dass sie nicht selbst Marjories kleinen Jeep steuern musste. In Lyme Regis herrschte zwar längst nicht so ein reger Verkehr wie in der Hauptstadt, doch die schmalen Straßen waren derart steil und gewunden, dass sie für eine ungeübte Fahrerin wie sie eine echte Herausforderung gewesen wären.

Alice dagegen kurvte routiniert und mit reichlich Tempo den ihr vertrauten Weg zum Pub hinunter.

Vor dem *Red Lion* waren schon einige Wagen geparkt, und als sie den Pub betraten, schlug ihnen bereits der für einen belebten Abend übliche Geräuschpegel entgegen.

Als erfahrene Gastronomin verschaffte Sara sich schnell einen Überblick: Elf runde Tische – drei davon für maximal vier, die anderen für sechs bis acht Personen – waren geschickt im Raum verteilt. Links und rechts am Tresen befanden sich zusätzlich ein paar Hocker. Sie überschlug die mögliche Personenzahl und kam auf knapp achtzig Leute. Das war eine ganze Menge für einen Dorfpub. Und so, wie es aussah, war der Pub rappelvoll.

»Marjorie, wie schön, dass ihr da seid!«

Eine Frau mit weich fallendem blonden Haar und saphirblauen Augen kam ihnen entgegen. Sie umarmte Marjorie, Alice und Jamie und streckte Sara dann die Hand hin. Ihr Lächeln war bezaubernd und ansteckend.

»Ich bin Brenda. Und du musst Sara sein. Es freut mich sehr, dich endlich persönlich kennenzulernen.«

An Marjorie gewandt murmelte sie etwas, von dem Sara nur »sitzt schon am Tisch in der Nische« und kurz darauf »leider nicht mehr Übereinstimmungen als Wohnort London« hören konnte.

Marjorie winkte ab und humpelte zu einem Tisch in der Nähe des Tresens hinüber. Währenddessen warf sie einige nervöse Blicke durch den Gastraum, besonders zur anderen Seite des Pubs. Ob sie wohl jemand Besonderen erwartete?

Sara hatte angenommen, dass Alice und Jamie ihnen an den Sechsertisch folgen würden, an dem Marjorie sich bereits auf einem der Stühle niedergelassen hatte, umgeben von ihren drei Corgis, doch Alice schüttelte bedauernd den Kopf.

»Ich würd gern ein bisschen mehr mit dir plauschen. Aber die Tische werden zugeteilt, weißt du. Jamie und ich sind ja nur zum Spaß da. Wir sitzen da drüben, an einem der Pärchentische.«

Sie deutete hinüber zu einer kleinen Runde, von der Jamie soeben fröhlich begrüßt wurde.

»Pärchentische?«, wiederholte Sara verblüfft. »Werden da Unterschiede gemacht? Und ich dachte, wir seien alle zum Spaß hier?!«

Alice starrte sie einen Augenblick lang wie ertappt an.

»Ähm … ja, sicher. Wir alle«, beeilte sie sich zu korrigieren. »Wir alle sind hier, um Spaß zu haben. Manche haben allerdings auch richtig Ehrgeiz zu gewinnen. Das meinte ich. Gewinnen können wir da drüben sowieso nicht, solange Maude und Emma an unserem Tisch sitzen.«

Sie nickte unauffällig in die Richtung der beiden alten Frauen neben Jamie, die wahrscheinlich die neunzig bereits überschritten hatten.

»Oh, okay. Tja, dann … Bis später!«, sagte Sara, und Alice verschwand blitzschnell zum anderen Raumende.

Marjorie hatte an der Wandseite des Tisches Platz genommen, und Sara wollte sich schon neben ihr niederlassen, doch Brenda wies sie lächelnd auf die kleinen Namensschilder hin, die Sara erst jetzt bemerkte.

»Würdest du dich bitte da rübersetzen?«

Sie deutete auf den Platz, der an dem runden Sechsertisch direkt gegenüber dem ihrer Tante lag.

»Klar. Gerne.«

Sara steuerte den Platz an und wäre beinahe mit einer anderen Person zusammengestoßen, die anscheinend dasselbe Ziel hatte.

»Oh, Verzeihung.«

Eilig trat der Mann vor ihr einen Schritt zurück.

»Dean! Da sind Sie ja!«, rief Brenda gegen den Lärm um sie herum an. »Kommen Sie, setzen Sie sich zwischen Sara und mich.«

Er nahm neben Sara Platz und wandte sich ihr erneut zu.

»Dean Felton«, stellte er sich vor und deutete eine kleine Verbeugung an. »Autor im Exil sozusagen. Ich bin für den Sommer aus London hierhergekommen.«

Dean war sehr schlank, aber ohne dürr zu wirken, sein dunkles, schulterlanges Haar hatte er im Nacken zusammengefasst, was sein Gesicht aristokratisch aussehen ließ. Als er seine runde Goldrandbrille ein Stück die Nase hinaufschob, blieb Saras Blick an seinen schlanken und doch kräftigen Händen hängen.

»Sara Cowell. Ebenfalls frisch aus London eingetroffen. Allerdings bleibe ich leider nicht den ganzen Sommer, sondern nur ein paar Wochen.«

»Wie schade«, erwiderte er, und es klang aufrichtig, nicht wie eine dumme Schmeichelei. »Wohnen Sie irgendwo hier im Ort? Ich habe Sie noch nie gesehen.« Er stutzte kurz. »Herrje, Sie haben ja gerade gesagt, dass Sie noch nicht lange hier sind, ich Dummkopf.«

Sara lächelte.

»Nein, ich wohne oben am Hügel.«

»Ah! Der Ausblick von da ist fantastisch, oder?«

Sie unterhielten sich eine Weile, wechselten ohne großes Aufheben vom Sie zum Du, und Sara begann, sich zu entspannen.

»Verdammt, wo sind meine Manieren?!«, rief Dean nach ein paar Minuten gegen den Geräuschpegel an. »Was willst du trinken? Ich geb die erste Runde aus.«

Sara bestellte ein Pint Guinness. Dean erkundigte sich auch bei Brenda und Marjorie nach ihren Wünschen und ging zum Tresen hinüber.

Sara sah ihm nach. Er wirkte hier – inmitten der Einheimischen und Touris – ein wenig deplatziert, doch in London würde er wunderbar in jeden angesagten Club oder ein schickes Restaurant passen.

Tante Marjorie hatte recht gehabt, der Abend brachte sie auf andere Gedanken.

Sie wollte Marjorie zulächeln, doch die bemerkte ihren Blick gar nicht, sondern spähte an Sara vorbei zum anderen Ende des Gastraumes. Sara wandte sich in diese Richtung.

Das Gewusel im Raum hatte sich gelegt. Die meisten Anwesenden hatten ihre Plätze gefunden, unterhielten sich angeregt und harrten der Dinge, die da in wenigen Minuten kommen würden.

Und dort drüben, an einem der am weitesten entfernten Tische, saß ein älterer Mann mit schlohweißem Haar und spitzbübischem Lächeln. Er trug ein Leinenjackett samt antiquiert wirkender Nelke im Knopfloch und prostete soeben mit einem Pintglas in ihre Richtung.

Als Sara sich daraufhin wieder umdrehte, gespannt auf Marjories Reaktion, beugte die sich gerade rasch hinab und sprach mit einem der Hunde.

Wer mochte dieser Fremde wohl sein? Er schien niemanden an seinem Tisch zu kennen, denn die anderen unterhielten sich angeregt, während er nur stumm dasaß und sich umsah. Dabei glitt sein Blick immer wieder zu ihrem Tisch hinüber.

Marjorie schien das nicht zu bemerken.

Womöglich hatte der Fremde mit dem Zuprosten auch gar nicht Marjorie gemeint? Der Stuhl neben ihm war als einziger an seinem Tisch unbesetzt. Vielleicht erwartete er jemanden?

Am Tresen standen noch ein paar Leute, die auf ihre Getränke warteten, unter anderem eine schicke Frau um die sechzig, die gerade ihren Weißwein in Empfang nahm.

Auch Dean balancierte seine Beute zum Tisch, versorgte Brenda und sich selbst mit Rotwein sowie Marjorie und Sara mit ihrem Bier.

Als Sara noch einmal zu dem älteren Herrn hinübersah, steuerte gerade die Weißweindame auf den Platz neben ihm zu, und er sprang auf, um ihr den Stuhl vorzuziehen. Das war also tatsächlich seine Begleitung.

»Der Jurassic Coast Kulturclub ist wirklich toll, muss ich sagen«, nahm Dean das Gespräch wieder auf und riss Sara aus ihren Gedanken.

»Hast du schon an mehreren Veranstaltungen teilgenommen? Ist es immer etwas in dieser Art?«, erkundigte sie sich.

Dean lachte.

»Ich glaube, das Pubquiz ist eher der Tribut an die Vergnügungssucht der Clubmitglieder. Nein, der Name ist tatsächlich Programm, und es geht in erster Linie um die lokale Kultur und Geschichte – auch wenn die äußerst lebendig dargeboten wird. Neulich war ich bei der Wanderung auf den Spuren von Mary Anning dabei und davor beim Museumsbesuch. Am Wochenende soll eines der legendären Picknicks auf den Klippen stattfinden, oberhalb der Stelle, wo Anning damals den Flugsaurier entdeckt hat. Du bist doch sicher angemeldet, oder?«

Sara sah ratlos zu Marjorie hinüber. Die war aber gerade in ein intensives Gespräch mit Brenda vertieft. Die beiden Frauen, auch wenn sie alterstechnisch weit auseinanderlagen, schienen eng befreundet zu sein.

»Ehrlich gesagt weiß ich das gar nicht so recht. Meine Tante organisiert dicsc Vcranstaltungen mit. Wenn sie teilnehmen wird, werde ich wahrscheinlich auch dabei sein, weil sie wegen ihres verstauchten Knöchels gerade nicht so mobil ist. Also vermute ich mal: ja.«

Dean sah zu Marjorie und dann wieder Sara an.

»Ach, so ist das! Jetzt kapier ich! Dabei hätte es mir dein Name schon verraten müssen. Cowell. Du bist Marjories Nichte! Und ich dachte …«

Er blinzelte kurz und brach ab.

»Was dachtest du?«

»Ach, nichts weiter. Jedenfalls schön, dass wir uns dann wahrscheinlich wiedersehen.« Dean lächelte und hob sein Glas. »Auf einen schönen Abend!«

Sie ließen ihre Gläser leise aneinanderklirren und nahmen einen ersten Schluck.

Brenda verließ den Tisch, um sich hinter dem Tresen mit dem Wirt zu besprechen, der an einer kleinen Mikroanlage herumwerkelte. Sie war offenbar auch im Organisationsteam des Jurassic Coast Kulturclubs. Deswegen also das eifrige Wispern mit Marjorie.

»Sieht so aus, als wären wir nur ein Zweierteam«, sagte Sara zu Dean. »Marjorie und Brenda werden die Antworten bestimmt alle kennen.«

»Was für ein Glück für uns«, erwiderte Dean augenzwinkernd. »Vielleicht geben sie uns den einen oder anderen Tipp.«

Sara lugte kurz unter den Tisch, um nach den Hunden zu schauen, die sie plötzlich an ihren Beinen spürte. Es waren die beiden Hündinnen Lizzy und Di.

»Hey, was ist denn los? Geht mal wieder zurück auf eure Plätze«, raunte sie ihnen zu.

Im selben Moment wurde der Stuhl neben ihr mit einem Ruck zurückgezogen, und jemand ließ sich darauffallen.

»Sorry.«

Es war Colin Buck, der Betreiber der Whisky-Destillerie.

Die beiden Hündinnen wuselten um seine Beine herum, und er streichelte sie, während sie ihn anfiepten.

Er bemerkte Saras Blick und nickte ihr zur Begrüßung ernst zu.

Sara war kurz irritiert, dann erinnerte sie sich an das, was Marjorie über ihn gesagt hatte: ein Eigenbrötler, der das Herz aber auf dem rechten Fleck hatte.

Und so sagte sie: »Wie schön, dass Sie auch dabei sind.«

Colin starrte sie einen Moment lang an, als fragte er sich, ob sie sich über ihn lustig machte.

Sara versuchte ein Lächeln.

Er schaute zur Seite.

»Alles in Ordnung mit den Welpen?«, wollte er wissen, ohne auf ihre Bemerkung irgendwie einzugehen.

»Sicher. Sie sind mit Meghan und Katy zu Hause und schlafen bestimmt friedlich.«

»Hm.«

Es war wirklich nicht ganz einfach, mit ihm eine Unterhaltung zu führen.

»Oh, das hier ist übrigens Dean Felton, für den Sommer aus London nach Lyme Regis gekommen. Ist bestimmt ganz gut, wenn wir wissen, mit wem wir hier in einem Team sind. Meine Tante Marjorie gehört ja zu den Veranstaltern. Ebenso Brenda. Die kennen Sie wahrscheinlich?«

Sie nickte zur Theke hinüber, wo Brenda dem Gastwirt gerade mit großer Geste die Quizblätter überreichte. Es schien also gleich loszugehen.

Colin sah Sara mit undurchdringlicher Miene an.

»Wir sind beide hier aufgewachsen«, erklärte er dann steif.

»Das wusste ich nicht«, erwiderte Sara und beschloss, sich den Abend über lieber an ihren rechten Tischnachbarn Dean zu halten.

Der hatte die hölzerne Unterhaltung verfolgt, und als Sara sich ihm nun zuwandte, zwinkerte er ihr zu und verdrehte die Augen gen Himmel. Sie unterdrückte ein Herausplatzen.

Irgendwie hatte sich ihr soziales Leben in den letzten Jahren immer nur ums *Rosmary* gedreht. Aber das hier waren weder der höflich distanzierte Umgang mit gut situierten Gästen noch der mit den flapsigen Händlern auf dem Großmarkt. Die Feinheiten der Kommunikation im Rahmen solcher illustren Veranstaltungen wie einem Pubquiz waren ihr scheinbar abhandengekommen.

Mit Dean an ihrer Seite würde der Abend bestimmt unterhaltsam werden.

»Liebe Gäste des *Red Lion*, ich freue mich, euch zum Pubquiz des Jurassic Coast Kulturclubs begrüßen zu dürfen!«, erscholl da die Stimme des Wirtes aus den Lautsprecherboxen.

Nach einem kurzen Applaus erklärte er die Regeln des Spiels.

Brenda kehrte an den Tisch zurück und nahm zwischen Dean und Marjorie Platz. Sie begrüßte Colin mit einem strahlenden Lächeln.

Das Leuchten, das daraufhin kurz auf seinem Gesicht erschien, stand so ganz und gar im Gegensatz zu seiner sonst auffällig ernsten Miene, dass Sara ihn verblüfft anstarrte.

»Natürlich haben Marjorie und Brenda wieder einmal jede Menge knifflige Fragen für euch ausgetüftelt. Wir beginnen mit einer sehr einfachen: Wie hieß die Paläontologin, die in Lyme Regis das erste komplette Fossil eines Meeresreptils …«

Dean sprang auf und rief: »Mary Anning!«

»Richtig!«, donnerte der Wirt, und die junge Kellnerin notierte auf der Tafel am Tresen für Tisch 8 einen Punkt.

Dean wurde beklatscht und ließ sich verlegen lachend wieder auf seinen Stuhl fallen.

Sara bemerkte, dass von einigen der anderen Tische ein paar Frauen länger als nötig zu ihnen herübersahen.

Eine Weile ging es in diesem Stil weiter. Fragen, deren Antworten allgemein bekannt waren, bei denen die Punkte einfach an jene fielen, die am schnellsten aufsprangen oder den Arm hochrissen.

»Oh, jetzt wird es deutlich schwieriger«, kommentierte der Wirt im weiteren Verlauf des Abends. »Wie lautet der lateinische Name des Fundes, der im Dezember 1821 an der Steilküste nahe Lyme Regis entdeckt wurde?«

Die meisten Anwesenden sahen sich unsicher an.

Nur der ältere Mann im Leinenjackett stand auf.

»Der korrekte Name lautet *Plesiosaurus dolichodeirus*, uns allen gut bekannt als *Annings Krokodil*«, erklärte er.

»Wow!«, sagte der Wirt. »Das weiß man wahrscheinlich nur,

wenn man im Herzen durch und durch ein Kind von Lyme Regis ist?!«

Der weißhaarige Mann nickte.

»Und wenn man die Zeiten hier nie vergessen hat«, fügte er hinzu und blickte dabei schnurgerade zu Marjorie.

Deren Mund war zu einer feinen Linie geworden, während sie ihrerseits zum Nelkenträger hinübersah. Dann nickte sie geradezu übertrieben der Kellnerin zu, die den Punkt auf der Tafel vermerkte. Als alle dem Mann applaudierten, brauchte Marjorie zufällig ihre Hände für die Hunde unter dem Tisch.

Was hatte es wohl mit diesem weißhaarigen Herrn auf sich?

Sara hatte sich nie sonderlich für das Privatleben ihrer Tante interessiert. Allerdings war sie ihr auch noch nie so auf Augenhöhe begegnet wie in den letzten beiden Tagen. Vielleicht lag es daran, dass ihr Dad nicht mit von der Partie war? Jedenfalls kam Marjorie ihr mit einem Mal weniger wie die Schwester ihres Vaters, sondern eher wie eine reifere Freundin vor.

Ganz in Gedanken versunken, überhörte Sara die nächste Frage. Dean hatte eine Eingebung, sprang erneut auf und schmetterte die richtige Antwort heraus. Er wirkte dabei so eifrig, dass auf den Gesichtern der um ihn herumsitzenden Frauen ein Lächeln erschien.

Colin dagegen saß auf seinem Stuhl wie festgetackert, starrte mit gerunzelter Stirn vor sich auf den Tisch und meldete sich nicht ein einziges Mal zu Wort. Er schien, als sei er gedanklich gar nicht anwesend, und würde ihrem Tisch sicherlich nicht zum Sieg verhelfen.

Aber wieso machte sie sich über diesen Brummkopf überhaupt Gedanken?

Die Quiz-Pause kam viel schneller, als Sara zu Beginn der Veranstaltung gedacht hatte. Alle stürzten zum Tresen, um neue Getränke zu ordern, und der Geräuschpegel vervielfachte sich, weil alle durcheinanderredeten.

Colin bot sich an, eine weitere Getränkerunde zu holen, während Brenda sich zu Dean hinüberbeugte und ihn ausfragte, woher er all diese Dinge über die Jurassic Coast wusste. Sara hörte, wie er von der Recherche zu einem neuen Buch sprach.

Bevor Dean mehr davon erzählen konnte, trat ein großer, stattlicher Mann im Dreiteiler an ihren Tisch. Er war eine echte Erscheinung, um die fünfzig, mit grauem Haar und stahlblauen Augen.

»Lenox!«, rief Brenda. »Was tust du denn hier?«

Meinte Sara das nur, oder rückte sie ein Stückchen von Dean fort?

»Der Termin in Oxford hat nicht so lange gedauert wie erwartet«, erwiderte Lenox reserviert. »Als ich heimkam, war das Haus leer, dein Handy ausgeschaltet. Da hab ich mich auf die Suche gemacht.«

»Es ist Pubquizabend«, erklärte Brenda mit einem Ausdruck, der zwischen Schuldbewusstsein und Scham über diesen Auftritt schwankte. »Das weißt du doch.«

Als würde ihm erst jetzt bewusst, dass Brenda nicht allein am Tisch saß, wandte Lenox sich an Marjorie und Sara und nickte ihnen höflich zu. Als sein Blick dann auf Dean fiel, der ihn aufmerksam musterte, gefror seine Miene.

»Verzeihen Sie, dass ich hier so hereinplatze. Lenox Logan«, sagte er in Saras Richtung, schien sich dann aber eher an Dean zu wenden: »Ich bin Brendas Ehemann.«

»Sehr erfreut, Dean Felton«, erwiderte der.

»Sara ist meine Nichte, Lenox. Sie hilft mir mit den Hunden, bis mein Fuß wieder in Ordnung ist«, warf Marjorie ein.

Sara bemerkte, wie der Blick ihrer Tante zwischen dem Mann und Brenda hin- und hertanzte.

»Brenda hat sie netterweise eingeladen, heute Abend dabei zu sein. Könnte sonst ein bisschen langweilig werden, nur mit mir in meinem Cottage.«

Lenox wollte etwas erwidern, überlegte es sich dann anscheinend anders, nickte Marjorie mit einem krampfigen Lächeln zu und wandte sich um.

Hinter ihm stand Colin mit einem Pintglas in jeder Hand. Die beiden sahen sich kurz an, wobei schwer zu sagen war, wer düsterer dreinblickte, dann nickten sie beide, und Lenox ging mit raschem Schritt durch den Raum und verließ den Pub.

Brenda lächelte entschuldigend in alle Richtungen. Offenbar war ihr der Auftritt ihres Mannes furchtbar peinlich.

Sara konnte das sehr gut nachvollziehen.

Die kleine Lüge, die Marjorie über die von Brenda ausgesprochene Einladung für den Abend hatte fallen lassen, erwähnte niemand auch nur mit einem Wort.

Während alle nach ihren Gläsern griffen und den unangenehmen Zwischenfall offenbar zu ignorieren gedachten, schielte Sara zu dem Tisch am anderen Ende des Raumes hinüber.

Die aufgedonnerte Dame hatte den Herrn im Leinenanzug okkupiert und redete ohne Unterlass auf ihn ein. Sara entging jedoch nicht, dass sein Blick an ihr vorbeihuschte, zu ihrem Tisch herüber, an dem Marjorie gerade mit Brenda plauschte.

Da war sie hierhergekommen, in das beschauliche Lyme Regis, um dem grässlichen Beziehungschaos in London zu entkommen. Nur um nun festzustellen, dass es den Menschen hier in Herzensangelegenheiten offenbar nicht anders ging.

Harry

Menschen sind eine seltsame Spezies.

In der einen Sekunde sind sie gut drauf, machen Späße mit uns und sehen uns jede Regelverletzung mit einem breiten Lächeln nach.

Dann geschieht irgendetwas, vollkommen undurchsichtig für mich, und das ändert alles.

Beispielsweise treffen sie einen anderen Menschen, sehen ihn von fern oder sprechen nur über ihn, und – peng! – ist die Laune verhagelt. Und schon muss unsereins jede Pfote vorsichtig setzen, und die drei großen »Bs« sind komplett verboten. Man darf also weder bellen noch betteln noch buddeln und bekommt für das kleinste Vergehen in diese Richtung bekommt man gleich die Bratpfanne auf den Kopf.

Also wirklich! Was sind das für Manieren?!

Sie sollten sich ein Beispiel an mir nehmen.

Ich verliere nie diese gewisse innere Coolness! Never!

Wenn ein Rivale, zum Beispiel dieser tumbe Labrador aus dem Haus unten an der Straße, vorbeikommt, mache ich natürlich kurz Krawall. Aber nur, um ihm zu sagen, wo die Glocken hängen, und danach ist wieder eitel Sonnenschein. Ommm. So geht das, Leute!

Ich kenne es gar nicht, dass mir Gedanken an einen Zwei- oder Vierbeiner länger als auch nur eine Minute zusetzen. Wo kämen wir denn hin, wenn ich vor lauter Nachdenken über jemand anderen meine goldene Corgi-Mitte verlieren würde? Nein, ich muss sagen, in der Hinsicht sind Menschen wirklich nicht besonders entspannt.

6. Dean

Am äußersten Ende der Hafenmauer stehen.

Zwischen dem Städtchen und dem an einem windigen Tag – wie heute – tosenden Meer.

Das waren die Momente, die er hier besonders schätzte. Und ausgerechnet das hatte er wirklich nicht erwartet, als er sein Zimmer in der kleinen Pension am Hügel gebucht hatte. Manchmal geschahen Dinge eben und erklärten einen Entschluss noch rückwirkend.

Er war es gewohnt, dass sich in seinem Kopf Geschichten überschlugen. Manche schienen regelrecht darum zu rangeln, welche von ihnen er als nächste erzählen sollte, waren vorlaut, frech, aufdringlich, beherrschend. Andere huschten nur scheu am Rand seines Bewusstseins entlang, wollten sich nicht greifen, nicht festhalten lassen. Dazwischen gab es Dutzende, Hunderte womöglich. Das Gedränge in seinen Gedanken war ihm vertraut wie sein eigener Anblick im Spiegel. Doch hier draußen, wenn er hier stand und auf die sprühende Gischt blickte, kamen sie alle zur Ruhe. Da war eine Stille in ihm, die er sonst nirgends gefunden hatte – außer in manchen Stunden mit Monica. Damals.

Dean stopfte seinen Schal am Kragen zurecht und schob die Hände tiefer in die Taschen seiner Outdoorjacke.

Seit einem Monat war er nun in Lyme Regis. Mittlerweile war es Anfang Juni. Jeden Tag kam er morgens noch vor dem Frühstück hierher, um eine Weile in die Brandung zu starren, das Spiel der Wellen zu beobachten. Sie waren wie ein Spiegel für ihn, denn ganz genau so fühlte er sich. Hin und her geworfen. Mal in einem abgrundtiefen Tal, dann in Gischt sprühenden Höhen. Als sei er ein Teil dieses Elements, das ihm in London immer so fern gewesen war. Nein, seinen Hang zum Meer hatte er erst entdeckt, als er ihm hier direkt gegenübergestanden hatte.

Monica hatte ihn immer zu einem Urlaub am Meer überreden wollen. Sich von der salzig schmeckenden kräftigen Brise mal richtig durchpusten zu lassen sei das Höchste, hatte sie geschwärmt. Auf ihr Drängen hin waren sie ein einziges Mal gemeinsam am Meer gewesen, am Mittelmeer. Aber an den griechischen Stränden hatte seine Gewalt gezähmt gewirkt. Der Sand war heiß gewesen, die Luft hatte geflirrt, und Massen an Touristen hatten die Bars mit Meerblick belagert, auf deren Terrassen man den Eindruck gewann, vor einer Fototapete zu sitzen.

Erst jetzt verstand er endlich, was Monica damit gemeint hatte, als sie von der Macht des Meeres gesprochen hatte. Nun war es jedoch zu spät.

Fröstelnd zog Dean die Schultern zusammen und wandte sich zum Gehen. Sofort zerrte der Wind an seinem Haarzopf, den er im Nacken unter den Schal gestopft hatte.

Als er sich vor drei Wochen beim Jurassic Coast Kulturclub angemeldet hatte, hatte er kurz mit dem Gedanken gespielt, zu einem Friseur zu gehen. Wahrscheinlich war er der einzige Mann in Lyme Regis, der lange Haare trug, und er war sich nicht sicher gewesen, ob das nicht seine Chancen auf ein kleines Wunder drücken würde. Doch Sara hatte ihn gestern Abend auf eine Weise angeschaut, die ihm deutlich gemacht hatte, dass sie überaus mochte, was sie sah. Ja, gestern Abend hatte er im ersten Augenblick gedacht, seine Wünsche seien erhört worden.

Derart grüne Augen. Wow, er war gleich fasziniert gewesen. Sara war auf eine Weise hübsch, die von Natürlichkeit und wenig Eitelkeit sprach – das hatte ihn schon immer angezogen.

Dann hatte sie erwähnt, dass sie Marjories Nichte sei und ihre Tante wegen deren momentan eingeschränkten Mobilität begleitete. Von der wahren Motivation der meisten Anwesenden, die regelmäßig die Kulturveranstaltungen besuchten, schien sie nichts zu ahnen. Also war Dean davon ausgegangen, dass Sara … nun ja, aus dem Rennen sei.

Dean hatte im Anschluss an das Quiz noch mit Brenda sprechen wollen. Schließlich war sie es gewesen, die ihm versprochen hatte, dass er neben der Kultur auch quasi *ein kleines Wunder* mitgebucht hatte. Doch der Auftritt ihres mächtig angefressen wirkenden Ehemanns hatte bewirkt, dass Brenda sich nach Beendigung der Fragerunde rasch verabschiedet hatte. Vielleicht könnte er sie später anrufen und ganz offen fragen, was ihn interessierte.

Langsam ging er auf der breiten Mauer entlang Richtung befestigtem Strand und hob nur hin und wieder kurz den Kopf, um noch einen Blick hinunter auf das aufgeschäumte Wasser zu werfen.

Schon sonderbar, dass Brenda, die für andere Menschen so viel Gutes zu bewirken schien, für sich selbst ein eher abschreckendes Los gewählt hatte. Dieser Lenox war alles andere als sympathisch aufgetreten. Er hatte gewirkt, als schwele in ihm eine brodelnde Wut, die er nur mühsam zu unterdrücken schaffte.

Wenn Dean raten dürfte, würde er darauf tippen, dass ihm der Job seiner Frau ganz und gar nicht behagte, nein, dass er ihm regelrecht gegen den Strich ging und dass der Club wahrscheinlich ein permanenter Streitpunkt zwischen den Eheleuten war.

Wie schade für Brenda. Dean war sicher, dass sie etwas Besseres verdient hatte. Denn hinter der engagierten Organisatorin steckte mehr, als ihre schöne Hülle vermuten ließ. Sie war warmherzig und offen, immer freundlich zu allen. Und sie blickte hinter die Fassaden der Menschen, die sich ihr mit ihrem besonderen Anliegen anvertraut hatten.

Ja, Brenda Logan machte ihren Job wirklich gut.

Noch vor einer Woche, als sie mit der Gruppe im Museum gewesen waren, hatte sie Dean anschließend zur Seite genommen und gesagt: »Warte ab, Dean. Es verirren sich nicht gerade viele

Londoner, die für eine Weile hier sind, in den Club.« Sie hatte ihm zugezwinkert. »Aber ein kleiner Zauber ist bei uns automatisch mitgebucht.«

Vielleicht sollte sie eine solche Magie auch für sich selbst anstreben?

In diesem Augenblick riss ihn eine helle Stimme aus seinen Gedanken.

»Dean?! Hey, Dean! Hier bin ich!«

Er sah hinunter und entdeckte Sara nur zwanzig Meter von ihm entfernt. Um sie herum trippelten fünf Corgis.

»Guten Morgen! Du bist auch so früh unterwegs. Ist es nicht herrlich?« In einer weit ausholenden Geste fasste Sara das aufgewühlte Meer, die tosende Brandung, die kreischend segelnden Vögel, den strahlend blauen Himmel, die langsam erwachende Stadt, das warme Morgenlicht an den steilen Klippen zusammen.

Eine Strähne ihres rotblonden Haares, das gestern Abend sanft um ihre Schultern gespielt hatte und nun in einem Zopf gebändigt war, löste sich und flatterte um ihr Gesicht. Die anfängliche Scheu ihres Lächelns war verschwunden, ihre Wangen waren vom Laufen im frischen Wind gerötet, und ihre Augen blitzten.

Trotzdem hatte sie nichts von dem koketten Gehabe an sich, das viele Frauen, die an den Veranstaltungen des Jurassic Coast Kulturclubs teilnahmen, an den Tag legten und das Dean die Lust auf ein näheres Kennenlernen verdarb.

»Ja, es ist fantastisch. Ich liebe es, da draußen auf der *Cobb* zu stehen und so zu tun, als gäbe es die Stadt hinter mir gar nicht, als stände ich einfach so mitten im Meer«, antwortete er, und sie nickte lächelnd, als wisse sie genau, was er damit meinte.

Er musste unbedingt herausfinden, was es mit ihr auf sich hatte. Denn Dean stand plötzlich klar vor Augen, was er gestern Abend im Pub schon geahnt hatte: Hier war eine Frau … nein, hier war die *erste* Frau, die ihn interessierte, seit Monica und er sich getrennt hatten.

»Wie viele Hunde hat Marjorie eigentlich?«, erkundigte er sich, während sie gemeinsam den Weg über den Strand zur Uferpromenade fortsetzten. »Als du gestern erwähnt hast, dass du dich um sie kümmerst, während Marjorie ihren Knöchel kuriert, dachte ich, es wären nur die drei, die mit im Pub waren.«

»Nein, insgesamt sind es elf.«

»Elf!«

Sie lachte über seinen entsetzten Gesichtsausdruck, den er nicht einmal spielen musste.

»Ja, aber sechs davon sind fünf Wochen alte Babys. Die machen die meiste Arbeit, während ich mit den Großen hier einfach nur lange Spaziergänge genießen darf.«

Und so ein Spaziergang schien eher ihr Element zu sein, als in unbekannter Runde an einem Pubquiz teilzunehmen. Jedenfalls war das Deans Eindruck, als sie nun zusammen eine der kleinen gewundenen Straßen einschlugen, die sich im Ort den Hügel hinaufwanden.

Sara trug Jeans und eine Windbreakerjacke, an den Füßen feste Schuhe, und sie schien sich darin pudel- … ähm … corgiwohl zu fühlen.

Das Sommerkleid gestern Abend hatte ihr wunderbar gestanden, sie hatte allerdings den Eindruck erweckt, als sei sie nicht sicher, ob sie am richtigen Ort war.

Monica mit ihrem unerschütterlichen Selbstbewusstsein wirkte überall, als sei sie genau für diesen Ort und diesen Moment gemacht. Egal, ob Kleid oder schnittiger Hosenanzug, ob Boots oder Stöckelschuhe, sie sah in jeder gewählten Kleidung wie hineingegossen aus und füllte jeden Raum mit einer Selbstverständlichkeit, die beneidenswert war.

Sie gehörte zu diesem gewissen Typ starker Frauen, die nichts und niemanden brauchten. Nicht einmal ihren eigenen Ehemann …

Dean blinzelte kurz und schüttelte unmerklich den Kopf.

Jetzt, da er mit Sara seinen Morgenspaziergang unternahm, sollte er wohl besser nicht über Monica nachgrübeln.

Also machte er ein paar Bemerkungen über das zu erwartende Wetter. Und Sara fragte ihn nach seinem geplanten Buch aus.

Eine dieser Geschichten, die ständig bei ihm anklopften und dringend ums Aufschreiben baten. Wegen ihr war er hierhergekommen. Ihr verdankte er, dass er die kleine Küstenstadt und das Meer zu lieben gelernt hatte. Es fiel ihm immer schwer, seine Geschichten in wenigen Worten zusammenzufassen – zu komplex war, was sie ihm in Wahrheit bedeuteten.

Trotzdem versuchte er es für Sara: »Es ist eine historische Geschichte, die zu der Zeit hier in Lyme Regis spielt, als die spektakulären Fossilienfunde gemacht und immer wichtiger für die aufstrebende Wissenschaft wurden. Recht viel Krimi mit ein bisschen Liebesgeschichte, das ist alles.«

»Das ist alles?« Sara sah ehrlich beeindruckt aus. »Ich stelle es mir unglaublich schwer vor, ein Buch zu schreiben, in dem am Ende alles passt und alle Fäden zusammenlaufen. Allein bei der Vorstellung bekomme ich einen Knoten in den Kopf.«

»Oh, Krimis sind wirklich nicht so schwer, wie man meinen könnte. Es ist wie eine Rechenaufgabe, bei der man nur darauf achten muss, dass das richtige Ergebnis rauskommt. Jede Menge Handwerk, das man tatsächlich lernen kann.«

»Und die Liebesgeschichte?«, fragte Sara.

Daraufhin schwiegen sie beide eine kurze Weile.

Dean meint ihr Erschrecken darüber zu spüren, eine solche Frage laut geäußert zu haben. Wahrscheinlich war ihr erst mit dem Aussprechen klar geworden, dass er es als Flirten interpretieren könnte.

»Die Liebesgeschichten sind in der Tat nicht ganz so einfach«, antwortete er schließlich, um ihr aus der Verlegenheit zu helfen, und bemerkte selbst erst mit dem Aussprechen, wie viel Wahrheit in diesen Worten steckte.

Der Zufall wollte es, dass sie in diesem Moment am *Red Lion* vorbeikamen, der um diese Uhrzeit noch geschlossen hatte.

»Hoffentlich hat Brenda gestern Abend zu Hause keinen Ärger bekommen. Sie war nach dem Ende vom Quiz ziemlich schnell verschwunden, nicht?«, sagte Sara. »Ihr Mann, dieser Lenox, scheint ja ein eigenartiger Typ zu sein. Er wirkte ziemlich sauer oder sogar eifersüchtig … – Ach du meine Güte!« Sie schlug sich in ehrlichem Entsetzen die Hand vor den Mund. »Du musst mich für ein richtiges Klatschweib halten. Vergiss einfach, was ich gesagt habe. Ich hab einfach nur ausgesprochen, was ich gedacht habe. Das sollte man besser nicht tun, oder?«

»Oder erst recht«, erwiderte er.

Wie oft hatte er mit Monica diese Diskussion geführt?! Dabei war er stets eher Saras Meinung gewesen. Dass er nun geradezu reflexartig Monicas Standpunkt vertrat, machte ihn für einen Augenblick sprachlos. Denn das war es gewesen, was Monica immer behauptet hatte: Wenn nur alle so ehrlich wären und aussprächen, was sie wirklich dächten, würde es der Welt besser gehen. Dean hatte immer argumentiert, dass sie dabei nicht bedachte, dass derlei geäußerte Wahrheiten auch sehr verletzend sein konnten. Doch für Monica hatte die Wahrheit über allem gestanden. Die Wahrheit und ihre Freiheit.

»Du siehst aus, als würdest du schwere Gedanken wälzen«, mutmaßte Sara in diesem Augenblick.

Er blinzelte.

Da ging er mit einer absolut reizenden Frau an einem wunderbar klaren Sommermorgen spazieren und dachte an was? An seine Ex. Schon wieder! Irgendwas stimmte wohl nicht mit ihm.

»Ich habe mich gerade gefragt, ob eine Köchin auch ab und zu mal selbst in ein Restaurant geht, um zu essen«, schwindelte er.

Sara grinste. »Das tut eine Köchin durchaus. Auch wenn sie vielleicht permanent über Tischdecken und Porzellan, Servierschüsseln, Kräuter und vorgeheizte Teller spricht.«

»Das sind doch lohnenswerte Gesprächsthemen. Wie kann ich dich überreden, heute Abend mit mir essen zu gehen?«, fragte er, ehe er noch richtig darüber nachgedacht hatte.

Sara sah kurz überrascht aus. Dann krauste sie ihre hübsche Nase und schien ernsthaft zu überlegen. Schließlich zuckte sie mit den Schultern.

»Ich fürchte, gar nicht. Die Sache ist die, dass ich das Dinner oder, wenn wir abends etwas vorhaben, den Lunch für Marjorie und mich koche. Ich kann sie nicht hängen lassen. Und bei so einem opulenten Mahl schaffe ich am selben Tag keine zweite Portion in irgendeinem Lokal.«

Sie mochte ihn, das spürte er. Umso stärker machte sich die leise Enttäuschung erneut bemerkbar, die sich gestern Abend bereits gemeldet hatte, als er erfahren hatte, dass Sara nicht aus demselben Grund an den Clubveranstaltungen teilnahm wie er.

Als er gerade zu einer möglichst lockeren Erwiderung ansetzen wollte, die seine Gefühle auf keinen Fall verraten sollte, fragte Sara: »Aber wie wäre es, wenn du einfach dazukommst?«

Überrascht sah er sie von der Seite an.

Sie zuckte mit den Schultern.

»Tante Marjorie hat sicher nichts dagegen. Ich koche heute Spinatgnocchi mit Zitronengrassoße. Als Nachtisch gibt es Sorbet von wilden Früchten. Kennst du *Fresh Alice*? Ja, nicht wahr? Die Sachen da sind spitze! Alice hat die Wildbeeren extra für mich besorgt. Ich bin gerade auf dem Weg zu ihr. Ich könnte noch eine Portion mehr mitnehmen …?«

Er musste nicht lange überlegen.

»Da wäre ich ja schön dumm, wenn ich ablehnen würde. Also, wenn du meinst, dass es tatsächlich okay für Marjorie ist, sehr gerne.«

Sie waren an der Straßenecke angekommen, an der er abbiegen musste, um zu seiner Ferienwohnung zu kommen.

»Um sieben?«, schlug Sara vor.

»Um sieben.«

Sara zog ein kleines Notizbuch samt Stift aus der Tasche, notierte die Adresse und reichte ihm die herausgerissene Seite.

Sie lächelten sich an, und Sara setzte sich wieder in Bewegung, den Hunden hinterher, die offenbar genau wussten, dass sie zu dem kleinen Gemüseladen unterwegs waren.

In Deans Augen sahen die fünf Vierbeiner irgendwie nicht richtig proportioniert aus. Diese riesigen Ohren, die ihnen ihren Witz gaben, die länglichen Körper auf den zu kurzen Beinen.

Sara dagegen … Ihre schlanke Gestalt in der Jeans und der winddichten Jacke hätte nicht hübscher und wohlproportionierter wirken können. Alles an ihr schien perfekt zu passen. Und dann kam sie auch noch aus London, genau wie er, und würde ebenso wie er auch bald wieder dorthin zurückkehren.

Während er ihr nachblickte, wandte plötzlich einer der Corgis den Kopf und sah zu ihm zurück. War das nicht der Rüde der kleinen Truppe? Die braunen Hundeaugen im hellen Gesicht blickten ihn an, während der kleine Kerl wacker den Berg hinauftrabte. Dean hätte nicht sagen können, wieso, aber aus irgendeinem Grund fühlte er sich von diesem Blick komplett durchschaut.

Harry

Was an Sara wirklich spitze ist: ihre Art, nach leckeren Sachen zu riechen. Heute duftet es im ganzen Haus nach dem, was sie da in der Küche so alles fabriziert.

Dazu singt sie und tanzt auch manchmal, und die Chefin lächelt in sich rein, wenn sie das draußen auf der Terrasse hört.

Der Abend gestern im Pub war ganz schön anstrengend. Die Chefin hat unentwegt nach Aufregung gerochen. Ich war also permanent in Habtachtstellung, aber ich muss sagen: Wirklich passiert ist dann gar nichts. Jedenfalls nicht unter dem Tisch.

Es gab da so eine Situation am Ende des Abends, als ein Paar Hosenbeine mit feinen Lederschuhen untendran bei uns auftauchte. Da roch die Chefin plötzlich so doll nach einer Mischung aus Nervosität und Happiness, dass auch Lizzy und Diana ganz unruhig wurden. Seitdem hat sich die Lage wieder beruhigt, und ich kann entspannen. Die Hosenbeine sind nicht wieder aufgetaucht.

Der komische Kauz, der vor ein paar Tagen noch mit uns spazieren gegangen ist, werkelt schon den ganzen Nachmittag im Garten herum. Solange er nicht nach mir pfeift, soll mir das egal sein. Er ist schon okay, denk ich. Auch wenn Sara ihn nicht besonders beachtet. Sie praktiziert bestimmt die bewährte Methode Dominanz durch Ignoranz. *Vielleicht befürchtet sie, dass er auch nach ihr pfeifen könnte?*

7. Sara

Sara dachte nicht im Traum daran, dem schlechten Gewissen Einlass zu gewähren. Als dieses fiese, kleine Ding nach ihrer Verabredung zum Abendessen mit Dean kurz bei ihr angeklopft hatte, hatte sie ihm energisch die Tür gewiesen. Schließlich war nicht sie diejenige gewesen, die auf dem Sofa über Ashleys große Brüste gerutscht war. Außerdem war doch wirklich nichts dabei, beim selbst gekochten Dinner mit Tante Marjorie auch noch Gesellschaft zu haben. Und überhaupt, es war ja auch gar nicht klar, ob Dean in irgendeiner Art Interesse an ihr hatte.

Bei diesem Gedanken hielt Sara inne, ihre mehlbestäubten Hände hörten kurz auf, den Gnocchiteig zu kneten. Sie starrte auf die appetitliche, frühlingsgelbe Masse vor ihr, die schon in einer halben Stunde in Teelöffelform weich unter ihrem Gaumen schmelzen würde.

Wenn sie ganz ehrlich zu sich war, glaubte sie durchaus, dass Dean sie mochte. So was spürte man einfach. In den Blicken, den Momenten, wenn man sich zueinanderneigte.

Und wieso auch nicht?

Durch Victors Betrug musste sie sich ihm wirklich nicht mehr verpflichtet fühlen. Auch wenn ihre Trennung erst so kurz zurücklag, sie war so gut wie frei. Ihr standen alle Möglichkeiten offen, die eventuell mit einem gemeinsamen Abendessen beginnen könnten.

Entschlossen nahm Sara noch eine Handvoll klein gehackter Kräuter und mengte sie unter den Teig.

An der Tür trabte Harry vorbei und steckte kurz die Nase in die Küche, um zu schnüffeln.

Lizzy und Di hatten bereits, als Sara mit dem Kochen begonnen hatte, ihre Stammplätze in den Körbchen unter dem Fenster eingenommen, die sie nur ungern verließen, wenn Sara in der Küche hantierte.

»Es gibt jetzt nichts, kleiner Schlingel«, sagte sie zu dem Rüden.

Harry wedelte sie kurz an und setzte dann seine Patrouille durch Haus und Garten fort.

Wenige Minuten später hörte Sara, wie Marjorie mit ihrer Krücke durch den Flur gehumpelt kam.

»Mmmh! Das duftet ja!«, rief sie schon, ehe sie um die Ecke bog.

Sara lächelte, als ihre Tante die Nase über den Topf mit der Zitronengrassoße hielt und sich dann mit nahezu grimmiger Entschlossenheit zu ihr umdrehte: »Ich habe leider eine schlechte Nachricht für dich: Du wirst hier nie wieder weggelassen.«

»Kein Problem. Momentan zieht mich nichts nach London zurück.«

Sie spürte, wie Marjories Blick kurz über ihr Gesicht wanderte. Ihr schien, ebenso wie Sara selbst, aufgefallen zu sein, dass Saras Bemerkung die Bitterkeit fehlte, die sie gestern noch an den Tag gelegt hatte.

»Wer weiß«, sagte sie. »Dean wird auch nicht ewig hierbleiben. Soweit ich weiß, hat er in London eine sehr schicke Wohnung.«

»Was hat das damit zu tun?«, entgegnete Sara.

Sie mussten beide grinsen und verbargen es, so gut es ging, voreinander.

»Sind die Portionen abgezählt, oder könnte noch jemand Viertes davon essen?«, erkundigte sich Marjorie, während sie zusah, wie Sara dem Teig den letzten Schliff verlieh.

Das Bild des weißhaarigen Mannes mit der Nelke im Knopfloch tauchte vor Saras innerem Auge auf.

»Oh … Ja, das reicht bestimmt auch noch für eine vierte Person«, antwortete Sara ihr jetzt. »Ich dachte, ich decke auf der Terrasse? Es ist doch warm genug, um dort zu essen. Und dann können wir währenddessen den Ausblick genießen. Was meinst du?«

»Sehr schön.«

Marjorie nickte und verschwand wieder.

So eine Geheimniskrämerin. Sara schüttelte amüsiert den Kopf.

Na, wenn der ältere Herr gleich zum Essen erscheinen würde, würde er ihr ja endlich vorgestellt, und beim Dinner würde sie dann erfahren, was es mit ihm und Tante Marjorie auf sich hatte.

Sara stellte den Teig abgedeckt zur Seite, überprüfte die Temperatur der Soße und eilte dann mit einem Tablett mit Servietten und Besteck hinaus.

Sie gab sich besondere Mühe mit der Tischdekoration, stellte noch eine kleine Vase mit einer einzelnen Rose hin, die sie von dem duftenden Strauch im Garten abgeschnitten hatte.

Dann flitzte sie nach oben, riss sich Jeans und T-Shirt herunter und überlegte kurz, ob sie das andere der beiden Kleider wählen sollte, das sie aus London mitgebracht hatte. Doch das war blütenweiß. Ein zitronengelber Fleck würde sich darauf nicht gut machen. Und so siegte ihre praktische Veranlagung vor dem Wunsch, besonders hübsch auszusehen, und sie schlüpfte in Shorts und eine kurzärmelige Bluse.

Als sie die Treppe hinuntersprang, wurde gerade der Türklopfer betätigt.

Sie öffnete und stand Dean gegenüber.

Er sah sie einen Moment an, als habe sie doch das weiße Kleid an, und streckte ihr dann einen bunten Blumenstrauß entgegen.

»Du musst ihn teilen. Er ist sowohl für die Köchin als auch für die Herrin des Hauses«, erklärte er.

In diesem Augenblick erschien Harry auf der Schwelle wie ein verspäteter Butler.

Er blaffte einmal kurz, schnüffelte dann an Deans Schuhen und wedelte anschließend.

Sara schmunzelte. »Scheint so, als hättest du die Abnahme bestanden. Komm rein. Ich muss allerdings jetzt in die Küche und mich um das Essen kümmern. Marjorie ist bestimmt schon auf der Terrasse. Einfach den Flur entlang und durchs Wohnzimmer. Wir haben ja wirklich unverschämtes Glück mit dem Wetter. Ist es nicht herrlich?«

»Wunderschön«, bestätigte Dean, während er in die Diele trat und dabei Sara ansah.

Sie spürte, wie ihr heiß wurde.

Harry trippelte ihnen voran durch den Flur, und als Sara in die Küche abbog, begleitete der kleine Rüde den Besuch weiter bis zur Terrasse.

Sara lauschte kurz, doch außer ein paar fröhlichen Begrüßungsfloskeln konnte sie nichts aufschnappen. So stürzte sie sich in die Arbeit, gab der Soße den letzten Pfiff, ließ vorsichtig die Gnocchi ins siedende Wasser gleiten und dekorierte jeden der vier angewärmten Teller mit Kräutern und einer aufgeschnittenen Zitronenscheibe.

Mit einem Ohr achtete sie auf die Haustür. Der Blick zur Uhr sagte ihr, dass es bereits zehn nach sieben war. Offenbar verspätete sich der andere Gast.

Sie warf einen Blick auf die Gnocchi. Die konnten leider nicht mehr warten. Sie musste sie rausnehmen, sonst würden sie wässrig. Vorsichtig hob sie die kleinen, goldgelben Nocken aus dem mit Nussöl verfeinerten Wasser und verteilte sie auf den Tellern. Die Soße gab sie in einem hübschen Muster darüber und füllte den Rest davon in eine angewärmte Sauciere.

Dann eilte sie mit dreien der Teller durch den Flur und das Wohnzimmer zur Terrassentür. Als sie hinaustrat, fiel es ihr schwer, vor Verblüffung keinen Kommentar abzugeben.

Ihre drei hungrigen Gäste saßen bereits am Tisch, Marjorie zwischen den beiden Männern, von denen der eine etwas verwundert und der andere verlegen bis griesgrämig dreinschaute. Der andere war nämlich keineswegs der ältere Mann aus dem Pub, den Sara erwartet hatte. Es war Colin.

»So, hier kommt das Essen«, zwitscherte Sara, um sich ihre Überraschung nicht anmerken zu lassen, und stellte die Teller vor den dreien ab. »Ich bin sofort mit dem Rest zurück.«

»Das sieht fantastisch aus!«, hörte sie Dean noch rufen. »Jetzt verstehe ich, wieso ein Restaurantbesuch nur die zweitbeste Wahl gewesen wäre.«

Sie eilte in die Küche, schnappte sich ihren eigenen Teller und die Sauciere und war schon wieder auf dem Weg hinaus.

Mit diesem immer schweigsamen Colin hatte sie nun wirklich nicht gerechnet. Ja, er hatte den Nachmittag über das große Rosenspalier am Ende des Gartens repariert. Weil er ganz mit seiner Arbeit beschäftigt gewesen war und sowieso nie ein Wort an sie richtete, hatte Sara ihn einfach vergessen. Sie war davon ausgegangen, dass er zwischendurch, ohne sich von ihr zu verabschieden, gegangen war.

Dass er jetzt beim Dinner dabei sein würde, entsprach nicht ganz dem, was Sara sich vorgestellt hatte. Wobei sie nicht hätte sagen können, was sie sich genau vorgestellt hatte. Schließlich war sie ganz frisch getrennt. Wenn sie denn überhaupt getrennt war. Und Tante Marjorie saß mit am Tisch. Es wäre sowieso kein romantisches Candle-Light-Dinner gewesen. Aber durch Colins Anwesenheit fühlte es sich eher an wie ein zufälliges Zusammentreffen.

Nachdem Sara sich gesetzt und den Startschuss zum Essen gegeben hatte, merkte sie, dass auch Dean nicht zu wissen schien, was er von dieser Situation zu halten hatte. Er genoss das köstliche Essen deutlich in vollen Zügen und sparte nicht mit Lob. Doch immer wieder glitt sein Blick vorsichtig zu Colin hinüber, der sich in seiner Haut nicht wirklich wohlzufühlen schien, obwohl er mit sichtbarem Appetit aß.

Nur Marjorie wirkte vollkommen entspannt.

»Was für ein Geschmackserlebnis!«, schwärmte sie und nahm

noch Soße nach. »Ich muss sagen, mein Entschluss, dich nicht wieder fortzulassen, nimmt feste Gestalt an.«

Dean lachte. »Das kann ich verstehen. Auch wenn ich so einen Entschluss als drohende Gefahr für mein Idealgewicht betrachten würde.«

»Unsinn! Ich koche vegan, ohne viel Fett, ohne raffinierten Zucker. Mit ein bisschen Bewegung jeden Tag nimmt man bei so einem gesunden Essen auf keinen Fall zu«, beteuerte Sara, während sie den letzten Gnocchi durch den Rest Soße auf ihrem Teller schob, bevor sie ihn genüsslich in den Mund steckte.

Er sah sie an und ließ seinen Blick überdeutlich ihre ganze Gestalt hinuntergleiten.

»Das sieht man ja auch.«

Sein Kompliment machte sie verlegen, und so scherzte sie in Richtung Marjorie: »Gib's zu, du hast das mit dem Knöchel absichtlich gemacht, damit du dich von mir mal so richtig verwöhnen lassen kannst.«

Marjorie lachte.

Colin allerdings rutschte nervös auf seinem Stuhl herum.

»Oh, das war wirklich nicht Marjories Schuld«, sagte er.

Nachdem er während des Essens kaum gesprochen hatte, wunderte Sara sich beinahe über das angenehme Timbre seiner dunklen Stimme.

»Ehrlich gesagt, weiß ich gar nicht, was genau passiert ist.«

Sara bemerkte, dass Marjorie Colin warnend ansah, doch der blickte nicht in ihre Richtung, sondern schaute geradewegs Sara an.

Seine Augen hatten einen warmen Braunton, den gleichen wie seine Haare.

»Der Kulturclub hatte einen Abend mit Verköstigung in meinem Whisky-Keller gebucht«, erzählte er.

»Ausgerechnet an dem Abend konnte ich nicht dabei sein«, warf Dean in gespielter Verzweiflung ein.

»Und dann?«, hakte Sara nach, die endlich wissen wollte, was es mit Marjories Unfall auf sich hatte.

»Na ja, ich mache guten Whisky«, sagte Colin. »Den meisten Leuten schmeckt er, und auf diese Weise fliegen ein paar Hemmungen über Bord, die sonst vielleicht im Wege stehen würden. Wer ihn allerdings nicht gewohnt ist …« Jetzt wandte er den Kopf, sah Marjories Miene und verstummte schlagartig.

»Es war nichts Dramatisches. Ich war ein bisschen angetüdelt, bin gestolpert und … peng!«, wiegelte Marjorie ab und wies auf ihren bandagierten Fuß.

Sara jedoch war die merkwürdige Formulierung aufgefallen, die Colin gewählt hatte: *Hemmungen, die sonst vielleicht im Wege stehen würden.* Was hatte er damit gemeint? Im Wege? Wobei?

Ehe sie nachhaken konnte, räusperte sich Colin. Entgegen seiner sonst eher verstockten Art, wollte er Marjories Worte so offenbar nicht stehen lassen.

»Ich trage die Verantwortung für die Menschen, die zu mir kommen und meinen Whisky probieren. Ich hätte wirklich besser aufpassen sollen«, brummte er.

Sara musterte ihn.

Sie hatte keine Ahnung gehabt, dass Marjories kleiner Unfall mit zu viel Alkohol in Zusammenhang stand. Colin ließ nicht zu, dass ihre Tante ihn von seiner Verantwortung entband. Das also war der Grund für seine andauernde Hilfsbereitschaft. Er fühlte sich schuldig an Marjories Unfall und wollte durch seinen Einsatz bei den Hunden und nun auch im Garten etwas wiedergutmachen.

Mit einem Mal sah Sara den ernsten Mann mit anderen Augen. Offenbar ging hinter seiner schweigsamen Fassade mehr vor sich, als sie zunächst vermutet hatte.

Colin bemerkte ihren Blick.

In seine Augen trat so etwas wie ein leiser Trotz.

»Ich gehör nicht zu denen, denen egal ist, was unter ihrem Dach passiert«, sagte er.

»Klingt ein bisschen so, als wolltest du dich dafür entschuldigen. Dabei ist das doch definitiv eine Charakterstärke«, mischte Dean sich ein. »Ich trage bei meiner Arbeit ja nur die Verantwortung für meinen Laptop und mich. Wenn man ein Lokal oder ein Restaurant hat, ist das wohl etwas anderes.«

»Meine Meinung«, sagte Colin.

Dean nickte ihm zu und wandte sich dann wieder an Sara. »Wer achtet in deinem Restaurant darauf, dass im Gastraum alles gut läuft, während du in der Küche all diese leckeren Sachen zubereitest?«

Für ein paar Sekunden war es totenstill am Tisch. Sara sah zu Marjorie, die ihren Blick in einer Mischung aus Mitgefühl und amüsierter Verzweiflung erwiderte. Colin starrte auf seinen leer gefegten Teller.

»Das war wahrscheinlich eine dieser selten dummen Fragen, für die ich leider bekannt bin«, sagte Dean seufzend. »Tut mir leid, Sara, ich wollte nicht …«

»Nein, nein, schon gut.« Sie schüttelte den Kopf und holte vor den nächsten Worten tief Luft. »Das *Rosmary* gehört nicht mir allein. Mein Freund Victor und ich haben es gemeinsam aufgebaut. Aber eine unserer Bedienungen war wohl zu hübsch, und er hat … also, ich …« Hilflos brach sie ab.

»Sara will sagen, dass es ein echter Glücksfall war, dass sie wegen meines Knöchels hier dringend gebraucht wurde«, half Marjorie ihr.

»Genau.« Sara nickte und sah die beiden Männer verlegen an.

»Dieser Victor ist ein Idiot.« Dean kniff die Lippen zusammen und lächelte sie an. Seine ganze Haltung drückte Anteilnahme ebenso aus wie Unverständnis gegenüber dem ihm fremden Mann.

Colin saß auf seinem Stuhl und zerknüllte seine Serviette. Offensichtlich war ihm die Wendung des Gesprächs mindestens so unangenehm wie Sara.

»Tut mir leid, ich … ich wollte hier jetzt nicht diese dumme Geschichte auf den Tisch bringen«, stammelte Sara. »Es geht mir wirklich gut, seit ich hier bin. Man sollte die schönen Zeiten im Leben schließlich nutzen, nicht wahr?«

»Ich hab den Eindruck, das tust du auch«, stimmte Dean ihr warmherzig zu.

Sie sprang auf und sammelte die Teller ein, die sie geschickt auf den Armen verteilte.

»Dann hole ich mal das Dessert.«

In der Küche räumte sie das Geschirr direkt in die Spülmaschine und atmete einmal tief durch.

Herrje, was für eine dumme Situation. Wieso hatte sie nicht ganz lässig von Victor erzählt und so getan, als sei sie einfach nur auf Urlaub hier? Stattdessen war sie bei Deans Frage regelrecht zusammengezuckt und hatte nicht gewusst, was sie sagen sollte. Die Sache mit Ashley zu erwähnen war vollkommen unnötig und wirklich peinlich. Wie sollte Sara den beiden Männern jetzt wieder gegenübertreten?

Doch es stellte sich heraus, dass ihre Sorge unbegründet war. Marjorie und Dean hatten die Situation gerettet, indem sie ein unverfängliches Gespräch über den gestrigen Abend im Pub begonnen hatten. Sara stieg erleichtert ein, während sie die Schälchen mit der Nachspeise verteilte. Und innerhalb kürzester Zeit war der kleine Exkurs in ihr Londoner Beziehungschaos vergessen.

Auch Colin gab sich nun offensichtlich redlich Mühe, sich am Gespräch zu beteiligen.

»John Howards hat heute Morgen eine Flasche vom Feinsten bei mir gekauft«, sagte er zu Marjorie, als alle dabei waren, die letzten Reste aus den Dessertschälchen zu kratzen.

Es war nur ein winziges Blinzeln, ein kurzes Innehalten für eine einzige Sekunde, das Marjorie verriet. Sara wollte gerade nachfragen, wer denn dieser John Howards sei, als Marjorie sich schon wieder gefangen hatte und lächelte.

»Ja, er ist wieder im Ort, nach so langer Zeit.«

»Tja, Lyme Regis verliert eben nie seine magische Wirkung. Wahrscheinlich kommen alle irgendwann wieder zurück«, sagte Colin.

Diesmal war Marjories Lächeln deutlich bemühter.

Sara erinnerte sich daran, wie hölzern ihre Tante gestern plötzlich gewirkt hatte, als der weißhaarige Mann zur Verabschiedung an ihren Tisch getreten war. Und sie war sich sicher, dass er John Howards sein musste. Aber warum reagierte Marjorie auf ihn so sonderbar?

Colin schien zu registrieren, dass er womöglich etwas Falsches gesagt haben könnte. Doch seine Konversationsfähigkeiten reichten offenbar nicht so weit, die Lage wieder zu entspannen. Sobald es nicht als unhöflich gewertet werden konnte, verabschiedete er sich mit einem gemurmelten Dankeschön für die Einladung.

Marjorie gab vor, ihren schmerzenden Knöchel behandeln zu müssen, und entschuldigte sich ebenfalls.

So war Sara mit Dean allein, als sie ihn zur Tür begleitete.

»Hör zu«, sagte er, als Sara bereits die Hand auf die Klinke legte. »Wir können einfach verabreden, dass wir darüber nicht reden. Nicht über Victor. Und nicht über meine Noch-Frau Monica, die ich dir auch nicht verschweigen will. Aber …«, er sah sie mit schief gelegtem Kopf an, »… der Abend war sehr nett, und vielleicht hast du Lust, das in den nächsten Tagen mal zu wiederholen? Oder wir gehen wieder miteinander spazieren?«

Eine Welle der Erleichterung schwappte über Sara hinweg.

»Sehr gerne, Dean.«

Es war einer dieser Momente, in denen ein kleiner Kuss auf die Wange oder vielleicht auch mehr nicht überraschend gekommen wäre. Allerdings unternahm keiner von ihnen etwas in dieser Richtung. Offenbar hatte dieser Mann begriffen, dass sie längst noch nicht so weit war.

Harry

Als Champion-Rüde, der schon zwei Mal den Best-in-Show-Titel geholt hat, habe ich natürlich ein sehr feines Gespür dafür, wenn es um Rivalität im Ring geht.

Der Tisch beim Abendessen war quasi der Showring.

Die Chefin, ich und meine Mädels waren die Richter-Jury.

Anwärter für den Titel waren der komische Kauz und der Typ mit der Bearded-Collie-Frisur.

Aber am Ende wurde keine Plakette für den Sieger vergeben. Alle gingen einfach auseinander, als sei nichts gewesen.

Versteh einer die Menschen.

8. Colin

Der Freitagabend war ihm heilig. An diesem Abend traf er sich mit Brenda zum Joggen.

Normalerweise ließ Colin den Arbeitstag bereits auf dem Weg zu ihrem Treffpunkt weit hinter sich, gab sich der Vorfreude auf die eineinhalb Stunden in Brendas Begleitung hin. Heute allerdings wollte sein Schritt, mit dem er die schmale Straße zum Touri-Parkplatz oberhalb der Stadt entlangtrabte, nicht so recht federn.

Er hatte den Tag damit verbracht, die Bücher zu wälzen, und viel Kraft hineingesteckt, nicht zu verzweifeln. Wenn er die Sache realistisch betrachtete, was er als Geschäftsinhaber nun einmal musste, hatte er wenig Hoffnung, alles doch noch zum Guten wenden zu können. All seine Ersparnisse hatte er in die Destillerie gesteckt, als er sie vor fünfzehn Jahren vom alten Williams übernommen hatte. Er hatte die Gärungsanlage modernisiert und das Dach der Tenne neu gedeckt, in ein ebenso schickes wie traditionell wirkendes Label investiert, hatte die Scheune ausgebaut. Er hatte nichts weiter gewollt, als seinen Traumberuf auszuüben und wirklich guten Whisky herzustellen.

Schon bald hatte sich herausgestellt, dass Qualität allein nicht ausreichte. Um Abnehmer zu finden, feine Restaurants, die sich für seine Produkte begeisterten und regelmäßig bei ihm bestellten, hätte es Kontakte gebraucht, Beziehungen, Bekanntschaften. Und wenn er eines nicht konnte, dann war es, Vetternwirtschaft zu betreiben. Solch eine Vorgehensweise lag ihm nicht. Er hatte seinen Whisky auf ehrliche Weise überzeugen lassen wollen. Und das hatte er jetzt davon: Er stand vor der Pleite.

»Mein lieber Colin, wenn du zu spät bist und dann so ein düsteres Gesicht ziehst, bekomme ich Angst.«

Er fuhr herum.

An der Wand des Toilettenhäuschens lehnte im langen Abendschatten Brenda. Eines ihrer Beine, die in kurzen Shorts steckten, hatte sie angewinkelt und die Sohle des Laufschuhs an die grob verputzte Wand gestellt. Sie lächelte ihn an, und wie immer blieb das nicht ohne Wirkung auf ihn.

»Vor dir kann ich aber auch nichts verbergen«, erwiderte er und spürte, wie seine Mundwinkel sich bereits hoben.

Brenda löste sich von der Wand, streckte sich einmal und trabte dann zu ihm herüber.

Nebeneinander liefen sie weiter und fanden schon bald in ihren erprobten, gemeinsamen Schritt.

»Es geht um die Destillerie, richtig? Du machst dir Sorgen?«, sagte sie ihm auf den Kopf zu.

Er nickte.

»Willst du darüber sprechen?«

Wieso nur kannte sie ihn so gut? Sie wusste, dass er es hasste, nach etwas ausgefragt zu werden, was ihm auf der Seele lag. Ihre Frage war also nicht rhetorischer Art. Wenn er jetzt schlicht verneinen würde, würde sie das Thema fallen lassen und nicht weiter nachhaken. Das war eine der höchst angenehmen Seiten an Brenda: Sie akzeptierte seine Schweigsamkeit ohne Einschränkungen.

»Im Grunde gibt es nicht viel zu erzählen. Du kennst ja die Umstände. Wenn ich keinen Weg finde, das Ruder herumzureißen, sieht es übel aus.«

»Du wirst das schaffen!« Die Gewissheit in ihrer Stimme gab ihm automatisch Auftrieb. Sie traute ihm vieles zu – seit dem Moment, in dem er damals Franc Donovan den Kinnhaken verpasst und so ihr Haarband zurückerobert hatte.

Für einen Moment wollte er ihr widersprechen und vor ihr all die Gedanken ausschütten, die ihm heute bei der Überprüfung der Bücher durch den Kopf gegangen waren. Doch der Abend war junischön, klar und sommerlich lau. Wieso sollte er ihn durch die düsteren Wolken verderben, die über ihm dräuten?!

»Vielleicht sollte ich in dein Geschäft einsteigen?«, antwortete er stattdessen. »Meinst du, das wäre was für mich?«

Brenda tat so, als musterte sie ihn übertrieben kritisch von der Seite.

»Ganz ehrlich, Colin? Ich fürchte, es ist nicht ganz dein Fachgebiet. Aber vielleicht willst du ja dazulernen? Hast du Interesse an einer Umschulung?«

Ihm wurde schlagartig heiß.

»Bei mir sind Hopfen und Malz verloren, Brenda. Oder vielleicht eher Gerste und Hefe?! Ich würde es in deinem Job nie zur Meisterklasse bringen wie in der Herstellung von feinstem Whisky.«

Brenda schnaubte.

»Na, wenn das Geschick fürs eigene Leben da der Anhaltspunkt wäre, wäre ich auch keine besonders erfolgreiche Geschäftsfrau.«

Hundert Meter liefen sie schweigend.

»Hat Lenox nach neulich Abend … Ich meine, es ist doch alles wieder in Ordnung?«, wagte Colin sich dann vor.

Brenda zögerte kurz. Wie sie oft zögerte, wenn es um Lenox ging. Von Anfang an, als sie als verheiratete Frau zurück nach Lyme Regis gekommen war, war Lenox ein sensibles Thema zwischen ihnen gewesen. Nicht nur von Colins Seite aus, den dieser Kerl im dreiteiligen Anzug irritiert hatte, dieser Gewinner des Hauptpreises, der sein Glück nicht ausreichend zu schätzen wusste. Nein, auch Brenda schien immer wieder um Worte verlegen, als sei sie selbst verwundert, auf wen ihre Wahl gefallen war, und als kämpfe sie gegen das Bedürfnis der Rechtfertigung.

Schließlich seufzte sie.

»Der Auftritt im Pub? Ja, sicher. Klar ist es wieder in Ordnung. Du kennst ihn ja.«

Eigentlich kannte Colin Brendas Ehemann gerade so gut, wie er ihn kennen wollte, nämlich kaum. Alles, was er über ihn wusste, wusste er durch Brenda. Die Begegnungen mit Lenox beschränkten sich auf zackiges Zunicken und ein wenig Small Talk, wenn sie sich zufällig einmal zu dritt irgendwo trafen. Und *Auftritte*, wie Brenda es nannte, wie der im Pub, machten Lenox nicht unbedingt sympathischer. Colin hatte sich mehr als einmal gefragt, wieso seine Jugendliebe ausgerechnet an diesem Kerl hängen geblieben war.

Trotzdem bemühte er sich stets, nicht negativ über Lenox zu sprechen. Brenda sollte nicht glauben, dass er ihrer Verbindung missgünstig gegenüberstand. Und so versuchte er, ein wie auch immer geartetes Verständnis für den Ehemann aufzubringen, auch wenn er es nur für Brenda tat.

»Meinst du nicht, dass du ihm langsam von deinem kleinen Unternehmen erzählen solltest? Es läuft mittlerweile immer besser. Eine reine Liebhaberei, so, wie du es anfangs geplant hattest, ist es nicht mehr. Mittlerweile verdienst du Geld damit. Was, wenn Lenox bei der Steuererklärung ausnahmsweise mal genau hinschaut und nicht wie immer dir den Papierkram überlässt?«

Brenda machte mit der Hand eine unwirsche Bewegung, als wolle sie seine Bedenken am liebsten einfach wegscheuchen wie eine aufdringliche Fliege.

»Ach, ich glaube kaum, dass er es ernst nehmen würde. Im Gegenteil: Es wäre ihm ein Dorn im Auge und ein ewiger Streitpunkt zwischen uns. Und davon haben wir weiß Gott schon genug.«

Colin horchte auf.

Vielleicht war es das Schieflegen seines Kopfes, der kurze Seitenblick in ihre Richtung, während sie nebeneinander die schmale Straße überquerten und in einen Feldweg einbogen, der landeinwärts führte. Jedenfalls brauchte er nicht einmal nachzuhaken.

»Dean Felton«, knurrte Brenda. »Lenox hat sich in den Kopf gesetzt, dass er es auf mich abgesehen hat. Oder ich auf ihn.

Höchstwahrscheinlich beides. Deswegen ist er beim Pubquiz auch so hereingestürzt. Mein Gott, war das peinlich. Und natürlich fühlte er sich in allen schlimmen Ahnungen bestätigt, weil Dean an unserem Tisch saß. Dabei hatte ich selbst ihn ursprünglich gar nicht dafür vorgesehen. Ich hatte ihn für den Tisch eingeplant, an dem auch Ellen Garcia saß. Ich könnte mir vorstellen, dass das eine gute Kombination ergeben könnte. Viele Übereinstimmungen, weißt du?! Aber Marjorie hatte darum gebeten, dass ich Dean zu uns an den Tisch setze. Wegen ihrer Nichte.«

»Sara«, sagte Colin.

Brenda wandte den Kopf und sah ihn verwundert an.

»Ähm … Sie heißt Sara«, brummte er, aus unerklärlichem Grund plötzlich verlegen.

»Ich weiß, dass sie Sara heißt. Mich wunderte nur, dass du … Ach, egal. Jedenfalls kann ich derzeit kaum einen Schritt aus dem Haus tun, ohne dass Lenox wähnt, ich wolle mich mit Dean treffen. Vorhin hat er drei Mal gefragt, ob es heute Abend bei unserer üblichen Joggingrunde bleibt.«

Innerlich zuckte Colin ein wenig zusammen. So war es also inzwischen: Der notorisch eifersüchtige Ehemann sah in ihm keine Bedrohung, sondern fühlte sich beruhigt, wenn er wusste, dass seine Frau mit ihm zusammen war. Na toll.

Er bemühte sich, sich nicht anmerken zu lassen, was er wirklich dachte, und sagte stattdessen: »Siehst du. Es wäre besser, wenn du Lenox reinen Wein einschenken würdest. Dann wüsste er, was es mit deiner Bekanntschaft mit Dean auf sich hat und …«

»Er würde ausflippen!«, unterbrach Brenda ihn.

Colin zuckte mit den Schultern.

»Vielleicht erledigt sich das Thema bald von allein. Gestern Abend habe ich bei Marjorie ein Rosenspalier repariert. Ich war anschließend zum Dinner eingeladen. Sara hatte gekocht und …«

»Sara hat gekocht?«

»Ja. Sie ist schließlich Köchin, nicht wahr? Es gab selbst gemachte Gnocchi mit Spinat und Kräutern. Die waren einfach köstlich. Und die Soße dazu! Ich glaube, sie war aus Zitronenverbene oder so. Gibt's das? Zitronenverbene?«

»Colin! Das interessiert mich doch jetzt nicht!«, schalt Brenda ihn, halb empört und halb lachend. »Mich interessiert, dass Sara dich zum Essen eingeladen hat. Wie kam es dazu?«

Colin stutzte. Sara hatte ihn zum Essen eingeladen? Eigentlich war er davon ausgegangen, dass sie zwar das Gericht zubereitet hatte, dass die Einladung aber maßgeblich von Marjorie ausgesprochen worden war. Als kleines Dankeschön für seine Arbeit am Spalier.

»Ich … ähm … keine Ahnung. Ich war eben da, und offenbar war ausreichend Essen für vier da. Denn ich war nicht der einzige Gast! Dean Felton war ebenfalls mit von der Partie. So, wie ich es verstanden habe, hatten Sara und er sich morgens beim Strandspaziergang getroffen, und weil er sie nach ihrem Restaurant gefragt hatte, hat sie ihn eingeladen.«

»Tatsächlich?!« Brenda schien höchst interessiert. »Na, das nenn ich mal eine Köchin, die wirklich nichts anbrennen lässt. Kaum zwei Tage hier, lädt diese Londonerin die beiden attraktivsten Single-Männer von Lyme Regis zu einem Dinner in ihr Haus ein.«

»Na ja, es war nicht so, dass sie mich …«, setzte Colin an.

Attraktivste Single-Männer von Lyme Regis.

»Es ist nicht ihr Haus«, beendete er etwas schwächlich, denn das Echo von Brendas Stimme in seinem Kopf verwirrte ihn.

»Hat sie ihren Freund erwähnt?«, fragte Brenda. »Marjorie wollte nicht so richtig raus mit der Sprache … Sie hat das Restaurant in London doch mit ihrem Lebensgefährten zusammen?!«

Colin war froh, dass er sich auf sicheres Terrain retten konnte.

»Dieser Victor scheint ein kompletter Idiot zu sein«, sagte er. »Lässt eine Frau wie Sara für eine ihrer Kellnerinnen sitzen. So hübsch könnte eine gar nicht sein, dass ich …«

»Ja?«

Das sichere Terrain war unerwartet zu einer Falle geworden. Er konnte doch nicht aussprechen, was er gedacht hatte? Dass er sich nämlich gestern Abend vorgestellt hatte, wie es wohl wäre, wenn er mit Brenda eine Beziehung führen würde. Privat und auch geschäftlich mit der Frau seiner Träume verbunden sein würde. Nie im Leben, hatte er gestern Abend spontan gedacht, käme es für ihn infrage, eine solche Beziehung aufs Spiel zu setzen für … ein kurzes Vergnügen mit einer hübschen Kellnerin.

»Na, wie auch immer«, fuhr er ausweichend fort. »Sara ist offenbar hier, um ihre Wunden zu lecken und zu sich zu finden. Ist bestimmt eine schwierige Entscheidung, jetzt klar zu bekommen, was mit dem Restaurant passieren soll und so. Sicher hält sie noch nicht die Augen nach jemand Neuem auf. Marjorie sollte sich da besser nicht einmischen, indem sie dich bittet, Dean bei einer Veranstaltung neben Sara zu platzieren. Sara ist noch nicht so weit.«

»Du bist ja sehr engagiert, was sie angeht«, stellte Brenda beinahe amüsiert fest. »Letztens hast du noch so getan, als hättest du nicht mal registriert, dass unser Besuch aus London sehr reizvoll ist. Aber du machst dir viele Gedanken um sie. Und weißt du was?« Sie ließ nicht zu, dass er sie unterbrach, um ihre Unterstellung abzustreiten. »Ich denke, du hast bestimmt recht mit dem, was du da mutmaßt. Bestimmt ist sie emotional noch sehr mit dem Betrug und der Frage beschäftigt, was das nun für ihr weiteres Leben, privat und geschäftlich, bedeuten wird. Ich sollte Dean einen Hinweis geben, dass er nicht allzu euphorisch rangehen soll. Womöglich sollte er besser einen Blick auf die temperamentvolle Ellen Garcia riskieren.«

»Ja, Sara braucht wahrscheinlich Zeit zum Nachdenken«, stimmte er ihr zu. »Da würde so ein Charmebolzen mit Pferdeschwanz sie nur verwirren. Denke nicht, dass Dean Felton der Richtige für sie wäre.«

Wieder dieser forschende Blick von der Seite.

Colin konzentrierte sich auf seinen Schritt und seinen Atem.

Zu seiner Verwirrung antwortete Brenda eine ganze Weile nicht. Sie schien nachzudenken.

Erst, als sie am Ende des Feldes in den Hohlweg einbogen, der von kleinwüchsigen Eichen gesäumt war, fragte sie: »Warum hast du eigentlich nie geheiratet, Colin?«

Prompt stolperte er über einen Stein.

Brenda lachte.

»Was sind denn das für Fragen?«, erwiderte er nach ein paar Metern.

Sie zuckte im Laufen mit den Schultern.

»Ehrlich gesagt habe ich mich das schon öfter gefragt. Du bist gut aussehend, sportlich, klug, freundlich, man kann sich voll und ganz auf dich verlassen. Wieso hat da keine der Dorfschönheiten zugegriffen?«

Weil ich sie nicht gelassen habe, fuhr es Colin durch den Kopf. *Weil jede, mit der ich es versucht habe, dem Vergleich mit dir nicht standhalten konnte.*

»Irgendwie passte es nie so ganz«, brummte er.

Der Hohlweg war eng. Sie liefen trotzdem nebeneinander, und als sich ihre nackten Arme im Laufen berührten, wurde er sich der Nähe schlagartig bewusst.

»Wieso kommst du gerade jetzt darauf?«, wollte er wissen.

Brenda schnaubte.

Da sie gut in Form war, hatte das wohl nichts damit zu tun, dass sie außer Atem war.

»Colin, das muss ich dir doch jetzt wohl nicht erklären?!«

Mehr sagte sie nicht.

Und er war viel zu verwirrt, um nachzufragen.

Erst nach zehn Minuten etwa, nachdem sie zufällig den Pigotts auf ihren Shirepferden begegnet waren und mit ihnen einen kurzen Schwatz über das am Wochenende zu erwartende Wetter gehalten hatten, kam das Gespräch zwischen ihnen wieder in Fluss. Jetzt drehte es sich allerdings um ganz alltägliche Dinge. Einen neuen Kinofilm. Den wegen Steinschlags gesperrten Strandabschnitt, an dem kürzlich ein Tourist verunglückt war. Den neuen Museumsleiter.

Schließlich kamen sie an der Wegkreuzung an, an der sie sich für gewöhnlich verabschiedeten.

Anstatt wie üblich die Hand zum Abklatschen zu heben, hielt Brenda an und begann, an der am Wegrand stehenden Bank Dehnübungen zu machen.

Colin folgte ihrem Beispiel, auch wenn seine Antennen sich aufmerksam auf sie ausrichteten.

Irgendwann hielt Brenda inne und sah ihn an. Sie lächelte, doch in ihren Augen stand ein berührender Ernst.

»Du bist mein bester Freund, weißt du das eigentlich?«

Er versuchte ebenfalls ein Lächeln, nicht sicher, ob es ihm so lässig gelang, wie er es gern gehabt hätte.

»Das beruht auf Gegenseitigkeit, Brenda«, antwortete er. »Schließlich schafft es sonst niemand, es länger mit mir Stoffel auszuhalten.«

Sie reagierte nicht auf seinen kleinen Scherz.

»Ich meine das ernst. Manchmal denke ich, ich wüsste gar nicht, was ich hier ohne dich tun würde. Der Gedanke, dich vielleicht zu verlieren, ist mir unerträglich, und ich …«

»Aber du wirst mich doch nicht verlieren!«, unterbrach er sie nahezu entsetzt.

Da tat Brenda etwas, das sie sonst nie tat: Sie hob die Hand und legte sie an seinen Arm. Warm und weich umschlossen ihre Finger seine vom Laufen erhitzte Haut.

»So etwas passiert manchmal, Colin«, sagte sie. »Auch ohne dass wir es wirklich wollen. Vielleicht kommt mal eine vorbei, und du konzentrierst dich ganz auf sie, brauchst mich nicht mehr.«

»So ein Unsinn! Ich würde nie …«

»Scht!«, machte Brenda. »Ich wollte dir das nur einmal gesagt haben. Damit du weißt, wie wertvoll du für mich bist.«

Jetzt lächelte sie wieder. Wie immer. Heiter. Liebenswürdig.

Sie erhob sich auf die Zehenspitzen, und ehe er sichs versah, hatte sie ihm einen Kuss auf die Wange gegeben. Eine zarte Berührung ihrer Lippen auf dem Grübchen dicht neben seinem Mund.

Und schon drehte sie sich fort und lief den Hügel hinunter.

Ehe der Weg hinter der nächsten Biegung verschwand, wandte sie sich noch einmal um und winkte ihm zu.

Er hob die Hand zum Gruß.

Und stand noch minutenlang dort, als sie schon längst nicht mehr zu sehen war.

Harry

Als ich vor langer, langer Zeit zur Chefin kam, war ich ein ziemlich kleiner Pimpf. Ich kam aus Wales, woher unsere weltberühmte Rasse stammt, und meine Eltern waren hoch prämiert. Die Chefin wollte mal wieder etwas frisches Blut in ihrem Kennel haben, wie sie jedem erzählte.

Natürlich war sie komplett begeistert von mir. Sie zeigte mich im ganzen Ort herum.

»Er erinnert mich so sehr an meinen Edward«, sagte sie zu allen, die mich streichelten und herzten.

Und dann stießen alle Entzückenslaute aus, denn dieser Edward schien ein ziemlich toller Typ gewesen zu sein.

Aber natürlich nicht so toll wie ich, vermute ich, denn im Laufe der Wochen und Monate wurde er immer seltener erwähnt, bis es spätestens nach meiner Prämierung als Bester Nachwuchsrüde *nur noch »Harry! Harry!« hieß.*

Sieben Jahre lang habe ich nun den Namen Edward *kaum noch hören müssen. Jetzt taucht er plötzlich wieder auf. Zuerst erzählt die Chefin Sara von ihm. Dann spricht sie mit den Hosenbeinen über den feinen Schuhen über ihn. Und heute ist was passiert, was bisher noch nie passiert ist: Ich bin hinten im Garten unterwegs und gebe mich einem der großen Bs hin, ich* buddele *unter den Himbeerbüschen. Da kommt die Chefin mit ihrer Krücke vorbei und schimpft: »Kommst du wohl da raus, Schlingel?! Hörst du nicht? Edward!«*

Ich weiß wirklich nicht, was ich davon halten soll.

9. Marjorie – vor 33 Jahren

»Edward! Edward! Aaah, dieser Hund macht mich wahnsinnig!«

Marjorie sprintet den Strand entlang.

Dass ihr sturköpfiger Corgi sich aber auch immer dann absetzen muss, wenn sie es gerade besonders eilig hat und seine Eskapaden so gar nicht gebrauchen kann. Wenn sie heute das kleine Büro der Touristikzentrale Lyme Regis wieder nicht pünktlich öffnet, wird es mächtig Ärger geben mit Mr Vaugham, ihrem Boss.

Und so rennt Marjorie, so schnell sie kann, über den nassen Sand und springt über die herumliegenden Felsbrocken, immer dem beigefarbenen Hinterteil ihres Corgis hinterher, der auf der Spur von was-auch-immer zwischen den Felsen dahinflitzt.

Wenn er nur mal etwas langsamer laufen würde.

In dem Moment bremst ihr Hund zweihundert Meter vor ihr abrupt ab und biegt scharf nach links Richtung Felshang.

Oh nein! Hoffentlich ist er vorsichtig. Es kommt immer wieder vor, dass sich aus der vom rauen Wind und der salzigen Gischt beanspruchten Wand Geröllbrocken lösen und auf den Strand herunterpoltern.

»Edward!«, brüllt Marjorie noch einmal mit aller Kraft.

Der kleine Rüde ist auf seinen kurzen Beinen scheinbar in der Felswand verschwunden. Nur sein Kläffen ist noch zu hören, dumpfer als bisher.

Keuchend klettert sie über ein paar hüfthohe Steine und eilt zu der Stelle, an der sie seinen wedelnden Schwanz zuletzt gesehen hat.

Dort führt eine Art Höhle in den Felsen hinein.

Das darf doch nicht wahr sein!

Marjorie lebt erst seit einem knappen Jahr in Lyme Regis,

wo sie ein wunderschönes, kleines Cottage oben auf dem Hügel bei einer Versteigerung und eine Anstellung im Touristikbüro ergattert hatte. Seitdem war sie so beschäftigt, dass sie noch gar keine Zeit gehabt hatte, die unterschiedlichen Strandabschnitte gebührend zu erkunden. Das gehört nun jedoch quasi zu ihren Hausaufgaben, die Mr Vaugham ihr neulich aufgegeben hat. Allerdings war nicht die Rede davon gewesen, dass es hier auch Höhlen gibt, in denen ein mitgeführter Corgi blitzschnell verschwinden kann.

Edwards Bellen ist beständig aus dem Inneren der Höhle zu hören.

»Edward? Komm her!«, ruft Marjorie hinein.

Kurz verstummt das Kläffen. Nur, um dann umso energischer erneut einzusetzen.

Marjorie bleibt zögernd am Eingang stehen.

Sie hat so einiges gehört, von verschütteten Touristen, erschlagenen Einwohnern, Menschen, die einfach spurlos verschwunden sind, nachdem man sie als Letztes am Strand gesehen hatte. Möglicherweise ist das alles Seemannsgarn. Aber wenn nicht, ist es bestimmt keine gute Idee, sich nun auf eigene Faust auf die Suche nach ihrem Hund zu begeben.

Marjorie lauscht.

Und da hört sie plötzlich etwas anderes als nur das durchdringende, energische Bellen ihres Corgis. Sie hört eine menschliche Stimme.

»Hallo?«, ruft sie erneut. »Ist da jemand?«

Eine Antwort. Aber so undeutlich und von Edwards Gejanker begleitet, dass sie nicht zu verstehen ist.

Marjories Herz klopft ein rasendes Stakkato. Zuerst dieser Sprint über den Strand. Und nun auch das noch. Hat Edward etwa einen halb verschütteten Spaziergänger entdeckt? Was ist, wenn die Flut steigt? Wird diese Höhle dann mit eiskaltem Meerwasser durchspült?

Marjorie nimmt all ihren Mut zusammen und steigt über die Findlinge, die wie riesig große Kieselsteine im Eingang der Höhle liegen.

»Ich komme! Keine Angst, bin gleich bei Ihnen!«, versucht sie, den Verschütteten zu beruhigen, und wahrscheinlich auch, sich selbst Mut zu machen.

Als sie ein paar Meter in die Höhle hineingegangen ist, wird ihr klar, dass sie ein echtes Problem hat: Hier vorn fällt noch Tageslicht in den höhlenartigen Gang hinein, aber weiter drinnen ist es gewiss stockdunkel, und natürlich hat sie an diesem hellen Frühlingsmorgen keine Taschenlampe dabei.

Wie um diese Erkenntnis auf gruselige Weise zu untermauern, verstummt plötzlich Edwards Kläffen.

Marjorie muss schlucken.

»Hallo? Wo sind Sie?«

»Immer den Ohren nach«, erschallt eine Männerstimme.

Das klingt nicht nach akuter Lebensgefahr.

Vorsichtig setzt Marjorie ihren Weg fort und tastet sich im schummrigen Dämmerlicht an der feuchten Felswand entlang. Dann macht der Gang einen scharfen Knick, und ein feiner Lichtstrahl fällt auf den Boden vor ihr. Sie umrundet die Biegung.

Und da ist Edward. Er schnüffelt eifrig am Boden herum und futtert etwas, das im Schein einer starken Taschenlampe wie ein zerfetztes Sandwich aussieht.

»Ist das Ihr Hund?«, fragt der Mann, der neben einem zusammenfaltbaren dreibeinigen Hocker steht, neben dem sich ein ebensolches Tischchen samt diverser Skizzen- und Notizbücher befindet.

Der Mann scheint weder verletzt noch verschüttet zu sein.

»Edward!« Erleichtert stürzt Marjorie sich auf den Übeltäter, klinkt mit routinierter Geschicklichkeit den Karabiner der Leine am Halsband ein und zieht den widerstrebenden Rüden von seiner Beute fort.

Dann erst wendet sie sich dem fremden Mann zu, der mit einer Mischung aus Amüsement und Ärger zugeschaut hat.

»Geht es Ihnen gut?«, erkundigt sie sich.

»Sicher. Es ging mir sogar hervorragend, bevor plötzlich ein wild gewordenes Etwas hier reingeschossen kam und mir erst mein Würstchen aus der Hand und dann mein Sandwich aus der Tasche riss.«

»Edward!«, wiederholt Marjorie, diesmal jedoch mit ganz anderer Betonung. »Oh, das tut mir wahnsinnig leid! Bitte entschuldigen Sie! Er ist gerade auf Diät. Und wenn er Schinken oder Ei riecht … Es muss mit ihm durchgegangen sein. Kann ich … kann ich Ihnen den Schaden ersetzen?«

Sie wird von einem Paar dunkler Augen unter krausem braunen Haar gemustert.

»Ach, wissen Sie, ich habe ja noch die beiden mit Gurke. Auf die schien er nicht so versessen zu sein.«

Sie blicken sich einen Moment lang an. Dann müssen sie beide lachen.

»Was für einen Schreck muss er Ihnen eingejagt haben!«, kichert Marjorie.

»Tja, ehrlich gesagt wusste ich wirklich nicht so recht, wie mir geschah. Ich hatte gerade eine kleine Pause eingelegt, bin dabei, diesen teilweise freigelegten Schultergürtel eines *Stenopterygius quadriscissus* abzuzeichnen. Ich bin Paläontologe, wissen Sie. John Howards.« Er deutet eine kleine Verbeugung an.

Marjorie wird von einer seltsamen Verlegenheit erfasst, die nichts mit dieser skurrilen Situation, aber sehr viel mit dem amüsierten Schmunzeln und den blitzenden Augen ihres Gegenübers zu tun hat.

»Mein Name ist …«

»Sie sind Marjorie Cowell«, beendet er ihren Satz. Und lächelt breit, als er ihre verdutzte Miene sieht. »Wenn jemand Neues in die Stadt zieht, spricht sich das schnell herum.«

»Das habe ich schon gemerkt. Ich hatte kaum mein Cottage bezogen, da liefen mir die Nachbarn schon die Tür ein mit ihren Pies und selbst gebackenen Scones. Sie habe ich hier jedoch noch nie …« Sie bricht verwirrt ab. Sich bewusst, was sie mit dieser Aussage auch sagen würde: dass sie sich nämlich daran erinnern würde, wenn sie ihn im Ort schon mal gesehen hätte.

Es ist ihm bestimmt aufgefallen, denn sein Lächeln vertieft sich. Der Strahl der Taschenlampe ist auf den Zeichentisch und der einer anderen Leuchte auf die Wand gerichtet, dennoch kann sie das Netz an feinen Fältchen um seine sympathischen Augen herum erkennen.

»Dass Sie mich noch nie gesehen haben, liegt wohl daran, dass ich eine ganze Weile in der Welt unterwegs war. Neuseeland. Afrika. Wenn man hier geboren ist, bleibt einem kaum eine andere Wahl, als sich mit Fossilien zu beschäftigen – und für mich ist diese Leidenschaft zu meinem Beruf geworden«, erklärt er. »Wenn man es zu etwas bringen will, muss man sich aber leider auch von hier fortbewegen. Funde anderer Länder begutachten. Die Erde hat viel zu bieten, wenn man sich für alle Lebewesen interessiert, die in vielen Jahrtausenden auf ihr gelebt haben.«

»Und trotzdem sind Sie zurückgekommen«, stellt Marjorie daraufhin fest.

»Als echter Lyme Regiser kommt man immer zurück. Und diesmal war es offenbar im genau richtigen Moment.« Eine oder zwei Sekunden blickt er ihr in die Augen, und sie spürt schon wieder diese für sie so untypische Scheu in sich aufsteigen, als er mit dem Kopf zu Edward deutet. »Zumindest wird er es so sehen. Denn mein Frühstück hat ihm ganz offenbar geschmeckt.«

»Ich sorge für Ersatz!«, verspricht Marjorie, und ehe sie genau darüber nachgedacht hat, hat sie schon mit ihrer typischen Spontaneität hinzugesetzt: »Ein gemeinsames Picknick hier am Strand?«

Wenn Mr Howards sich über den impulsiven Vorschlag wundert, lässt er es sich nicht anmerken.

»Wunderbare Idee. Morgen Nachmittag so gegen fünf? Dann schließt doch die Touri-Zentrale?«

Marjorie zuckt zusammen und sieht gehetzt auf ihre Uhr. Sie hat noch zwanzig Minuten, um pünktlich in dem kleinen Laden im Ort zu sein, der den Touristen als Anlaufort dient. Vielleicht … wenn sie rennt?

»In Ordnung. Bis morgen!«, ruft sie noch über die Schulter und ist schon auf dem Weg hinaus auf den Strand, Edward an der Leine neben ihr.

Der kleine Kerl scheint ihren Tadel über die erbeuteten Sandwiches schon vergessen zu haben, denn er hüpft quietschvergnügt neben ihr her und sieht den Spurt über Sand und Steine wohl als eine Art Wettrennen.

Mit nur wenigen Minuten Verspätung kommen sie, beide außer Atem, an der Tür des Touristikbüros auf der Promenade an. Um diese frühe Uhrzeit steht noch niemand davor und wartet. Gott sei Dank.

Mit fliegenden Fingern schließt Marjorie auf, und Edward schlüpft noch vor ihr durch die hölzerne Tür mit dem Glaseinsatz.

Er stürzt sich auf den Wassernapf, der für ihn hinter dem Tresen bereitsteht. John Howards' Würstchen und Sandwich scheinen durstig gemacht zu haben. Ein leises Lachen entfährt Marjorie. Die Vorstellung von ihrem blutrünstigen Corgi, der fremde Männer um ihr Frühstück erleichtert, ist aber auch zu komisch. Wie gut, dass sein Opfer Spaß zu verstehen scheint. John Howards' Reaktion lässt das zumindest vermuten. Und sein Gesicht, seine dunklen Augen, in denen es verschmitzt geblitzt hat.

Trotzdem wird sie sich noch mal bei ihm entschuldigen. Morgen, beim Picknick.

Während Marjorie den Ständer mit den Post- und Wanderkarten hinaus auf den Bürgersteig schiebt, zieht sich langsam das Adrenalin aus ihrem Blut zurück. Und mit Einsetzen ihres üblichen messerscharfen Verstandes tauchen erste Zweifel auf. Ob

John Howards die Einladung zum Picknick wohl ernst genommen hat? Immerhin war das ein reichlich spontaner Vorschlag. Typisch für sie, Marjorie, aber sie stammt ja auch aus einem Randbezirk Londons. Dass die Leute hier an der Küste anders ticken, ist ihr inzwischen klar. Die Lyme Regiser sind wesentlich zurückhaltender, als sie es aus London gewohnt ist. Sie sind höflich, freundlich, begegnen ihr allerdings immer mit einer gewissen Distanz. Wahrscheinlich erachten sie die spontane Einladung von Fremden zu einem Strandpicknick als unangebracht.

Was, wenn John Howards morgen einfach nicht kommt?

»Na und?«, sagt Marjorie leise vor sich hin, denn noch ist sie allein im Laden. »Davon geht doch die Welt nicht unter.«

Edward sieht sie von seinem Platz auf dem Flickenteppich aus an. Seine braunen Hundeaugen sind ihr so vertraut wie sonst nichts. Sie beide kennen sich so gut. Und jetzt kommt es ihr plötzlich vor, als würde er über sie lachen.

* * *

»Trauzeuge? Ich? Marjorie, Schwesterchen, natürlich!«, dröhnt Maxwells Stimme aus dem Telefonhörer. »Das wird aber auch wirklich Zeit!«

Marjorie muss breit grinsen und ist froh, dass ihr Bruder es nicht sehen kann.

»Vielen Dank für den Hinweis auf mein Alter, Max, damit kannst du mir die Laune nicht verhageln. Genauso wenig wie die alte Mrs Clymer, die gestern zu mir sagte … Warte, ich muss überlegen, wie genau sie es ausgedrückt hat … Ach ja, sie sagte: ›Ein halbes Jahr des Kennenlernens reicht nicht aus, um die Untiefen auszuloten, die im anderen lauern.‹ Stell dir vor, sie rät mir zu einer längeren Verlobungszeit. So rigoros, wie sie ist, denkt sie wahrscheinlich an zehn Jahre oder so.«

»Untiefen«, wiederholt Max, und sie lachen beide. »Lass dir

bloß nichts einreden, hörst du? Die Ehe ist was Wunderbares, wenn man das richtige Gegenüber gefunden hat. Und John ist für dich genau der Richtige, das weiß ich.«

Marjorie bedauert, dass ihr Bruder so weit fort ist. In diesem Augenblick würde sie ihn zu gern fest umarmen. Zum einen, weil sie glaubt, dass alles in ihr vor Glück zu zerbersten droht, wenn sie sich nicht schnell an etwas Vertrautem und Liebem festklammert. Und zum anderen, weil sie ahnt, was gerade in ihm vorgeht. Es ist schließlich erst vier Jahre her.

»Ich wünschte, Elisa könnte dabei sein«, sagt Maxwell da tatsächlich mit rauer Stimme. »Sie liebte Hochzeiten, sich dafür schick zu machen und die ganze Nacht zu tanzen. Sie hat immer gesagt, dass sie sich dann fühlt, als sei es auch ein bisschen noch mal unsere Hochzeit.«

Marjorie schluckt.

»Aber du bringst Sara mit, nicht wahr? Meinst du, sie will mit ihren zehn Jahren noch Blumenkind sein? Oder fühlt sie sich zu alt dafür?«

»Zu alt? Bist du verrückt? Sie wird Purzelbäume schlagen, wenn ich sie frage. Sie wird das weltbeste Blumenkind, das du dir nur wünschen kannst.«

»Davon bin ich überzeugt.«

Sie sprechen noch ein wenig über die Hochzeitsvorbereitungen. Keine große Feier, nein, nur die Freunde und ein paar Nachbarn. Ja, ein paar Nachbarn sind in Lyme Regis absolute Pflicht. Die Feier in der Scheune der alten Whisky-Destillerie von Mr Williams, das Essen geliefert vom *Cobb Arms Restaurant* am Hafen. Und vielleicht wird der Oktober ihnen zu Ehren noch mit einem Sonnentag aufwarten.

Nachdem sie aufgelegt haben, läuft Marjorie in die Küche, um ein paar Sandwiches zu belegen.

Währenddessen geht ihr Maxwells Stimme nicht aus dem Kopf, als er von Elisa sprach.

Das Leben ist nicht fair. Wie kann es sie so glücklich machen, nachdem es ihren großen Bruder in dieses düstere Loch gestoßen hat?

Maxwell ist so ein wundervoller Mensch, ein toller Freund, ein fantastischer Dad für die kleine Sara, und für Elisa war er ein hingebungsvoller Ehemann. Er hat es verdient, glücklich zu sein, und nicht, seine über alles geliebte Frau auf ewig zu vermissen.

Marjorie schüttelt den Kopf, als wolle sie eine Fliege vertreiben. Genug jetzt mit diesen düsteren Gedanken! Schließlich ist sie gleich mit John am Strand zu einem Picknick verabredet.

Heute ist ihr Halbjahrestag. Heute vor sechs Monaten haben sie sich unten am Strand in der Höhle zum ersten Mal gesehen und am nächsten Tag den Nachmittag und Abend gemeinsam dort verbracht. Grund genug, um das heute mit einem kleinen zweisamen Picknick-Fest zu feiern.

Beziehungsweise dreisam – denn Edward wird natürlich auch mit von der Partie sein.

Wo steckt der Hund nur wieder?

Marjorie geht hinaus in den großen Garten. Obwohl sie noch längst nicht alle Beete angelegt und Sträucher gesetzt hat, die ihr ehrgeiziger Hobby-Gärtnerinnen-Plan vorsieht, bieten das viele Grün und die großen Bäume der Vorbesitzerin hervorragende Versteckmöglichkeiten. Ein kleiner Hund ist da nicht immer auf Anhieb auszumachen.

Sie schleicht um die Sträucher und am Pavillon im hinteren Bereich vorbei. Wenn sie sich nicht irrt … Tatsächlich! Da ist er! Mitten in den gestern gesetzten Himbeersträuchern buddelt er in der frisch aufgebrochenen Erde.

»Edward!«

Der Rüde fährt herum und hechelt sie mit erdverkrusteter Nase fröhlich an, von Schuldbewusstsein keine Spur. Und Marjorie muss lachen. Irgendwie kann sie in letzter Zeit niemandem wirklich böse sein, und ihrem Edward schon gar nicht.

Sie tritt die Erde um die jungen Sträucher wieder fest, trägt dem Hund auf, ihr zu folgen, und macht sich mit Picknickkorb und Corgi auf den Weg zum Strand.

Schon von Weitem kann sie Johns braunen Lockenkopf erkennen. Ihr Verlobter – *Verlobter!*, wiederholt sie in Gedanken fasziniert – läuft zwischen den Steinen am Strand hin und her.

Was um Himmels willen tut er denn da?

Als sie näher kommt, kann sie es erkennen. Blumen. Nicht etwa Treibhausrosen oder sonst etwas Klischeehaftes. Nein, er hat etwa drei Dutzend kleine Vasen mit Kornblumen, mit Sonnenhut, Bauernhortensie und vielen ihrer Lieblingsblumen am Strand verteilt. Ein buntes, heiteres, lebensbejahendes Meer an Blumen.

»John«, sagt sie nur, als sie ihn erreicht. Sie sieht sich um, ist sprachlos.

»Gefällt es dir nicht?« Im Gegensatz zu seinem sonstigen selbstbewussten Auftreten wirkt er plötzlich fast jungenhaft scheu.

»Bist du irre? Natürlich gefällt es mir! Wie wunderschön! Danke!«

Sie umarmt ihn. Nein, sie sinkt an ihn. Obwohl er nicht viel größer ist als sie, also eher ein kleiner Mann, fühlt sie sich bei ihm immer, als sei er ihr Fels in der Brandung. Bevor sie ihn kennenlernte, hatte sie keine Ahnung, wie gut es tut, sich auf diese Weise an einen Menschen anzulehnen. Sie ist immer eine starke Frau gewesen und war der Meinung, niemanden wirklich zu brauchen, der ihr durch ihr Leben hilft. Aber jetzt … Alles ist so viel leichter und schöner mit ihm zusammen.

Johns Hände legen sich um ihre Taille, während ihre in seinen Nacken wandern. Nach all den Versuchen in ihrem Leben, den kleinen Liebeleien, den schrägen Beziehungsproben, dem Auf und Ab von Alleinsein und Im-Paar-aber-doch-nicht-zu-zweit-Sein, findet sie bei ihm immer gleich auch sich selbst. Seine Berührungen elektrisieren sie, haben es von Anfang an getan, so, wie sein Blick im Höhlengang unter den Felsen.

Ihr Kuss dauert an, wird fiebrig.

Bis er sich schließlich vorsichtig von ihr löst und sie auf diese Weise anlächelt, die ihr Herz schier explodieren lässt.

»Wir sollten uns noch etwas für später aufbewahren. Es könnte sonst am Strand zu … nun ja, nicht jugendfreien Szenen kommen.«

Sie lacht ihn aus. Aber in ihrem Bauch zieht sich etwas voller Vorfreude zusammen. So ist es immer: Sie genießt jede Stunde mit ihm und kann die nächste schon kaum erwarten.

»Du hast recht. Es gibt für alles seine Zeit«, sagt sie und greift zum Picknickkorb.

Edward springt von dem sonnenbeschienenen Felsen herunter und ist gleich zur Stelle.

»Diesmal bekommst du nur einen Kauknochen und lässt die Sandwiches uns!«, erklärt John ihm und flüstert ihr dann zu: »Du hast doch hoffentlich einen Knochen für ihn eingepackt?«

Vor Edwards legendärer Klugheit hat er inzwischen gehörigen Respekt. Manchmal scheint es wirklich so, als könne der kleine Hund jedes Wort verstehen.

Marjorie zieht den Kauknochen heraus. Edward beschnuppert ihn, erklärt ihn für der Situation angemessen und verzieht sich mit dem Ding zurück auf seinen Lieblingsfelsen.

»Glück gehabt.« John lugt in den Korb und greift nach einem der Sandwiches. »Oh, du hast auch Scones dabei!«

Er bietet ihr die leckersten Varianten von Gurken- und Käsesandwiches an und macht sich dann selbst über seinen Teil her.

Da sitzen sie wie vor einem halben Jahr, bei ihrer ersten Verabredung an diesem abgelegenen Strandabschnitt, schauen aufs Meer hinaus, durch den überhängenden Felshang geschützt vor Blicken von oben.

Und doch ist heute alles anders.

Die vielen Blumen sprechen davon. Ihre Blicke sprechen davon.

Nur John spricht heute ziemlich wenig.

Eigentlich so gut wie gar nicht.

Das ist seltsam.

Eine Plaudertasche ist er auch sonst nicht. Trotzdem fällt es nie schwer, mit ihm im Gespräch zu bleiben. Heute wirkt er allerdings so, als ob … hm, ja, als ob ihm etwas auf der Seele liegen würde.

Marjorie mustert ihn heimlich, wie er zum Horizont schaut, den Becher mit Tee in der einen, den letzten Bissen Scone mit einem Krönchen aus Clotted Cream und Erdbeermarmelade in der anderen Hand.

Ist er wirklich ernster als üblich? Oder scheint ihr das nur so, weil ihr selbst immer noch das Telefonat mit ihrem Bruder nachhängt?

Ein paar stille Minuten lang überlegt sie, ob sie ihn einfach danach fragen soll. Bisher hat es noch nie eine Situation gegeben, in der sie nicht wusste oder zumindest zu ahnen glaubte, was er dachte. Wie würde er damit umgehen, wenn sie sich nach seinen Gedanken erkundigen würde?

Mrs Clymer fällt ihr ein. Diese *Untiefen*, von denen sie gesprochen hat. *Ausloten von Untiefen*. Ach herrje, was soll denn das jetzt? Als hätten John und sie Geheimnisse voreinander. Als würde er ihr absichtlich etwas verschweigen.

In dem Moment, in dem sie den Mund öffnet und beginnt: »Ich habe vorhin mit Maxwell telefoniert …«, sagt John: »Ich muss dir noch etwas …«

Sie brechen beide ab. Lachen.

Ist da plötzlich eine leichte Verlegenheit in seiner Miene?

»Du zuerst!«, sagt Marjorie.

»Nein du. *Ladys first*«, entgegnet er.

»Ach, na ja, ich wollte nur erzählen, dass Maxwell gern mein Trauzeuge sein will. Und er ist davon überzeugt, dass Sara Blumen streuen will, obwohl sie ja eigentlich schon zu alt dafür ist.«

»Das ist doch wunderbar. Wieso machst du dann so ein kummervolles Gesicht?«

Er liest in ihr wie in einem aufgeschlagenen Buch.

Sie zuckt mit den Schultern. »Die Hochzeit hat ihn an Elisa erinnert, falls so ein Anlass überhaupt nötig ist. Jedenfalls klang er so, als täte es ihm wieder einmal sehr weh.«

»Der gute Maxwell.« John nickt.

Er hat ihren Bruder bisher nur einmal getroffen, als sie ein Wochenende zu Besuch in London waren, die beiden Männer haben sich prächtig verstanden.

»Vielleicht passiert ja ein kleines Wunder, und in ein paar Jahren kommt noch einmal eine daher, die ...«

»Nein.« Marjorie hat keine Ahnung, woher sie das mit solcher Entschiedenheit weiß, aber ihr ist von Anfang an klar gewesen, dass das nie geschehen wird. »Nein, sicher nicht. Manche Lieben sind einfach zu ... groß, zu besonders, als dass danach noch einmal etwas kommen könnte. Wahrscheinlich löschen sie sogar alles aus, was davor gewesen ist.«

John sieht sie an. In seinen braunen Augen glimmt etwas, das Marjorie fremd ist. Eine Mischung aus Schrecken und Trauer, die ihr seltsam erscheint.

Was ist das nur?

Der Moment geht vorüber.

Johns Gesicht glättet sich und wirkt wie immer.

»Und was wolltest du sagen?«, erkundigt sie sich.

Er blinzelt kurz, tut, als müsse er überlegen. Dann schüttelt er lachend den Kopf.

»Ich habe keinen blassen Schimmer mehr«, behauptet er.

Und zum ersten Mal beschleicht sie das Gefühl, dass er ihr nicht die Wahrheit sagt.

***

Am nächsten Tag sortiert Marjorie im Touristikbüro gerade frisch eingetroffene Prospekte, als Fiona Hewitt hereinkommt.

Sie ist Mitglied im Gemeinderat, leitet den Kirchenchor und hat als Ehefrau des örtlichen Pfarrers stets alle Hände voll zu tun, Basare zu allen Jahreszeiten vorzubereiten, den Blumenschmuck in der Kirche zu arrangieren und Besuche bei den wenigen Bedürftigen in dem wohlhabenden Küstenstädtchen zu machen.

»Fiona, guten Tag, was treibt Sie denn in unseren kleinen Laden?«, begrüßt Marjorie sie.

Einheimische bekommt sie zu ihrer Arbeitszeit in der Regel eher selten zu Gesicht. Und Fiona mit ihren umfassenden Aufgaben schon gar nicht.

»Oh, ich habe auf dem Markt Trevor getroffen, und er sagte mir, dass neue Prospekte reingekommen sind. Ich wollte ein paar für den Tisch im Gemeindesaal abholen.«

»Ach so, ja sicher.«

Marjorie greift in den Karton und reicht ihr einen Stapel, den Fiona sorgsam in ihrem Einkaufskorb verstaut. Trevor Vaugham, ihr Chef, ist selbstverständlich mit allen wichtigen Leuten in Lyme Regis wohlbekannt.

»Die Hochzeitsvorbereitungen laufen gut?«, erkundigt Fiona sich dann.

»Hervorragend, danke. Es wird ein tolles Fest.« Marjorie spürt, wie ihr Lächeln automatisch breiter wird.

»Wunderbar! Sie beide bekommen wohl auch noch Unterstützung? Dann kann ja gar nichts schiefgehen.«

»Bitte?«

Fiona deutet vage zur Tür. »Ihre beste Freundin aus London? Ich nehme an, sie wird Ihre Trauzeugin?!«

Irritiert folgt Marjorie der Geste mit dem Blick. Doch draußen auf der Promenade sind nur die obligatorischen Touristen zu sehen, ganz gewiss nicht Kristen, die jetzt gerade bestimmt im Reisebüro in der Londoner Mortimer Street an ihrem Schreibtisch sitzt. Dort haben sie sich vor zehn Jahren kennengelernt, als Marjorie dort anfing.

»Mein Trauzeuge wird mein Bruder«, antwortet sie langsam. »Kristen reist erst zwei Tage vor der Hochzeit an. Das sind noch gut sechs Wochen. Wie kommen Sie darauf, dass sie hier sein könnte?«

Fionas blaue Augen runden sich. Ihr Erstaunen scheint allerdings irgendwie gekünstelt.

»Ach, auf dem Weg zum Markt komm ich ja quasi an Johns Haustür vorbei. Und da habe ich gesehen, wie er eine Frau begrüßte, die gerade aus einem Leihwagen gestiegen ist. Ich dachte, das kann ja nur Ihre beste Freundin sein. Er hat neulich noch erzählt, wie gut Sie beide sich verstehen.«

Kristen? Kristen zu Besuch in Lyme Regis? Aber gestern Abend haben sie doch noch miteinander telefoniert. Und wieso fährt sie zu John und nicht zu ihr?

»Ach herrje!«, macht Fiona da und hebt eine Hand zum Mund. »Wahrscheinlich hätte ich das gar nicht erzählen sollen. Die beiden hecken bestimmt irgendeine tolle Überraschung für Sie aus. So was wie die Blumen am Strand gestern.« Sie zwinkert Marjorie zu.

»Woher …?«

Fiona winkt lachend ab. »Wenn ein attraktiver Mann, der in Kürze zu heiraten gedenkt, in der Gärtnerei ein solches Blumensortiment bestellt, muss er schließlich Auskunft geben. Und ich hatte das Glück, gerade den Schmuck für die Kirche abzuholen. Da hab ich es mitbekommen. Tolle Idee. Sehr süß.«

»Ja.« Marjorie weiß, dass sie mehr sagen sollte, in ihrem Kopf überschlagen sich die Gedanken. Da ist ein Gefühl, ein ziemlich dummes Gefühl. *Untiefen*, fällt ihr ein. »Ja, es war … toll.«

Fiona tätschelt ihren Arm. »Seien Sie so gut, und vergessen Sie einfach, was ich erzählt habe, ja? John wäre untröstlich, wenn ich ihm eine Überraschung zerstören würde. Wahrscheinlich hätte er mich sogar um Stillschweigen gebeten, wenn er mich gesehen hätte. Aber er war so beschäftigt und … Na ja, im ersten Augenblick dachte ich ja auch, dass Sie das sind. Bis mir auffiel, dass den blonden Haaren Ihrer Freundin dieser feine Rotton fehlt. Also … pssst!« Sie legt einen Finger an die Lippen und lächelt verschwörerisch.

Marjorie lächelt mechanisch zurück. Sie hält Fiona die Tür auf und schließt sie hinter ihr, nachdem sie sich verabschiedet haben.

Einen Augenblick sieht sie Fiona nach, wie diese, mal nach links, mal nach rechts grüßend, über die Promenade eilt, ihrem nächsten Ziel entgegen.

Kein Wunder, dass sie auf die Idee gekommen ist, die fremde Frau bei John müsse Marjories beste Freundin sein. Denn seit er vor einem halben Jahr in die Stadt zurückgekehrt ist, hat er sich kaum mit jemand anderem blicken lassen als mit Marjorie. Und es stimmt, Kristen und er haben sich gleich wunderbar verstanden, als sie sich bei dem Besuch in London vor zwei Monaten kennengelernt haben.

Die Sache ist nur: Niemand, wirklich niemand würde auf noch so große Distanz die afrostämmige Kristen für Marjorie halten.

Verflixt! Hätte sie Fiona doch etwas mehr ausgefragt. Wieso hatte sie angenommen, dass die Fremde Marjories Freundin sein musste? Zuerst hatte Fiona sogar vermutet, es sei Marjorie selbst. Was bedeutet das?

Marjorie denkt daran, wie oft John und sie Hand in Hand oder auch Arm in Arm durch den Ort gehen. Wie nah sie sich stets sind. Wie sie immer eng beieinanderstehen oder -sitzen. Wie kann Fiona auf die Idee kommen, diese fremde Frau könnte sie gewesen sein?

Ein Blick auf die Uhr.

Die Mittagspause steht kurz bevor.

Wenn sie die Pause ein paar Minuten vorzieht, wird Mr Vaugham doch bestimmt nichts dagegen haben. Jetzt im September verebbt die Flut der beständig einfallenden Touris langsam. Den ganzen Morgen waren nicht mehr als eine Handvoll Menschen in der Touristikzentrale.

Marjorie überlegt noch, als hinter dem Tresen das Tapsen von Hundepfoten zu hören ist. Edward kommt um die Ecke, streckt sich, gähnt und schaut sie erwartungsvoll an.

Damit ist die Entscheidung gefallen.

Marjorie schlüpft rasch in ihre Jacke, denn heute weht der Wind ziemlich rau vom Meer her, dreht das Schild an der Tür herum: *Kurze Pause.*

Dann greift sie nach der Hundeleine, und schon sind Edward und sie unterwegs.

Sie durchqueren das Zentrum und eilen den Weg in die Siedlung hinauf, in der John ein kleines Häuschen gemietet hat. Weit ist es nicht. Trotzdem klopft Marjories Herz wie verrückt, als sie ankommt.

In der Einfahrt steht ein kleiner Wagen, ein Mietauto, wie Fiona richtig bemerkt hat.

»Ganz ruhig«, sagt sie zu sich selbst, als sie sieht, wie ihre Hand mit dem Schlüssel zittert.

Und dann wird ihr klar, dass es nicht an ihrer Nervosität liegt, dass der Schlüssel nicht ins Schloss passt. Der andere Schlüssel muss von drinnen stecken.

Für einen Moment steht sie ratlos da.

Das ist noch nie passiert. Dass sie zu John will und der Weg irgendwie versperrt ist.

Sie weiß, dass die Klingel defekt ist. Schon hebt sie die Hand, um zu klopfen. Da löst sich Edward mit einem Mal von ihrer Seite und wetzt ums Haus herum.

»Edward!«, zischt sie.

Dieser eigensinnige Kerl! Sie lässt die Hand sinken und folgt ihrem Hund. Hätte sie ihn doch an die Leine genommen!

Ums Haus läuft ein schmaler Pfad mit Trittsteinen. Er führt nach hinten auf die winzige Terrasse.

Edward hat die Abkürzung über den Rasen genommen und stürzt sich gerade auf das Schälchen mit Katzenfutter, das John dem Igel hingestellt hat. Das hat der Corgi also gerochen.

Marjorie will schon den Mund öffnen und ihn scharf zurechtweisen, da nimmt sie aus dem Augenwinkel eine Bewegung wahr.

Dicht hinter der Scheibe der Terrassentür steht ein Mann mit dem Rücken zu ihr.

Und in seinem Arm hält er eine zierliche blonde Frau, die ihr Gesicht an seinen Hals schmiegt.

Auch er hat den Kopf gesenkt und vergräbt Augen, Nase, Mund in dem blonden Haar.

So innig und so vertraut sieht das aus, dass Marjorie ein paar Sekunden braucht, um zu erkennen, dass es John ist. Ihr John. Ihr John, der da gerade eine andere Frau so zärtlich liebkost und hält.

Marjorie ist wie erstarrt.

Kein Laut. Keine Bewegung.

Nur dieser Moment. Diese Sekunden, in denen ihre Welt kollabiert, einfach in sich zusammenfällt.

Wie lange dauert es?

Eine Minute? Zehn?

Bis die Frau den Kopf hebt und sie hier stehen sieht. Ihre Lippen bewegen sich. John fährt herum.

Erst da kann Marjorie sich wieder bewegen.

Sie registriert noch, wie John nach dem Hebel der Tür greift, sie aufreißt, ihren Namen ruft.

Doch sie ist schon weg.

Fort, nur fort.

Harry

Um noch mal auf die Sache mit dem Showring zurückzukommen.

Seit ein paar Tagen begleitet uns der Typ mit der Bearded-Collie-Frisur auf unseren Spaziergängen über die Klippen oder hoch ins Hinterland. Ich hab nichts gegen ihn. Aber er lenkt Sara ziemlich von uns ab. Ständig hat er was zu erzählen, und dann lachen sie beide. Ich denke nicht, dass er weiß, dass man sich im Wettbewerb besser still verhält. Wer da zu viel bellt und Radau macht, fliegt schnell aus der Wertung.

Darin ist der komische Kauz eindeutig besser. Der kommt immer noch jeden Tag, um irgendwas im Garten oder Haus zu reparieren. Der redet nicht viel, dafür hält er sich super. Kopf hoch, Brust raus, federndes Gangwerk. Präsentiert sich spitze, würde ich sagen. Und der Ausdruck, für den ich im Ring auch immer gelobt werde, ist eins a. Der kann gucken. Meistens, wenn Sara in der Nähe ist. Dann guckt sie auch.

Die Chefin guckt dann zwischen beiden hin und her.

Also, wenn ich Richter am Showring wäre, ich wüsste, wem ich die Plakette ans Halsband stecken würde.

10. Sara

War sie tatsächlich erst seit zehn Tagen hier?

Während Sara die Teller und Tassen vom Frühstückstisch in die Spülmaschine räumte, rechnete sie kurz nach. Ja, am Mittwoch vor zehn Tagen war sie hier angekommen.

Es kam ihr viel länger vor. Vielleicht, weil London und das damit verbundene Drama mittlerweile so weit weg schienen.

Der Alltag hier, die Versorgung der Welpen, die mittlerweile so drollig im Garten herumtobten, das tägliche Kochen, die langen Spaziergänge, das alles hatte sich wie heilender Balsam auf die schmerzende Wunde gelegt und ließ den Abstand täglich wachsen. Und dann gab es ja auch noch die neuen Bekanntschaften, die sie hier geschlossen hatte, die Veranstaltungen des Jurassic Coast Kulturclubs, an denen sie nun schon zweimal teilgenommen hatte.

Sara vergewisserte sich, dass sie den Teig für den Kuchen im Kühlschrank kaltgestellt hatte, und ging dann zum Welpenzimmer.

Auch wenn die sechs Kleinen tagsüber bei trockenem Wetter draußen herumwetzten, hieß es, in ihrem Nachtquartier aufzuräumen und sauber zu machen.

Als Sara um die Ecke bog, traf sie auf ihre Tante, die gerade dabei war, die Wurfkiste zu säubern, in der die Welpen sich nachts zusammenkuschelten.

»Marjorie! Du sollst dich doch noch schonen«, schalt Sara sie. »Lass mich das machen.«

Ihre Tante winkte mit fast trotziger Miene ab. »Wird Zeit, dass ich mich wieder nützlich mache, jetzt, da die Bandage runter ist. Ich bin vorsichtig, versprochen. Ich komme mir so schrecklich überflüssig vor, wenn du hier alles allein schmeißt. Außerdem«, sie senkte die Stimme, als könne sie jemand hören, obwohl sie nur zu zweit im Haus waren, »werde ich Colin sonst überhaupt nicht mehr los. Solange er das Gefühl hat, dass ich noch nicht richtig auf der Höhe bin, wird er hier ständig auf der Schwelle stehen und irgendetwas reparieren wollen. Ich weiß schon jetzt nicht mehr, was ich ihm aus dem Hut zaubern soll, damit er sein schlechtes Gewissen abarbeiten kann.«

Sara grinste.

Es stimmte. Nach Colin konnte man die Uhr stellen. Genau zwanzig Minuten nach Schließung seines Ladens erschien er täglich hier und machte sich schweigsam an seine Arbeit.

»Vielleicht solltest du ihn anschließend nicht immer zum Essen einladen? Womöglich hat auch das etwas damit zu tun, dass er so hilfsbereit ist?!«

»Ach, irgendwie ist es schön, euch junge Leute um mich zu haben«, ruderte Marjorie sogleich zurück. »Und er hat das Herz …«

»… am rechten Fleck«, vollendete Sara ihren Satz.

Insgeheim musste sie zugeben, dass sie mittlerweile ihrer Tante zustimmte, was Colin Buck anging. Ja, er war recht still, aber wenn er etwas sagte, hatte es Hand und Fuß, und seine eher seltenen Witze trafen jedes Mal ihr Komikzentrum. Nach und nach schien er etwas aufzutauen, denn er erzählte hin und wieder Anekdoten aus der Destillerie oder Klatsch aus dem Städtchen – wobei er stets darauf achtete, niemanden bloßzustellen, sondern eher dazu neigte, sich über sich selbst lustig zu machen.

Seine warmen braunen Augen, mit denen er sie ab und zu musterte, wenn er glaubte, sie bemerke es nicht, wirkten vertrauenswürdig.

»Wieso ist er eigentlich Single?«, erkundigte Sara sich jetzt, während sie die im Welpenauslauf ausgelegte Zeitung einsammelte und in der Abfalltonne verstaute.

Marjorie warf ihr einen raschen Blick zu.

»Gute Frage. Ich habe keine Ahnung. Kaum zu glauben, oder? Schließlich sieht er fantastisch aus mit seinen breiten Schultern und den sympathischen Grübchen. Könnte mir vorstellen, dass ihn so einige Frauen anziehend finden. Aber vielleicht ist es irgendwann zu spät, und …«

An dieser Stelle brach Marjorie ab und wirkte von ihren eigenen Worten ein wenig verwirrt. Blinzelnd schüttelte sie die Laken aus. Sie schien vergessen zu haben, was sie noch hatte sagen wollen.

Sara war ihr Schweigen nur recht. Sie selbst war nachdenklich geworden.

Colin Buck war tatsächlich ein attraktiver Mann – auch wenn sie bei ihrer ersten Begegnung nie gedacht hätte, das einmal so zu empfinden.

Womöglich war er ja gar kein Single? Nur, weil Marjorie nichts von einer Liebelei wusste, musste das ja nicht heißen, dass er keine hatte. Vielleicht gab es eine lockere Liebschaft?

Sie zog die Stirn kraus.

Nein. Irgendwie wollte das nicht so recht zu Colin passen. Dieser Mann machte nicht den Eindruck, als würde er eine unverbindliche Liebelei schätzen. Ihm fehlte diese gewisse Lust am Spiel, dem Flirten und charmanten Austeilen von Komplimenten. Er wirkte in allem, was er tat, absolut … wahrhaftig. Wahrscheinlich würde er nur eine Beziehung eingehen, wenn Kopf und Herz gleichermaßen beteiligt waren.

Dean zum Beispiel war in Sachen Flirten ganz anders. Er plauderte gern und verstand sich auf Blicke, unter denen sie sich automatisch hübsch fühlte …

Sara hielt inne. Was tat sie hier? Wieso verglich sie diese beiden Männer, die zufällig zur selben Zeit in ihr Leben getreten waren, miteinander?

Dean, ja, er hatte klargemacht, dass er auf eine gewisse Art an ihr interessiert war, aber ihre Grenzen respektierte. Colin hingegen hatte nie … und er würde auch nie …

Das Telefon klingelte.

Marjorie, die gerade ein paar Tücher im Spülbecken einweichte, bat: »Würdest du kurz rangehen, Liebes? Ich glaube, ich hab es in die Diele gelegt.«

Sara lief aus dem Raum und fand den Apparat tatsächlich auf der Kommode neben der Haustür.

»Bei Marjorie Cowell. Sara am Apparat.«

»Meine Kleine! Genau dich will ich sprechen!«

»Dad!« Ein breites Lächeln sprang ihr ins Gesicht, wie sie in dem großen Spiegel an der Wand sehen konnte.

»Wie geht es dir, mein Schatz? Hast du dich eingelebt? Du hast dein Handy ausgeschaltet, ich hab es bestimmt ein Dutzend Mal versucht.«

Das Ding lag immer noch oben in ihrer Kommodenschublade. Überrascht stellte Sara fest, dass sie schon länger nicht daran gedacht hatte, ein paar Tage vielleicht.

»So ist es, Dad! War ein super Vorschlag von Marjorie. Sie fand, ich soll Victor ruhig eine Weile schmoren lassen und – wie hat sie gesagt? – *unerreichbar sein.*« Sie lachte leise.

Ihr Dad schwieg einen Moment. Als lausche er ihren Worten konzentriert nach.

»Dad? Es ist doch alles okay mit dir?«

Er räusperte sich umständlich.

»Ja, natürlich. Bei mir ist alles prima. Ich dachte nur gerade an … Ach, egal. Ist ewig her. Aber jetzt sag mal: Wie geht's dir denn? Wie fühlst du dich da am Meer?«

Sara brauchte nicht lange zu überlegen. »Dad, ich hätte es ja nie gedacht, mir geht es wirklich sehr gut hier.«

Sie erzählte ihm von den langen Spaziergängen mit den Hunden, den vier braven Hündinnen, dem kapriziösen Harry und den putzigen Welpen, die ihr alle schon schrecklich ans Herz gewachsen waren.

»Nicht, dass du mit einem jungen Hund nach Hause kommst«, warnte er sie, und es war wohl nur halb im Scherz gemeint.

»Ach, nein, Dad. Die Kleinen sind schon alle fest vergeben. Und außerdem ist in meinem Leben für so was gerade kein Platz.«

»Tja, ja … da hast du wohl recht.«

Wieder schwiegen sie.

Er fragte nicht nach. Aber Sara kam selbst der Gedanke, ob es nicht langsam Zeit wurde, sich mit ihrem wahren Leben dort in London auseinanderzusetzen und Pläne für die nähere und fernere Zukunft zu machen. Und letztendlich: ob es nicht auch an der Zeit war, endlich mit Victor zu reden. Schließlich konnte sie nicht ewig hier in Lyme Regis den Kopf in den Sand stecken.

»Hast du außer Marjorie denn noch andere Kontakte? Sie hat doch diesen Kulturclub, oder?«, erkundigte er sich.

»Ja, sicher, sie hat jede Menge reizender Freunde und Bekannte. Und bei einigen Veranstaltungen des Clubs war ich auch schon dabei. Wirklich interessant. Und man lernt unkompliziert sehr nette Leute kennen.«

»Aha?«

Sara dachte kurz an das Pubquiz.

»Ja.«

Als sie nichts weiter sagte, fragte ihr Dad: »Und wie geht es Marjories Knöchel?«

»Oh, prima, gestern ist die Bandage entfernt worden, und der Arzt war sehr zufrieden mit ihr. Wenn du sie sprechen willst, musst du allerdings später noch mal anrufen. Sie turnt schon wieder im Welpenzimmer rum und steckt gerade in einer Wäsche. Sie kann es nicht lassen.«

»Das war ja klar. Nicht schlimm. Wie du sagst: Ich versuch es später wieder. Irgendwas wollte ich dir auch noch sagen … Aber was?« Er überlegte kurz. »Hm. Ich komm grad nicht drauf.«

»Macht ja nichts, Dad. Ich sag Marjorie, dass du dich später bei ihr meldest. Und jetzt hab einen schönen Tag. Hast du deine Lesehilfe-Schüler?«

»Heute ist Samstag, Schatz.«

»Ach ja … Bin ganz aus der Zeit.«

»Gutes Zeichen! Bis bald, meine Kleine.«

»Bis bald, Dad. War schön, deine Stimme zu hören.«

Nachdem sie das Gespräch beendet hatten, legte Sara den Apparat auf die Kommode und ging hinüber ins Welpenzimmer. Marjorie wrang gerade inbrünstig die bunten Tücher aus.

»Das war Dad.«

»Oh, schön!« Marjorie strahlte.

»Er ruft dich später an, um zu plauschen. Er wollte nur …«

Das Telefon klingelte erneut.

»Ach, das wird er noch mal sein. Irgendwas wollte er mir sagen und kam nicht drauf. Wahrscheinlich ist es ihm jetzt eingefallen. Ich geh schnell …«

Schon war Sara wieder im Flur.

»Na, wieder eingefallen?«, sagte sie statt einem »Hallo« in den Hörer.

In der Leitung herrschte überraschte Stille.

»Hallo? Ähm … Hier bei Cowell?!«

»Sara?«

Ihr Herz setzte für einen kurzen Moment aus, um dann in wildem Stakkato weiterzuschlagen.

»Victor. Wie hast du …? Woher weißt du, wo ich bin?«

»Tut mir leid, wenn ich dich überrumple. Dein Vater. Ich habe …«

»Dad?! Dad hat dir gesagt, wo du mich findest?«

»Nein, nein, keine Sorge, aus Maxwell war nichts herauszubekommen. Machen wir uns nichts vor. Er hat nie viel von mir gehalten, und jetzt fühlt er sich zu Recht bestätigt. Aber er war wie immer höflich, als ich angerufen habe, und als wir ein bisschen Small Talk gehalten haben, fragte er auch nach Sandra und wie es ihr nach der Geburt der Zwillinge geht, sehr freundlich von ihm.«

Sandra war Victors wesentlich jüngere Schwester. Ach ja, richtig. Die Zwillinge. Auch an die hatte Sara in den letzten Tagen nicht gedacht.

»Tja, und da fiel mir später ein, dass er auch eine Schwester hat. Die schon seit Langem in Lyme Regis lebt. Es war einen Versuch wert.«

Was sollte sie antworten? Es fiel ihr nichts ein.

»Sara? Wie geht es dir?« Seine stets so vertraute Stimme klang fremd. Unsicher. Zittrig. Voller … Angst?

Sie musste schlucken.

»Gut. Es geht mir sehr gut hier. Ich … ich musste raus aus London«, erwiderte sie schließlich.

»Natürlich. Verständlich. Ich will dich auch nicht zu etwas drängen. Ich … ich würde wirklich sehr gern mit dir reden.«

Sie schwieg.

»Keine wortreichen Entschuldigungen, versprochen! Ich weiß, was ich getan habe, ist unverzeihlich. Ich hab verdient, dass du mich links liegen lässt. Glaub mir, in den letzten zehn Tagen hatte ich ausreichend Gelegenheit, mich selbst zu … zu hassen für das, was ich getan habe. Ich kann dir nur sagen: Es tut mir wirklich und wahrhaftig leid. Und ich schwöre dir, dass so etwas nie wieder vorkommt. Nie wieder, Sara. Hörst du?«

»Hm.«

»Wahrscheinlich ist es zu früh, um dich zu bitten, dass du mir irgendwann verzeihst. Aber … Sara, wir sollten eine Entscheidung treffen, was das *Rosmary* angeht. In zehn Tagen wollten wir eigentlich wieder öffnen. Und ich weiß nicht … Ich meine, wirst du zurückkommen?«

Sara stellte sich vor, in der perfekt ausgestatteten Küche ihres Restaurants zu stehen und mit Töpfen, Pfannen, frischen Zutaten zu jonglieren. Sie hatte diese Arbeit so sehr geliebt. Diese Bilder plötzlich so klar vor ihrem inneren Auge zu sehen, tat schrecklich weh. Ihr schwindelte.

»Sara?«

»Ja, ja, ich bin noch da.«

»Wenn du noch Zeit brauchst, ist das auch in Ordnung, hörst du?! Casper könnte aushilfsweise einspringen?!«

Casper war ein befreundeter junger Koch aus Oxford, der ebenfalls von einem eigenen Restaurant träumte. Eher Victors Freund als Saras. Aber die Liebe zum Kochen hatte auch Sara und ihn von Anfang an verbunden. Casper dort an diesem geliebten Ort. Casper in ihrer Küche, an ihrem Herd.

»Hast du mit ihm gesprochen?«

»Ja.«

»Was hat er gesagt?«

»Dass ich ein Idiot bin.«

Sara stutzte. »Nein, ich meine zu deinem Vorschlag mit der Vertretung in der Küche vom *Rosmary.*«

»Ach so. Das würde er sehr gern machen. Du weißt doch: Er ist genauso besessen vom Kochen wie du. Er kennt auch nichts anderes im Leben. Frische Zutaten, Kräuter, neue Soßenkreationen. Ständig gewagte Experimente im Kopf.«

Das klang tatsächlich nach Casper. Und nach ihr selbst. Nun ja: nach ihr selbst in London. Hier in Lyme Regis schien dieses Naturgesetz außer Kraft gesetzt zu sein. Natürlich bereitete ihr das Planen und Zubereiten der täglichen Mahlzeiten große Freude. Es gab allerdings auch andere Dinge, die ihr ebenso viel Spaß machten. Die weiten Spaziergänge mit Dean durch die wunderschöne Landschaft. Der Umgang mit den witzigen, einfallsreichen Corgis. Das gemeinsame Essen am Abend mit ihrer Tante und …

Sara schüttelte verwirrt den Kopf.

»Und was sagt Yasmin dazu? Jeden Tag aus Oxford nach London zu pendeln käme für Casper wahrscheinlich nicht infrage, wenn er auch selbst einkaufen will. Und das wird er wollen, so, wie ich ihn kenne.«

»Da hast du recht. Und stimmt, begeistert ist sie nicht, aber sie würde ihn das natürlich machen lassen. Ehrlich gesagt würde

Casper sich über die Gelegenheit freuen, sich mal in einem Restaurantalltag zu erproben. Und Yasmin weiß genauso gut wie ich, dass sein Job für ihn an erster Stelle steht. Da wäre sie schön dumm, ihm Steine in den Weg zu legen. Und vielleicht … vielleicht wäre es ja auch nur für eine kurze Zeit«, setzte er nach einem tiefen Atemzug hoffnungsvoll hinzu.

Sara dachte nach. Lange brauchte sie jedoch nicht zu überlegen, um zu erkennen, dass dies eine ideale Gelegenheit war, um zunächst mit sich selbst und auch mit Victor ins Reine zu kommen.

»Klingt nach einer vernünftigen Idee«, sagte sie. »Casper ist wahrscheinlich der Einzige, den ich in meiner Küche herumwerkeln lassen würde.«

Er atmete aus, als habe er die Luft angehalten.

»Wunderbar. Dann … dann sage ich ihm Bescheid, und er kann sich darauf vorbereiten, in zehn Tagen zur Wiedereröffnung loszulegen. Natürlich unter der Prämisse, dass er jederzeit die Küche räumt, wenn ihre wahre Herrin zurückkommt.«

Es entstand eine Pause.

»Du wirst doch zurückkommen, Sara, oder? Irgendwann wirst du mit mir sprechen, nicht wahr? Aber nicht am Telefon, sondern von Angesicht zu Angesicht.«

Nach einem kurzen Zögern antwortete Sara: »Ja, Victor, ich denke, das werde ich. Mit dir reden. Und zurückkommen nach London. Ich weiß nur noch nicht, wie es dann mit uns weitergeht.«

Sie hörte ihn schlucken.

»Dann ruf ich jetzt mal Casper an. Oh, ich soll dich übrigens herzlich grüßen.«

»Danke. Grüß zurück. Und sag, er soll seine eigenen Messer mitbringen.«

Victor lachte kurz auf. »Genau das hat er auch gefragt: ›Aber meine eigenen Messer darf ich doch mitbringen?!‹ Ihr seid schon sehr ähnlich verrückt.«

»Tatsächlich sind meine Küchenmesser das Einzige, das ich hier gerade vermisse«, sagte Sara, ohne nachzudenken.

Victor schwieg einen Moment.

Dann sagte er: »So etwas Ähnliches habe ich mir schon gedacht. Pass auf dich auf, Sara.«

Er legte auf, ohne ihre Antwort abzuwarten.

Harry

Was ich an Menschen nicht verstehe:

1. *Ihre Kommunikation. Sie reden nicht nur miteinander, sondern auch mit Dingen. Zum Beispiel mit diesem Plastikteil, das ab und zu – für mich völlig unvorhersehbar – Melodien spielt, woraufhin die Chefin oder Sara zu ihm stürzen, um mit ihm zu quatschen.*
2. *Ihre Launen. Auch mit Dingen gesprochen zu haben kann ihre Stimmung erheblich beeinflussen. Ich selbst habe das schon mal mit meinem Ball ausprobiert – aber da hat die Chefin mich nur gerügt und gesagt, ich soll damit aufhören, das Spieli anzubellen, es würde sich nicht von allein bewegen. Ehrlich gesagt glaube ich auch nicht, dass meine Laune sich ändern würde, nur, weil ich einen Ball anbelle.*
3. *Ihre Logik. Wenn sie die Kühlschranktür aufmachen können, wieso tun sie es nicht* ständig*?*

11. Dean

Dean stand vom Schreibtisch auf und reckte sich ausgiebig. Sein Rücken und seine Schultern schmerzten vom langen Sitzen. Sosehr er es sich auch vornahm, er schaffte es einfach nicht, während einer Schreibeinheit öfter mal aufzustehen und ein wenig herumzulaufen. Es störte seinen Gedankenfluss, seinen großen, wenn auch schlanken Körper während des Schreibvorgangs so deutlich zu spüren. Wenn er gekonnt hätte, hätte er es vorgezogen, sich während des Schreibens außerhalb seines Körpers aufzuhalten – mit Ausnahme der Hände, natürlich, denn die brauchte er zwingend zum Tippen.

Die Diktierprogramme, mit denen mittlerweile viele Autorinnen und Autoren ihre Texte in den Rechner brachten, waren nichts für ihn. Er konnte nicht sprechend schreiben, was ja sowieso ein Paradoxon zu sein schien, das klappte einfach nicht. Seine Gedanken – oder sollte er eher sagen, seine Gefühle – beim Schreiben waren nicht so schnell wie seine Zunge.

Wenn er mit anderen sprach, sich unterhielt und austauschte, ja, da war er geübt und kam gut an. Aber wenn er eigene Welten, Figuren, Erlebnisse erfand, dachte er offenbar langsamer, immer im Tempo seiner Finger, die über die Tastatur seines Laptops flogen. Vielleicht brauchte er die Bewegung seiner Hände, das angenehme und vertraute Gefühl der leicht nachgebenden Tasten, um Zusammenhänge seiner eigenen Geschichte erfassen zu können. Schließlich hieß es nicht umsonst: *be-greifen*. Taktiles Verständnis dessen, was seine Leserinnen und Leser später mit den Augen zu einer spannenden Geschichte zusammensetzen würden.

Während er ins Bad ging, um sich die Hände zu waschen,

nahm er sich vor, Sara auf ihrem gemeinsamen Spaziergang gleich zur Mittagszeit von dieser Idee zu erzählen.

Sie war immer interessiert an allem, was seinen Beruf anging, schien fasziniert davon wie von einer anderen Welt. Erst gestern noch hatte sie gesagt, dass sie zeit ihres Lebens viel zu verschlossen gewesen sei und es sich bei ihr immer nur ums Kochen gedreht habe. Dabei hatte sie nachdenklich gewirkt und so, als sei sie bereit, diese Erkenntnis zu nutzen, um sich selbst zu ändern.

Sie war wirklich eine bemerkenswerte Frau. Hübsch. Frisch. Mal lebendig und sprühend. Dann aber auch wieder in sich gekehrt und grüblerisch. Er mochte sie wirklich.

Einen Augenblick hielt er inne und betrachtete sein Spiegelbild. Die graublauen Augen hinter der Goldrandbrille. Die dunklen Haare, die im Zopf in seinen Nacken hingen. Er trug ein leuchtend blaues Hemd mit Stehkragen und aufgekrempelten Ärmeln. Die Jeans konnte er anlassen. Sie würde ein paar Corgi-Drecktapsen verkraften.

In der kleinen Diele seiner hübschen Ferienwohnung mit Blick auf den geschützten, winzigen Hafen suchte er nach festem Schuhwerk. Man konnte nie sicher sein, ob Sara eine Kletterpartie über die Felsen am Strand vorschlug. Da wollte er gerüstet sein. Wo hatte er die Wanderschuhe denn nur …? Da fiel ihm ein, dass er gestern zu nah an der Wasserkante gestanden und eine Welle abbekommen hatte. Er hatte die Schuhe zum Trocknen in der Sonne stehen gelassen und später wohl vergessen, sie reinzuholen.

Die zuverlässigen Trekkingschuhe, die er erst hier im Ort gekauft hatte und von denen er in London nie angenommen hätte, so etwas jemals zu besitzen, waren sandverkrustet.

Dean nahm die Nagelbürste aus dem Bad zur Hand und rückte dem Schmutz draußen vor der Tür zu Leibe.

»Dean, guten Tag!«, rief da eine quietschvergnügte Stimme.

Es war Alice. Ihr Mann Jamie ging neben ihr und winkte.

»Oh, guten Tag, ihr zwei! Mittagspause?«

»Genau. Und du? Unterwegs zu einem Ausflug?«, erkundigte sich Alice.

»Ja, mit Sara und den Hunden. Mal sehen, was wir heute auf dem Spaziergang so entdecken. Der Rüde, dieser Harry, findet auf jedem Gang irgendwas Tolles.«

»Viel Spaß dabei! Kommst du am Mittwoch zum Open-Air-Kinoabend vom Kulturclub?«

»Selbstverständlich.«

»Gute Einstellung!« Alice grinste breit. »Gib bloß nicht auf! Du siehst ja: Wir haben auch unverschämtes Glück gehabt!«

Alice knuffte ihren Mann in die Seite. Er legte den Arm um sie, und sie lachten beide. Während das sympathische Pärchen Arm in Arm davonging, blickte Dean ihm kurz nach und widmete sich dann wieder den hartnäckig versandeten Schuhen.

Nun gut, er würde nicht aufgeben. Auf keinen Fall.

Die langen Spaziergänge mit Sara liefen gut an, auch wenn es bisher zwischen ihnen keine Annäherung gegeben hatte. Irgendwie schien das auch nicht so dringend notwendig. Er hatte es nicht eilig. Dinge mussten sich auch entwickeln dürfen. Es musste ja nicht immer so heiß und blitzartig zuschlagen wie damals in London …

Er hielt kurz inne und betrachtete den Schuh in seiner Hand. Erinnerungen drängten sich ihm auf. Aber er schob sie fort. Es tat ihm nicht gut, zu lange im Vergangenen zu verweilen, hatte er festgestellt.

Im Hier und Jetzt gab es an diesem wunderschönen Ort jede Menge zu entdecken. Und es gab seine Geschichte im Laptop, die Gestalt annahm. Mehr brauchte er momentan nicht.

Auf der schmalen Straße näherte sich ein Wagen in langsamem Tempo. Dean sah jedoch erst auf, als er direkt vor der Einfahrt seines Ferienhäuschens hielt. Es war ein kleiner knallroter Mini Cooper, und hinter dem Steuer saß … Monica.

Sie winkte ihm zu, als hätten sie sich erst heute Morgen vor ihrer gemeinsamen Wohnung in London verabschiedet.

Dean war froh, dass sie einen Moment brauchte, um das Navi auszustellen und auf dem Beifahrersitz nach etwas zu kramen. So konnte er mehrmals tief durchatmen und die plötzlich nach ihm greifende Nervosität in ihre Schranken weisen.

Schließlich waren Monica und er zehn Jahre lang ein Paar gewesen. Ihr Anblick war nichts Ungewöhnliches für ihn. Ihre Trennung war eine gemeinsam beschlossene Sache, und alles war gut zwischen ihnen.

Und trotzdem.

»Hallo, da bin ich!«, rief sie, als sie ausstieg und ihn über das Autodach hinweg anlächelte.

»Was ist das für eine heiße Kiste?«, erkundigte er sich, während sie auf ihn zukam.

»Ich dachte, ich gönn mir mal was. Das Ding hat allerdings entschieden zu viel PS. Man fühlt sich darin wie eine scharfe Waffe.«

»Wenn ich das sagen darf: Du siehst auch so aus.«

Sie trug einen kurzen Rock über geringelten Strumpfhosen und Boots und eine weiße Bluse, die wirkte, als gehöre sie zur Uniform eines streng katholischen Mädchenpensionats. Diese Kombi hätte bei jeder anderen haarsträubend gewirkt. Aber Monica sah darin umwerfend aus.

»Du darfst. Hast du was zu trinken für mich? Ich verdurste.«

»Sicher, komm rein.«

Er führte sie in das Wohnzimmer, dessen große Fensterfront auf den Hafen hinausging. Sie ging hinüber, dicht an die Scheibe, und blickte hinunter.

Als er ihr das randvolle Wasserglas hinhielt, bemerkte sie es ein paar Sekunden gar nicht.

»Das ist … spektakulär!«, sagte sie dann, griff nach dem Glas und trank es in einem Zug aus.

So war sie. Sie hielt sich nicht mit kleinen, damenhaften Schlückchen auf. Sie nahm sich immer, was sie wollte, und zwar in der Menge, die sie wollte.

Ihr vertrauter Anblick hier, an diesem Ort, an dem er sich seit ein oder zwei Wochen tatsächlich fast heimisch zu fühlen begann, irritierte ihn. Aber es war nicht unangenehm. Nein, einfach nur ... verwirrend.

»Ja, ich liebe den Ausblick auch.«

»Ich konnte den Blick aufs Meer schon oben am Ortseingang genießen. Habe eine halbe Stunde dort gestanden und gewartet, bis es ein Uhr ist. Sicher schreibst du auch hier in deinem üblichen Rhythmus?«

Dean stutzte.

Seine geradezu manische Zwanghaftigkeit, was seine Arbeitszeiten anging, war stets ein Streitpunkt in ihrer Beziehung gewesen. Die spontane Monica hatte nicht einsehen wollen, wie wichtig es ihm war, sich in diesem geschützten zeitlichen Rahmen zu bewegen.

Sara dagegen hatte ohne Nachfrage seine Erklärung zu seinen Schreibritualen akzeptiert und ihm zuliebe ihre Mittagsrunde zeitlich entsprechend angepasst.

»Ja, stimmt. Ich ... ich war gerade fertig und wollte ...« Er stellte fest, dass er den einen Schuh immer noch in der Hand hielt, und brachte ihn rasch in die Diele.

»Du wolltest gerade aufbrechen? Soll ich später wiederkommen? Weißt du, ich hab die Papiere für den Anwalt dabei. Ich hab mir ein paar Wochen freigenommen für einen kurzen Urlaub am Meer. Ich will nach Dorset raus, wenn ich es schaffe und die ganzen Touris in Cornwall nicht die Straßen verstopfen. Der kleine Abstecher hierher passt da ganz gut in meine Pläne. Mit dem kleinen Flitzer sind die paar Meilen ein Klacks, und ich kann dem Meer schon mal Hallo sagen, und dir natürlich. Ich lasse dir die Unterlagen einfach hier, dann kannst du sie dir in Ruhe anschauen und unterschreiben. Wenn ich in zwei oder drei Wochen auf dem Heimweg bin, hole ich sie wieder ab. Da ich schon mal hier bin: Wollen wir zusammen essen gehen? Du kennst doch mittlerweile bestimmt die besten Restaurants im Ort, oder? Ich könnte jemanden anfallen, so hungrig bin ich. Und vielleicht magst du mir anschließend diese sagenhafte Hafenmauer zeigen? Wenn sie es geschafft hat, dass *du* gerne aufs Meer siehst, muss ich sie mir anschauen!« Sie brach abrupt ab, sah ihn in beinahe komischer Verzweiflung an. »Scheiße, ich hab es schon wieder gemacht, nicht wahr?! Hab dich mit meinem spontanen Auftauchen überrumpelt und dann auch noch deinen Tag beschlagnahmt. Genau das, was dich immer so genervt hat. Wenn du etwas vorhast, kann ich natürlich auch allein in den Ort runter.«

Sie war wie immer. Ging automatisch davon aus, dass er selbst keinerlei Pläne hätte und sich ihren eigenen liebend gern anschließen würde. Obwohl auch er genau wusste, dass so etwas ihn früher auf die Palme gebracht hatte, musste Dean lachen.

»Wir können wohl beide nicht aus unserer Haut. Weißt du was, wenn du schon mal da bist, lass uns wirklich zusammen essen gehen. Es gibt ein paar feine Restaurants hier. Ich muss nur kurz jemandem Bescheid sagen.«

Monica starrte ihn ein paar Sekunden an.

»Okay«, sagte sie dann.

Er ging mit dem Telefon hinüber ins Schlafzimmer, lehnte die Tür an und wählte Saras Handynummer.

Ihr Freund, vor dessen Nachrichten sie auf der Flucht gewesen war, hatte sie ausfindig gemacht. Offenbar hatten die beiden ein gutes Gespräch geführt, und dieser Victor hatte versprochen, ihr erst mal die Zeit zu lassen, die sie brauchte. Taktisch bestimmt das Beste, was er machen konnte, wenn er Sara zurückerobern wollte. Jedenfalls hatte Sara verkündet, sie sei ab sofort wieder übers Smartphone zu erreichen.

Und tatsächlich ging sie nach dem zweiten Freizeichen ran.

»Hi Sara, hör mal, es tut mir furchtbar leid, aber ich muss dir leider für die Mittagsrunde heute absagen. Monica ist gerade überraschend hier angekommen. Die Scheidungspapiere, weißt du. Wir wollen zusammen essen gehen.«

»Oh, ja … ähm, sicher.«

Klang sie enttäuscht?

»Ach herrje, ich bin nicht gut in so was«, sagte Sara dann mit einem entschuldigenden Lachen, bei dem Dean ihr blasses Gesicht mit den grünen Augen vor sich sah. »Ganz spontan wollte ich sagen: Schön, dass du Besuch hast! Dann dachte ich, Monica ist doch deine Bald-Ex-Frau mit den Scheidungspapieren im Gepäck. Also weiß ich gar nicht, ob es für dich wirklich schön ist, genau diesen Besuch zu haben. Und deswegen wäre es blöd, etwas Derartiges zu sagen. Aber du hast gesagt, dass ihr essen gehen wollt, was wiederum so klingt, als würdet ihr euch gut verstehen und als sei der Besuch angenehm. Au Mann, ich hoffe, du begreifst, was ich sagen will: Was immer ihr tut und wie immer es dir geht, natürlich ist es vollkommen okay für mich, wenn du absagst.«

»Dann ist es ja gut«, antwortete Dean mit einem Lächeln. Er konnte ihre Gedankengänge gut nachvollziehen. »Morgen wieder zur gleichen Zeit?«

»Sehr gern, Dean.«

»Ach, und grüß die Hunde von mir.«

»Meghan, Katy, Lizzy und Di werden sich freuen. Bei Harry bin ich mir nicht sicher«, entgegnete sie.

»Ja, ich weiß, ihm bin ich eher egal.«

»Nimm es nicht persönlich.«

»Hauptsache, *du* magst die Spaziergänge mit mir.«

Kurze Stille.

»Das tu ich, Dean.«

»Bis morgen, Sara.«

»Bis morgen.«

Sie legten auf.

Für einen Moment stand er dort in dem Raum, in dem er seit mehr als fünf Wochen seine Nächte verbrachte, in dem er schlief, seinen Körper regenerierte, in dem er träumte oder wach lag. Ein Raum, der in seiner Vorstellung nur ihm gehörte.

Nun hatte er durch das kurze Telefonat Sara hereingelassen, ohne dass sie es ahnte.

Und Monica. Ja, Monica befand sich auf der anderen Seite der Tür.

Dean straffte die Schultern und ging aus dem Zimmer.

Monica stand noch am Fenster und sah hinaus. Als sie sich umdrehte, schienen ihre Augen verändert.

»Du hattest eine Verabredung.«

Das war keine Frage. Auch kein Vorwurf. Stattdessen schwang Erstaunen in ihrer Stimme.

Erstaunen? Traute sie ihm etwa nicht einmal mehr zu, dass sich eine andere Frau für ihn interessieren könnte? Ein leiser Groll regte sich in ihm.

»Ja, Sara. Wir haben uns angewöhnt, mittags einen langen Spaziergang mit den Hunden ihrer Tante zu machen. Corgis.«

»Corgis?«

»Ja, diese kleinen mit den großen Ohren und den krummen Beinen und …«

Sie zog die Stirn kraus. »Ich weiß, wie Corgis aussehen, Dean.«

»Aha. Ich dachte …«

Sie sahen einander an.

Die Verwunderung hatte sich über Monicas Gesicht gelegt wie ein Schleier. Ihre kurz geschnittenen Haare standen in ihrem üblichen Strubbel-Look in alle Richtungen, und ihre Augen … In Dean zog sich etwas schmerzhaft zusammen.

»Ich nehme an, sie ist weder vierzehn noch siebzig, sondern irgendwie in unserem Alter?«, fragte Monica.

»Stimmt.«

»Und attraktiv?«

»Hm. Ja.«

»Das ist ein sonderbares Gefühl«, sagte sie leise.

»Was meinst du?«

Sie schüttelte verwirrt den Kopf, brauchte einen Moment, um es zu fassen.

»Es tut weh.« Sie machte eine kurze Pause. »Ja, es schmerzt. Hier.«

Sie hob die Hand und legte sie auf ihr Sonnengeflecht, wo ihre Rippenbögen aufeinandertrafen.

»Du bist eifersüchtig«, stellte Dean fest, nun auch überrascht.

Jetzt starrten sie einander an, als könnten sie es beide nicht fassen.

»Du bist nie eifersüchtig«, setzte er mit dem Brustton der Überzeugung hinzu. »Warst es nicht, als diese Tamzin aus dem Fanclub mir wochenlang nachgestellt hat. Und du warst es auch nicht, als du zufällig dazukamst, als ich vor Anne auf dem Boden hockte, sie mit runtergelassener Hose …«

Monicas Augen rundeten sich. Dann platzte sie laut heraus.

»Sie hatte sich das Knie verdreht, und du wolltest es dir ansehen«, sagte sie kichernd.

»Wie muss das gewirkt haben!« Dean lachte. »Aber du hast einfach nur gefragt, was los sei, und bist dann ins Bad gegangen, um Schmerzsalbe zu holen. Anne war rot wie ein Feuermelder.«

Sie mussten so lachen, dass ihnen die Tränen kamen. Gut, dass Kleenex auf dem Schreibtisch stand. Sie putzten sich beide die Nasen und sahen sich dann wieder an.

»Ich war mir deiner Liebe immer so sicher, Dean«, sagte Monica da. »Mein Vertrauen in dich war grenzenlos. So ein albernes Gefühl wie Eifersucht brauchte ich nicht. Aber jetzt, da wir beide frei sind …«

Da war es wieder, das Gedankenkarussell, bei dem sich alles in seinem Kopf überschlug. Diesmal waren es allerdings keine Geschichten, die miteinander wetteiferten. Diesmal ging es um sein wahres Leben, seines und Monicas.

Wie war das? Ihr Vertrauen in ihn war grenzenlos gewesen? Dabei hatte er immer gedacht, ihre fehlende Eifersucht sei ein Zeichen ihres unermesslichen Selbstbewusstseins gewesen. Als sei sie gar nicht auf die Idee gekommen, er könne sie, die wunderbare, einzigartige Monica, betrügen. Das war es jedoch anscheinend nicht gewesen. Sondern grenzenloses Vertrauen.

Monica schüttelte sich wie Katy, wenn sie unter den taufeuchten Büschen herumgestreift war, und klatschte unternehmungslustig in die Hände.

»Na, dann lass uns mal losgehen. Du zeigst mir Lyme Regis und das beste Restaurant vor Ort, ja? Ich lade dich ein!«

»Auf keinen Fall! Ich lade dich ein«, konterte er.

Sie wollte schon widersprechen. Doch dann grinste sie.

»In Ordnung. Der Wagen war teuer genug.«

Sie lachten noch, als sie das Haus verließen und die Straße hinuntergingen.

Harry

Was ich an Strandpicknicks mit der Chefin und Sara liebe:

1. *Rennen, rennen, rennen*
2. *Fangen spielen mit Meghan und Katy*
3. *Fangen spielen mit den Möwen*
4. *Tang mit der Schnauze vom Boden hochreißen und in die Luft schmeißen*
5. *So nah am Wasser laufen, dass mich ab und zu eine Welle erwischt und ich davon selbst überrascht werde*
6. *Anschließend zur Picknickdecke laufen, auf der alle sitzen, und mich da schütteln*

12. Sara

Neben sich den vollgepackten Picknickkorb stand Sara am Gartentor, unter der betörend duftenden Rambler-Rose, und sah zum Meer hinunter.

Seit Victors Anruf waren zwei Tage vergangen.

Seitdem hatte Sara an kaum etwas anderes gedacht. Hatte sie sich in den ersten zehn Tagen in Lyme Regis treiben lassen wie ein Seevogel auf den gischtgekrönten Wellen draußen vor der Hafenmauer, fühlte sie sich nun voll konzentriert auf den Kern ihres Problems.

Denn der, das begann sie langsam zu ahnen, lag wahrscheinlich nicht allein in Victors Ausrutscher mit Ashley. Nein, irgendetwas musste zu diesem demütigenden Punkt ihrer Beziehung geführt haben, das war klar.

Bisher hatte Sara nicht darüber nachgedacht, was das gewesen sein könnte. Der Grund war ihr in ihrer tiefen Verletzung vollkommen egal gewesen. Aber seit sie mit Victor gesprochen hatte, ging ihr diese Frage unentwegt im Kopf herum. Ebenso wie die Gewissheit, dass genau diese Frage und die unbequemen Antworten darauf wahrscheinlich der Grund dafür gewesen waren, warum sie so dringend hatte fliehen wollen.

Sara wusste, dass sie sich nicht in die einfache Erklärung retten konnte, Victor sei ein Mann, der nichts anbrennen ließ. Dem war nicht so. Weder flirtete er wahllos, noch war er zuvor jemals fremdgegangen, da war sie sicher.

Das Telefonat mit ihm war sonderbar gewesen. So unerhofft verständnisvoll von seiner Seite.

Und das hatte sie betroffen gemacht.

Was hatte sie denn erwartet?

Dass er ihr die Schuld zuschieben, eine Aussprache irgendwie erzwingen und sie kurzerhand an die Wand reden würde?

Nein, das wäre doch nicht Victor gewesen, der Mann, mit dem sie die letzten fünf Jahre verbracht hatte.

Stattdessen hatte er sie um Verzeihung gebeten und ihren Wunsch nach Distanz respektiert. Er hatte sich um vorübergehenden Ersatz in der Restaurantküche gekümmert – damit ihrer beider Traum in London weiter existieren konnte, während Sara hier am Meer wieder zu sich kommen durfte.

Er hatte genau so reagiert, wie Sara es idealerweise von einem Mann erwartete, der sich unidealerweise falsch verhalten hatte.

Was war nur geschehen, zwischen ihnen beiden geschehen, dass so etwas passieren konnte?

Der Vergleich mit Casper hatte sie nachdenklich gestimmt. Als Victor von ihnen beiden sprach, von der beinahe fanatischen Hingabe ans Kochen, hatte sie ihm in vielem zustimmen können. Für sie hatte diese Vision von ihr selbst in einem Laden wie dem *Rosmary* immer an erster Stelle gestanden. Ihr eigenes Restaurant – davon hatte sie schon als Kind gesprochen. Alle Weichen, an denen sie in ihrem Leben vorübergekommen war, hatte sie immer im Hinblick auf dieses große Ziel gestellt. Sie hatte nur wenig links und rechts dieses Weges gekannt, dem sie sich mit ebensolcher Aufmerksamkeit und Liebe gewidmet hätte, vielleicht sogar gar nichts – einschließlich ihres Lebensgefährten, wenn sie ehrlich war.

Dass Casper seine Freundin ohne Zögern auf unbestimmte Zeit in Oxford zurückließ, hatte sie nicht stutzen lassen. Im Gegenteil. Sie hätte kaum Verständnis dafür aufgebracht, wenn Yasmin ihn daran hätte hindern wollen oder er aus Rücksicht auf sie freiwillig auf diese Chance verzichtet hätte. Was für ein Licht warf das auf sie selbst? Und welches auf ihre Beziehung zu Victor?

Nicht, dass sie ihn entschuldigen wollte. Aber zum ersten Mal in den fünf Jahren, die sie nun ein Paar waren, dachte Sara ernsthaft darüber nach, wie es wohl sein musste, für das Gegenüber stets nur an zweiter Stelle zu stehen.

Als sie Victor kennengelernt hatte und sie anfingen, den Plan für das *Rosmary* zu entwickeln, hatte ihr Dad behauptet, Victor wolle ihre hervorragende Kochkunst ausnutzen, um seinen eigenen Traum von einem Restaurant in die Tat umzusetzen. Sara hatte ihn ausgelacht. Das Gespräch mit Victor ließ sie nun aus einem anderen Blickwinkel auf diese Aussage sehen. Womöglich war es genau andersherum gewesen.

»Manchmal frage ich mich, ob alle Menschen bei diesem Ausblick das Gleiche sehen.«

Sie fuhr herum. In der Haustür stand Colin, in der Hand die Kühltasche mit den Getränken.

Saras Aufschrecken schien ihn verlegen zu machen. Er wich ihrem Blick aus, sah zur Seite in die Blumenrabatten, als er den schmalen Weg zu ihr herüberkam.

Einfach wegschauen, das tat er oft, wenn sie ihn ansah. Doch wo Sara anfangs Abweisung vermutet hatte, erkannte sie jetzt eine tief sitzende Scheu, die ihn wohl automatisch oft den Rückzug antreten ließ. In den abendlichen Gesprächen beim Dinner hatte sie beobachtet, wie Marjorie über diese ungewöhnliche Zurückhaltung einfach hinwegging und mit ihm sprach, als sei ihr sein Ausweichen gar nicht aufgefallen. Sara hatte sich diese Taktik selbst angeeignet. Mit dem Erfolg, dass Colin sich auch ihr gegenüber zu öffnen begann.

»Wie meinst du das?«, wollte sie jetzt wissen.

»Na ja, auf mich wirkt das Meer von hier oben aus betrachtet ständig anders. Manchmal sieht es aus wie ein tiefes dunkles Grab, das nie wieder etwas hergibt, was es sich genommen hat. Und an anderen Tagen scheint es so leuchtend hell wie ein Kinderlachen. Oder es ist, als ob man die Kirchenglocken aus dem Ort übers Wasser hört.«

Huch, offenbar steckte in ihm sogar ein kleiner Poet.

»Ich habe schon aufs Meer gesehen und dachte, ich sehe weit draußen eine gewaltige Seeschlange, die Kapriolen schlägt …« Das letzte Eingeständnis schien ihn nun regelrecht zu beschämen, und er brach ab.

Sara wandte sich wieder um und versuchte zu greifen, was genau sie dort unten sah.

»Für mich ist es gerade von sehr unbestimmter Farbe. Es ist rätselhaft. Ja, rätselhaft und geheimnisvoll.«

»Siehst du«, sagte er nickend, als hätte sie ihm in irgendetwas zugestimmt, und sah sie mit seinen braunen Augen nachdenklich an.

Diese Momente gab es mittlerweile auch. In denen er sie anschaute und den Blick nicht abwandte, sondern ihn beinahe prüfend auf ihr ruhen ließ.

Sara blinzelte.

»Denkst du, Marjorie ist für so einen Ausflug wirklich schon wieder fit genug?«, fragte sie rasch, denn irgendetwas in seinem Blick ließ sie vermuten, dass er zumindest ahnte, womit ihre Gedanken beschäftigt gewesen waren, ehe er sie angesprochen hatte.

»Bestimmt. Wir machen ja keine Weltreise. Und wenn ich uns nah genug an den Strandabschnitt heranfahre, zu dem sie gern möchte, sind es nur ein paar Hundert Meter zu laufen.«

Während sie gemeinsam aus dem Gartentor traten und am Zaun entlang zu dem dort geparkten Jeep gingen, sagte Sara: »Das ist wirklich riesig nett von dir, dass du mitkommst. Ich würde mich hinter dem Steuer nicht besonders wohlfühlen. Die Straßen hier sind um einiges steiler und enger als in London, weißt du.«

»Ist mir ein Vergnügen. Ehrlich gesagt bin ich vorhin ein bisschen in Panik geraten, als ich wegen der Reparatur der alten Gartenbank herkam und Marjorie sagte, heute Abend gäbe es kein Dinner auf der Terrasse.«

Sara musste lachen. Da war er wieder, sein Humor, der ab und zu durchblitzte, meist auf seine eigenen Kosten, und der sie immer mindestens zum Schmunzeln brachte.

»Und warum soll es unbedingt dieser bestimmte Strandabschnitt sein?«, erkundigte sie sich.

»Keine Ahnung. Da fragst du sie am besten selbst.«

Drinnen im Haus ertönten plötzlich die fünf Stimmen der erwachsenen Corgis, begleitet von einem Chor hellen Jaulens. Offenbar hatten die großen Hunde begriffen, dass es zu einem abendlichen Ausflug ging, und teilten der restlichen Welt ihre Begeisterung mit, während die Kleinen ihr Leid herausschrien, dass sie nicht mitdurften und zur nächtlichen Ruhe im Welpenzimmer bleiben sollten.

Harry, Meghan, Katy, Lizzy und Di schossen aus dem Haus. Marjorie tauchte, ein wenig zerzaust wirkend, in der Tür auf und zog sie rasch hinter sich zu.

»Grauenvoll!«, stöhnte sie. »Noch zwei Wochen. Dann kann ich sie impfen lassen, und sie können zu einem Ausflug mitkommen.«

Im Haus erklang weiterhin die sechsstimmige Klage.

Mum Meghan tobte ungerührt vom Protest ihrer Kinder und mit Begeisterung über das anstehende Abenteuer ebenso ausgelassen um sie herum wie die anderen vier Hunde.

»Nichts wie weg!« Marjorie fegte an ihnen vorbei, so schnell es ihr Knöchel zuließ, und saß bereits mit den Hunden auf dem Rücksitz, ehe Sara überhaupt die Beifahrertür öffnen konnte.

Colin warf Sara einen amüsierten Blick zu. Sie sprangen ebenfalls in den Wagen und waren nur wenige Sekunden später auf dem Weg hinunter ans Meer. Colin steuerte den Wagen geschickt durch die engen Straßen und bis nah an den Strandabschnitt heran, den Marjorie sich für ihr abendliches Picknick ausgesucht hatte.

»Wegen dieser Felsen verirren sich nicht so viele Touristen

hierher«, erklärte sie, während Sara ihr über die schwierigsten Stellen half.

Colin folgte ihnen mit dem Picknickkorb, der Getränketasche und der unter einen Arm geklemmten Decke.

Die Hündinnen wetzten voraus, als gäbe es etwas Spannendes zu entdecken, nur Harry blieb wie eine kleine Eskorte neben ihnen.

»Früher war hier so gut wie nie was los. Na ja, das war vor gut dreißig Jahren, als ich gerade hierhergezogen war. Da gab es zwar die Sommergäste, aber so viele wie heute waren es lange nicht. Ich bin mit meinem ersten Corgi, Edward, oft hier spazieren gegangen.«

Bei der so liebevoll ausgesprochenen Erwähnung dieses Namens drehte Harry den Kopf und sah Marjorie mit einem Ausdruck in den braunen Hundeaugen an, den Sara nur als *anklagend* hätte betiteln können. Manchmal glaubte sie wirklich, er verstände jedes Wort.

»Heute haben wir Glück. Wir sind beinahe die Einzigen«, bemerkte Colin.

Sara, die auf die Felsenkletterei konzentriert und Marjorie behilflich gewesen war, hatte den Strandabschnitt für menschenleer gehalten. Jetzt sah sie genauer hin.

Tatsächlich. Drüben, dicht an der steil abfallenden Felswand saß jemand. Ein Mann in kakifarbener Outdoorbekleidung und mit passendem Basecap.

Marjorie sah ihn im selben Augenblick und blieb so abrupt stehen, dass Colin fast mit seinem Gepäck in sie hineingelaufen wäre.

Der Mann hatte sie auch entdeckt, erhob sich von dem Felsen, auf dem er gesessen hatte, und schlenderte zu ihnen herüber.

»Was für eine angenehme Überraschung, dass wir uns ausgerechnet hier treffen«, sagte er, als er nah genug herangekommen war.

Es war der ältere Herr mit dem weißen Haar, der neulich beim Pubquiz gewesen war. Die Freizeitkleidung stand ihm ebenso gut wie der Leinenanzug mit Einstecktuch.

»Hallo John«, erwiderte Marjorie. Sie klang nicht so herzlich wie üblich, sondern ein wenig steif.

Sara sah neugierig zwischen den beiden hin und her.

»John«, begrüßte Colin ihn mit einem freundlichen Nicken. »Wie war der Whisky?«

»Hervorragend.« Der Mann verdrehte schwärmerisch die Augen. Dann sah er mit einem freundlichen Lächeln Sara an. »John Howards, Paläontologe aus Lyme Regis und freischaffender Weltenbummler, der schließlich doch hierher zurückgekommen ist, um zu bleiben.«

Meinte Sara das nur, oder hatte er Marjorie bei den letzten Worten einen vielsagenden Blick zugeworfen, den diese nach bestem Vermögen zu ignorieren versuchte?

Der Moment war blitzschnell vorbei.

»Sara Cowell«, erwiderte Sara und reichte John Howards die Hand. »Sagen Sie einfach Sara zu mir. Ich bin Marjories Nichte.«

»Sara, wunderbar. Das wäre abgemacht, dann bin ich für dich John.«

Sein wettergegerbtes Gesicht war so sympathisch, dass Sara nicht anders konnte, als sein breites Lächeln zu erwidern.

»Du warst neulich beim Pubquiz, nicht wahr, John?«

»Oh ja, das stimmt. Leider haben wir die Gelegenheit verpasst, uns da schon kennenzulernen.«

Ja, weil Marjorie es geradezu vermieden hatte, ihn Sara vorzustellen, als er zur Verabschiedung kurz an ihren Tisch getreten war.

»Das können wir ja nachholen. Wir haben ein reichliches Picknick dabei. Hattest du schon Dinner, John? Du bist herzlich eingeladen«, sagte Sara.

Marjorie richtete sich mit undurchdringlichem Gesicht ein wenig auf.

Wenn John diese feine Drohgebärde wahrgenommen hatte, ignorierte er sie leichthin und sagte: »Ein Picknick! Großartig! Die Einladung nehme ich mit Vergnügen an.«

»Wunderbar! Colin, wie wäre der Platz da vorn? Da ist es sonnig und trocken«, schlug Sara vor.

»Wird gemacht, Mylady«, erwiderte er und trug ihr Abendessen zu der Stelle, die Sara vorgeschlagen hatte.

Marjorie folgte ihm eilig und leicht humpelnd, mit mürrischer Miene, während die Hunde sich über den Strandabschnitt verteilten und anscheinend überall etwas zu schnuppern hatten. Sara schlenderte neben John her.

Ein Mann in Marjories Alter, dem ihre Tante so betont die kalte Schulter zeigte, dass sofort klar war, dass es mit ihm irgendetwas auf sich haben musste. Sara brannte vor Neugier, zu erfahren, was das sein konnte.

John Howards? John Howards? Klingelte da nicht weit hinten in ihrem Kopf eine feine Glocke? Aber sie kam nicht darauf.

Colin hatte die Decke ausgebreitet und die vier Ecken geschickt mit herumliegenden Steinen beschwert. Sara übernahm das Auspacken der Speisen, während Marjorie den sofort interessierten Hunden gebieterisch klarmachte, dass es für sie nichts zu holen gab.

Als alle Zweibeiner Platz auf der Decke gefunden hatten und sich über das leckere Fingerfood hermachten, wandte Sara sich an John: »Ein Paläontologe, der in der Welt herumgereist ist. Das klingt spannend. Wo warst du überall?«

»Oh, in den letzten dreißig Jahren hat es mich fast um die ganze Welt getrieben. Die längste Zeit war ich in Singapur und Indien, Australien, Neuseeland, im Senegal, in Südafrika und Tansania.«

»Wahnsinn! Das klingt … das klingt mächtig … Colin, was sagst du?«

»Anstrengend?«, versuchte er, ihr zu helfen, gab damit jedoch viel mehr über sich selbst und seine ganz persönliche Einstellung zu Fernreisen preis.

Sara und John mussten lachen. Sogar Marjorie schmunzelte kurz.

»Du bist ehrlich, Colin«, sagte der ältere Mann mit sichtbarer Anerkennung. »Die meisten Menschen, denen ich davon erzähle, tun so, als würden sie liebend gern mit mir tauschen.«

Sara beobachtete das Mienenspiel in Colins Gesicht, und zu ihrer eigenen Überraschung wusste sie bereits, was er antworten würde, ehe er auch nur den Mund geöffnet hatte.

»Abenteuer in fremden Ländern klingen wirklich toll«, sagte er nachdenklich. »Aber ich bin wohl eher der Typ, der sich seine Herausforderungen da sucht, wo er zuhause ist. Ich bin hier geboren und werde wahrscheinlich auch irgendwann hier sterben. Und zu meinem großen Glück kann ich hier das tun, was ich immer tun wollte: meine eigene Destillerie betreiben und wirklich guten Whisky machen. Ehrlich gesagt finde ich, es ist ein Glück, dass mein Herz nicht für etwas schlägt, für das ich um die halbe Welt reisen muss. Wahrscheinlich bin ich also nicht nur ehrlich, sondern auch schrecklich langweilig.«

Sein Blick huschte kurz zu ihr herüber.

Sara spürte eine spontane Welle der Sympathie. Genau das empfand sie auch, wenn es ums Kochen ging. Eine simple, geradezu beglückende Zufriedenheit, wenn sie nur das tun konnte, was sie am liebsten tat. Sie selbst hatte es nur noch nie so schlicht und zugleich wahr ausdrücken können.

Marjorie sagte nichts dazu, sondern knabberte an einem Gurkensandwich, das Gesicht dem Meer zugewandt. Sara bemerkte jedoch, dass sie John heimlich beobachtete.

Den hatte Colins Antwort offenbar nachdenklich gestimmt. Er nippte an seinem Weinglas und betrachtete geistesabwesend den hinter ihnen liegenden Eingang einer Höhle.

»Langweilig? Nein, sicher nicht«, sagte er schließlich. »Ich selbst frage mich oft, ob mein vermeintlich spannendes Leben hier und da nicht vielmehr eine Art Flucht gewesen ist. Ob das wahre Abenteuer nicht dort gewesen wäre, von wo ich aufgebrochen bin. Zum Bleiben braucht es manchmal mehr Mut und Kraft als zum Fortgehen.«

Für ein paar Minuten war es still zwischen ihnen. Jeder hing seinen eigenen Gedanken nach.

Sara wusste nicht, woran Marjorie dachte, deren Gesicht verschlossen wie eine Auster wirkte. Oder Colin, dessen Kiefer mahlte. Sie selbst dachte an das Telefonat mit Victor und wie sie vor zwei Wochen einfach auf und davon gerannt war. Wie ihr Dad gesagt hatte, dass sie erst einmal zur Ruhe kommen sollte, bevor sie sich dann dem stellen musste, was es zu entscheiden galt.

War es der Gedanke an ihn, ihren Dad? Plötzlich schaltete irgendetwas in Saras Kopf, und sie wusste wieder, woher sie diesen Namen kannte. *John Howards.*

Als sie zehn Jahre alt gewesen war, hatte ihre Welt für ein paar Tage kopfgestanden, weil ihre Tante hatte heiraten wollen und sie Blumenkind werden sollte. Doch ihr Glückstaumel über die Vision von sich selbst in einem Prinzessinnenkleid und bunte Blüten in die Luft werfend war nach nur wenigen Tagen wie eine Seifenblase zerplatzt. Aus der Hochzeit wurde nichts.

Als Kind hatte sie die Erklärung ihres Dads, Tante Marjorie habe es sich eben anders überlegt, hinnehmen müssen. Doch jetzt wurde ihr schlagartig einiges klar.

Sie erinnerte sich, wie Marjorie scharf die Luft eingesogen hatte, als Sara sie vor zwei Wochen angerufen und ihr die Lage geschildert hatte. Sie erinnerte sich an den Klang ihrer Stimme, der Sara gerührt hatte, weil er von so großer emotionaler Anteilnahme ihrer Tante gezeugt hatte.

Mit einem Mal passte alles irgendwie zusammen. Die vor dreiunddreißig Jahren abgesagte Hochzeit. Marjories empathische Zustimmung zu Saras Flucht aus London. Ihre hölzerne, beinahe abweisende Reaktion auf den wieder nach Lyme Regis zurückgekehrten John.

Es war Harry, der die Stille schließlich unterbrach. Eine dreiste Möwe hatte sich ihrer kleinen Versammlung genähert, offenbar in der Absicht, einen Bissen zu erhaschen. Laut bellend sprang der kleine Rüde auf und jagte den empört kreischenden Seevogel auf und um die nächste Klippe herum.

»Verflixt!«, schimpfte Marjorie.

Es war zu spät, um noch nach dem kleinen Hallodri zu rufen.

»So was macht er sonst nur an diesem Strandabschnitt weit draußen vor der Stadt. Da geh ich mit ihm schon gar nicht mehr hin. Wenn er damit erst mal anfängt …«

»Ich hol ihn zurück.«

Colin wollte schon aufspringen, doch Sara legte ihre Hand auf seinen Arm.

»Lass nur. Das ist lieb gemeint, aber er hört nicht gerade perfekt auf dich, oder?«

Colins Blick wanderte von ihrem Gesicht hinunter auf ihre Hand an seinem Arm, die sie daraufhin rasch fortnahm.

»Nicht gerade perfekt. Ja, das trifft es ziemlich gut«, antwortete er.

Sie lächelten sich an, auf eine Weise, in der sehr viel Verständnis lag. Woran hatte er wohl nach Johns kleinem philosophischen Exkurs, in den Minuten des Schweigens, gedacht?

Während Sara dem flüchtigen Corgi um die Felswand herum folgte, schloss sie ihre Hand vorsichtig zur Faust.

Harry

Wenn das Gartentörchen aufsteht, gibt es kein Halten, dass das mal klar ist!

Im Durchgang riecht's nach dem neuen Postboten. Seine Nervosität, wenn er durch unseren Garten zum Briefkasten muss, stinkt drei Meilen gegen den Wind. Da muss er in seiner Eile wohl vergessen haben, den Riegel vorzulegen … Ha!

Ich folge aber nicht seiner Spur die Straße runter, obwohl es mich in den Pfoten juckt, mal wieder an den Zaun vom dicken Labrador zu pinkeln. Nein, ich drehe sofort nach rechts und wetze los. Bevor die Chefin merkt, dass ich allein raus bin. Das schätzt sie nicht besonders.

Dass es regnet, ist mir völlig schnuppe.

Freiheit!

Grenzenlosigkeit!

Ein Corgi-Leben ohne Regeln und Gesetze!

Jippie!!!

Am Ende der Straße steht die alte Mrs Curtis.

»Harry!«, ruft sie mit ihrer piepsigen Stimme. »Schau mal, was ich Feines habe, Harry!«

Sie hat immer selbst gebackene Kekse für mich dabei, na ja, zugegeben, nicht nur für mich, sondern für alle Hunde der Stadt, denen sie auf ihren Wegen begegnet. Heute lockt mich allerdings Größeres.

Ich schlage einen Bogen um sie und renne weiter.

Weiter und weiter.

Ich weiß genau, wohin ich will.

13. Colin

Irgendetwas hatte sich verändert.

Oder hatte *er* sich verändert?

Das konnte doch nicht sein.

Wieso denn? Wieso denn plötzlich jetzt?

Colin schloss die Tür zum Whiskyladen hinter sich ab und rannte durch den Regen über den Hof.

Im Nebengebäude aus Ziegelstein befand sich seine Wohnung. Nachdem der alte Williams ihm den Betrieb übergeben und zu seiner Tochter nach Cornwall gezogen war, hatte Colin die Räume saniert und zu einem gemütlichen Zuhause gemacht.

Und das lockte ihn am heutigen Abend deutlich mehr als der Regen draußen. Er zog den Kopf ein, aber schon auf der kurzen Strecke war sein Hemd durchnässt.

Es regnete seit Tagen ununterbrochen. Um genau zu sein, hatte es nach dem Picknickausflug zum Strand am Montag begonnen.

Heute war Freitag. Joggingtag. Brendatag.

Unter normalen Umständen hätte er überlegt, ihr Treffen abzusagen. Doch gerade schienen keine normalen Umstände zu herrschen. Er musste Brenda sehen. Denn ihm war klar geworden, dass er mit ihr reden musste. Und *das* war definitiv neu. Es war vollkommen neu und anders. Noch nie war er so entschlossen gewesen, ihr seine Gefühle zu gestehen – etwas *musste* sich also verändert haben.

Zielstrebig lief er ins Bad, zog sich das nasse Hemd und die Hose vom Körper und schlüpfte in seine Laufklamotten. Er warf einen Blick in den Spiegel und strich sich kurz durch sein dichtes braunes Haar. Das Langarmshirt und die Hosen waren atmungsaktiv. Wenn er drüber einen Windbreaker und an den Füßen die festen Laufschuhe tragen würde, würde der Regen ihm nichts ausmachen.

Und er würde mit Brenda reden.

Seit jenem Treffen, bei dem es diese seltsame Irritation zwischen ihnen gegeben hatte, diese merkwürdige Verabschiedung mit diesem Wangenkuss, der beinahe verrutscht wäre, waren zwei Wochen vergangen.

Letzte Woche hatten sie beim Laufen nicht viel geredet. Er hatte ein paarmal versucht, ein Gespräch in Gang zu bringen, aber Brenda war schweigsam und verschlossen gewesen. So war sie manchmal. Er nahm es stets hin.

Dann war dieses Picknick gewesen. Das Picknick am Strand mit Marjorie, John und … Sara.

Seitdem drehte sich etwas in seinem Kopf. Er war verwirrt, bei der Arbeit unkonzentriert. Und je länger er darüber nachgedacht hatte, desto mehr war er zu dem Schluss gekommen, dass da irgendetwas mit ihm geschehen war.

An dem Tag hatte es dieses Gespräch gegeben, dass es manchmal mehr Mut brauchte, um zu bleiben, als fortzugehen.

Das war es doch, nicht wahr?

Er war zwar geblieben, ja, aber dass er nie aussprach, was er empfand, war auch eine Flucht gewesen. Eine Flucht nach innen, in Heimlichkeit und Verschweigen. Das sollte ein Ende haben!

Colin trank in der Küche ein Glas Wasser. In der kleinen Diele zog er mit energischen Bewegungen seine Laufschuhe an.

Da klopfte es laut an die Tür.

Als er öffnete, stand Brenda vor ihm.

»Deine Klingel ist immer noch kaputt, du musst sie reparieren lassen. Und du bist schon umgezogen, herrje«, sagte sie und quetschte sich an ihm vorbei, um dem Regen zu entkommen.

Sie selbst trug eine weite Hose aus geblümtem Stoff und eine weich fallende knallrote Bluse, die zu ihrem blonden Haar wunderbar aussah und definitiv kein Joggingdress war.

»Du willst nicht laufen?!«, stellte Colin nach seiner kleinen Musterung fest.

Ihr unerwartetes Auftauchen in schicken Klamotten warf ihn aus der Bahn. Sein gerade noch unumstößlicher Entschluss zu einer Aussprache geriet schlagartig ins Wanken.

»Hast du schon mal rausgesehen?«, erwiderte sie mit hochgezogenen Brauen. »Ich hab versucht, dich auf dem Handy zu erreichen …«

»Ach so, ja, der Akku ist leer. Ich konnte das Ladekabel nicht finden.«

Er sah sie einfach nur an.

Sie blickte an sich herunter.

»Ich wollte dir eigentlich absagen und dann mit Lenox in den Golfclub. Aber als ich dich nicht erreicht habe, hab ich gesagt, ich muss wenigstens kurz bei dir vorbeischauen, um dir Bescheid zu geben. Lenox ist allein gefahren. Also, hast du was zu trinken für mich, großer Whiskymacher?«

»Ähm … ja, sicher, natürlich …« Colin deutete in Richtung Wohnraum und ließ ihr den Vortritt.

Und jetzt?

Sein Plan war gewesen, beim Laufen mit ihr zu reden. Beim vertrauten Nebeneinander. Jetzt war alles anders. Brenda wirkte in ihren feinen Sachen fremd.

»Setz dich. Was möchtest du denn trinken?«

»Gib mir doch einen Doppelten von deinem Feinsten.«

Ihre Frisur saß beinahe perfekt. Sie hatte keinen Mantel dabeigehabt. Und würde bei diesem Wetter und in diesem Dress bestimmt nicht zu Fuß gelaufen sein.

»Du bist mit dem Auto hier. Etwas Alkoholfreies?«

Brenda seufzte. »Immer der verantwortungsvolle Colin. Dann gib mir einen von deinen tollen selbst gepressten Säften.«

Colin ging hinter die Küchenzeile, die den offenen Kochbereich vom Wohnraum trennte, und öffnete den Kühlschrank.

»Ananas-Mango mit einer Prise Chili?«

»Perfekt.«

Er schielte zu ihr hinüber, wie sie dort auf seinem Sofa saß und die Buchrücken im Regal studierte.

Warum musste es ausgerechnet heute anders sein als sonst? Es machte ihn nervös, wenn er sich nicht auf vertrautem Terrain befand.

Brenda schien es nicht zu stören. Sie hatte die Schuhe abgestreift und die Füße auf dem Sofa untergeschlagen, wirkte vollkommen entspannt.

Als er sich am anderen Sofaende niederließ, griff sie nach dem Glas, das er ihr hinhielt.

Sie nippte daran.

»Ah, superlecker. Und so herrlich frisch! Du hattest recht. Das ist besser als Alkohol. Eine Prise Chili, sagtest du?«

»Sara hatte diese Kombi am Montag mit, als wir am Strand gepicknickt haben«, erzählte er. »Ich fand es prima und dachte, ich versuch es mal selbst.«

Brenda richtete sich ein wenig auf und sah ihn aufmerksam an.

»Sara und du? Ihr wart zusammen am Strand zum Picknicken?«

»Ja. Das heißt, also … wir waren nicht allein.« Der Gedanke, sie könne das vermuten, verwirrte ihn. »Marjorie und die Hunde waren natürlich dabei.«

»Natürlich«, sagte Brenda.

Er blinzelte.

»Und John.«

»John?«

»John Howards.«

»John Howards? Sicher? Tatsächlich?! Das ist ja ein Ding!«

»Wieso?«

»Weißt du denn nicht mehr? Marjorie und er waren damals

verlobt, ist drei Jahrzehnte oder länger her. Wir müssen noch in der Primary School gewesen sein. Dann gab es wegen irgendwas einen großen Knall, und es war aus zwischen ihnen. John war ratzfatz verschwunden. Ich hatte mich schon gewundert, als er vor ein paar Wochen wieder hier aufgetaucht ist. Marjorie hat beim Pubquiz explizit darum gebeten, dass er an einem Tisch möglichst weit weg von unserem platziert wird. Da wundert es mich, dass sie ihn zu einem Picknick einlädt.«

Was für ein Dummkopf er war! Natürlich. Diese alte Geschichte. Er hatte sie vollkommen vergessen. Aber sie erklärte so einiges, zum Beispiel, warum Marjorie so frostig mit dem sympathischen, aufgeschlossenen John umging.

»Mannomann, da wäre ich ja gern dabei gewesen. Erzähl mal. Funkt es etwa wieder zwischen den beiden?«

»Wohl eher nicht. Wir haben ihn zufällig getroffen. Und wenn Sara John nicht eingeladen hätte, hätte Marjorie es bestimmt nicht getan.«

»Na, wenn nicht jetzt, dann kommt das vielleicht noch.«

»Hm?«

»Hast du nicht gesehen, wie beim Pubquiz die Blicke zwischen den beiden geflogen sind? Mrs Clymer hat sich mächtig angestrengt, auf John Eindruck zu machen, der war allerdings damit beschäftigt, zu Marjorie zu schielen. Ebenso wie sie damit beschäftigt war, auf keinen Fall zu ihm zu gucken.«

Colin war baff.

»Was du alles mitbekommst, Brenda. Du hast dir genau den richtigen Job ausgesucht.«

»Das ist angeboren. Ich spür, wenn da zwischen zwei Leuten etwas ist.«

»Immer?«

Er hatte es ausgesprochen, ehe er darüber nachgedacht hatte. Erst, als sie ihren Blick nachdenklich über sein Gesicht schweifen ließ, kapierte er, dass sein Unterbewusstsein offenbar eine Entscheidung getroffen hatte, für die er sich plötzlich doch noch nicht bereit fühlte.

Ein offenes, ein ehrliches Gespräch mit Brenda.

Ja, das hatte er geplant, er war wild entschlossen gewesen. Aber nicht hier drinnen, auf seinem kuscheligen Sofa, während an den Fenstern Regenschlieren herunterrannen.

»Colin?«

Ihre Stimme klang sanft. Es schwang indes auch ein anderer Ton darin. War das etwa … Angst?

»Möchtest du mir etwas sagen?«

Er musste sich räuspern.

»Ja. Ja, möchte ich.«

Kurze Pause. Atemholen.

Brenda stellte ihr Glas ab und sah ihn gespannt an. Sie wirkte, als wolle sie sich wappnen.

»Neulich, vor zwei Wochen, als wir laufen waren, da hast du gesagt … Du hast gesagt, du willst mich um keinen Preis verlieren.«

Spontan beugte sie sich vor und nahm seine Hände in ihre.

»Natürlich will ich das nicht, Colin. Aber das muss ja auch nicht passieren. Das hast du selbst gesagt. Egal, was du mir zu sagen hast … Ich … Ich meine, ich glaube, ich weiß es schon. Ja, ich weiß es.«

Etwas in ihm schlug einen Purzelbaum oder so etwas. Dabei polterte es gegen alles, was im Weg war, und verkrampfte sich. Seine Kehle zog sich zu. Er saß wie erstarrt.

»Du weißt es?«, brachte er heraus.

Da löste Brenda die eine Hand von seinen und hob sie hoch an sein Gesicht. Sie legte sie an seine Wange und sah ihn auf eine Weise an, so warm und liebevoll, dass sich die Verkrampfung in ihm löste.

Hier war Brenda. Seine große Liebe seit Kindertagen. Seine verlorene und wiedergefundene Liebste. Seine Vertraute. Seine Freundin.

Eine ungewohnte Bewegung am Fenster riss ihn aus seinen Gedanken und ließ ihn dorthin schauen.

Brenda folgte seinem Blick.

»Lenox!«, entfuhr es ihr.

Das Gesicht am Fenster verschwand, und nur Sekunden später donnerte es an die Haustür. Colin sprintete hin. Die Tür flog ihm geradezu entgegen, und Lenox stürzte herein.

»Lenox, wir …«

Aber weiter kam Colin nicht. Ein heftiger Stoß traf seine Schulter, und er taumelte an die Wand, während Brendas Ehemann sich an ihm vorbeipresste und weiter ins Wohnzimmer stapfte. Auf der Schwelle, noch im Regen, stand Sara.

»Was …?«, begann Colin.

Dann griff er nach Saras Jackenärmel und zog sie herein.

Sie blinzelte irritiert.

»Wir sind auf der Suche nach Harry«, sagte sie.

»Harry?«, wiederholte Colin, nun komplett verwirrt.

In diesem Augenblick schwoll hinter ihnen Geschrei an.

Colin warf sich herum und rannte durch den Flur in den Wohnbereich.

Dort standen sich Brenda und ihr Mann mit geballten Fäusten gegenüber.

»Ach ja? Und was denkst du, was du hier gesehen hast, Lenox?«, fauchte Brenda gerade.

»Daran gibt es ja wohl keinerlei Zweifel«, brüllte Lenox, der offenbar völlig außer sich war. »Ich bin doch nicht blind! Wie lange geht das schon zwischen euch? Etwa schon die ganze Zeit? Eure Joggingrunde am Freitag, was?«

Brenda wandte den Kopf und starrte überrascht auf Sara, die hinter Colin im Durchgang erschien.

»Wir suchen Harry«, wiederholte die, diesmal schon ein wenig fester.

Brenda sah ihren Mann mit gerunzelter Stirn an.

»Wieso bist du nicht im Golfclub? Spionierst du mir wieder nach?«, verlangte sie zu wissen.

Colin war von ihr beeindruckt. Immerhin hatte ihr Mann sie gerade mit einem anderen – nämlich ihm selbst – in einer ziemlich kompromittierenden Situation erwischt. Sie aber trat so selbstbewusst und energisch auf, als habe sie ein vollkommen reines Gewissen.

»Im Club gab es einen Rohrbruch. Alles stinkt nach Brackwasser. Ich bin gleich wieder heim. Und da rief Marjorie an. Ihr verflixter Rüde ist ausgebüxt, und sie ist auf der Suche nach ihm im Garten ausgerutscht. Ihr Knöchel. Sie wollte dich fragen, ob du mit Sara zusammen auf die Suche nach dem Vieh gehen kannst. Da hab ich meine Hilfe angeboten. Als wir hier vorbeikamen, sah ich dann deinen Wagen und …«

»Lenox, was du gesehen hast, war nichts …«

»Erzähl mir jetzt keine Märchen, Brenda!«

»Sie …«, wollte Colin sich einmischen.

Lenox holte mit der Faust aus und verfehlte Colin nur deswegen knapp, weil Sara ihm geistesgegenwärtig einen Schubs gab. Offenbar hatte ihre Verwirrung sich schnell gelegt. Sie schien die Situation zu durchschauen.

»Okay, okay«, machte Brenda und hob die Hände. »Ich glaube, es ist besser, wenn Lenox und ich das unter uns klären. Einverstanden, Colin?«

Sie sah ihn eindringlich an, und dann huschte ihr Blick zu Sara hinüber, die immer noch angespannt dort stand, bereit, das Schlimmste zu verhindern.

»Natürlich.« Er nickte Brenda zu.

»Lenox?« Brenda griff nach dem Arm ihres Mannes und manövrierte ihn geschickt aus dem Wohnzimmer.

»Wiedersehen, Sara.«

»Ähm … Wiedersehen.«

Die Haustür klappte.

Kurze Zeit später war draußen das Starten zweier PS-starker Motoren zu hören.

Sara sah ihn mit einem schiefen Grinsen an. In ihren grünen Augen standen jede Menge Fragen. Aber auch eine feste Entschlossenheit.

»Ich fürchte, jetzt musst du mir helfen, Harry zu finden.«

Harry

Ich zögere nie.

Wenn ich etwas will, dann hole ich es mir.

Na ja, ich versuche es zumindest.

Manchmal sind die Dinge, die ich will, nicht ganz konform mit dem, was die Chefin als angebracht für einen Corgi betrachtet. Möwen. Wühlmäuse. Dessertschälchen mit Resten drin. Das Hosenbein vom neuen Postboten. So was halt.

Dann gibt es ein kleines Gerangel und … zugegeben, meistens gewinnt die Chefin, schließlich hat sie hier bei uns in allen Fragen das letzte Wort. Das muss ich akzeptieren, denn sie trägt für uns alle hier die Verantwortung. Und da muss ich halt auch mal hinnehmen, dass wir in der einen oder anderen Sache nicht ganz einer Meinung sind.

Aber was mir niemand nachsagen kann, ist: dass ich es nicht versuchen würde.

Ich finde, da können sich die Zweibeiner eine Scheibe von abschneiden.

14. Marjorie

Diesmal ist er fort, dachte Marjorie und kämpfte gegen den Kloß in ihrem Hals an.

Ihr süßer kleiner Harry. Den sie in der letzten Zeit wirklich vernachlässigt hatte. Sie war mit den Gedanken immer woanders gewesen. Die Welpen. Sara. Und John. Vor allem John. Verflixt.

Und nun saß sie mit ihrem verdammten Knöchel, mit dem ans Autofahren nicht zu denken war, hier fest und konnte nicht einmal nach ihm suchen. Zu dumm, dass sie vorhin im Garten in ihrer Hektik auch noch ausgerutscht war. Sie hatte so sehr gehofft, dass Harry die offen stehende Gartenpforte gar nicht entdeckt, sondern nur ein Schlammabenteuer hinter den Himbeerbüschen gesucht hatte.

Gut, dass Lenox gleich bereit gewesen war, mit Sara runter in den Ort zu fahren und alle Adressen abzuklappern, die sie ihm genannt hatte. Auch wenn im Allerwertesten von Brendas Ehemann oft ein Stock zu stecken schien, hilfsbereit war er.

Natürlich war Harry schon mehrmals aus dem Garten getürmt. Er hatte ja ständig die Mädels im Kopf, nicht nur seine eigenen, da war er nicht wählerisch. Er war eben ein echter Charmeur. Aber heute hatte sie zum ersten Mal dieses gewisse Gefühl. Das Gefühl von Verlust. Von Schmerz und Ende.

Sie kannte das. Bei so vielen Hunden, die sie inzwischen an ihrer Seite gehabt hatte, hatte sie schon so oft diesen glühenden Abschiedsschmerz empfunden, dem nicht auszuweichen war. Es sollte ja Leute geben, die meinten, man gewöhne sich mit der Zeit an diese Verluste, von wegen *Hunde werden nun mal nicht so alt wie wir selbst* und so weiter. Das war Nonsens. Marjorie liebte ihre Vierbeiner, jede und jeden auf eine ganz eigene Weise. Und wenn es ans Abschiednehmen ging, tat es höllisch weh, es war immer wie beim ersten Mal.

Edwards altes, fast weiß gewordenes Hundegesicht tauchte vor ihrem inneren Auge auf. Seine herzzerreißend niedliche Schnute. Wie er den Kopf von seinem weichen Lager gehoben und sie mit den schon trüben Augen vertrauensvoll angesehen hatte. Sie war seine große Liebe gewesen. Sein Ein und Alles. So stürmisch und wild er als junger Hund gewesen war, so umsichtig und liebevoll war er als alter. Es war ihr ein Trost gewesen, dass er keine Angst kannte, solange sie bei ihm war. In ihrem Arm war er eingeschlafen und hatte sie zurückgelassen in einem Meer aus Tränen.

So furchtbar dieser Abschied auch gewesen war, er war friedlich und mit einer nahezu weisen Einsicht in den Lauf der Dinge geschehen. Edward war alt gewesen, und ein langes, erfülltes Leben lag hinter ihm.

Harry aber … Ihr kleiner, wunderbar verrückter Harry war mit seinen sieben Jahren noch im besten Alter. Er war furchtlos und selbstbewusst, kannte keine Gefahr. Wenn er Mädels im Kopf hatte, vergaß er alle Vorsicht. Gut möglich, dass er kreuz und quer lief, um den Spuren mal der einen, dann der anderen zu folgen. Bei diesem Wetter draußen, den Wolkenbergen, die vom Sturm über den Ort getrieben wurden, war es jetzt um sieben Uhr abends schon beinahe dunkel. Es bräuchte nur einen von den engen Straßen nervösen Touristen oder einen zu draufgängerischen Einheimischen, der seinen Wagen zu schnell vorwärtslenkte. Die Sichtverhältnisse waren schlecht. Ein kleiner Hund wie Harry sicher nicht gleich zu erkennen …

Marjorie hatte noch nie einen Hund durch einen Unfall verloren. Alle waren sie bei ihr glücklich alt geworden. Jetzt war sie allerdings sicher, dass sie ihren wundervollen Harry lebendig nie wiedersehen würde. Und das war ein Schmerz, der ihr beinahe den Atem nahm.

Es klingelte an der Tür.

Die Hündinnen, beunruhigt durch Marjories rastloses Herumlaufen und Harrys Ausbleiben, liefen alle vier bellend zur Tür.

Marjorie humpelte hin, so schnell ihr schmerzender Knöchel es erlaubte.

Sara konnte es noch nicht wieder sein, sie hatte ihren Schlüssel dabei und zudem versprochen, gleich anzurufen, wenn sie Harry gefunden hatten.

Aber vielleicht jemand, der den kleinen Rüden gesehen hatte? Jemand, der Hilfe anbieten wollte?

Sie riss die Tür auf.

Davor stand John.

»Was tust du denn hier?«, fuhr sie ihn an.

Er starrte sie an.

Erneut trug er die Outdoorbekleidung, die er bereits am Montag angehabt hatte, inklusive dieser lächerlichen Kappe. Von deren Rand tropfte es. Am Gartentor stand Johns kleiner Geländewagen.

»Nun komm schon rein«, blaffte sie, machte ihm Platz und herrschte die Hunde an: »Ruhe jetzt, Mädels! Ich hab gemerkt, dass wir Besuch haben!«

Die Jüngeren verstummten. Nur die zwölfjährige Lizzy röhrte mit ihrer Omastimme noch weiter. Sie war nun mal fast taub. Marjorie beugte sich hinab und tätschelte das alte Mädchen. Lizzy hechelte sie an, froh, ihre Aufgabe gut erfüllt zu haben, und auch ihr Bellen verklang.

John und sie standen sich in der Diele ein wenig ratlos gegenüber.

Sein Blick wanderte über ihr Gesicht, und entsetzt fiel ihr ein, dass sie vollkommen verheult aussehen musste. Rasch drehte sie sich weg und wischte mit der Hand mehr schlecht als recht die feuchten Tränenspuren weg.

Als sie sich ihm wieder zuwandte, hielt er ihr ein großes, gebügeltes Taschentuch hin.

Fast reflexartig nahm sie es und schnäuzte laut hinein.

»Du meine Güte«, sagte sie dann verlegen, als sie es wieder sinken ließ. »Ich hatte keine Ahnung, dass es noch Menschen gibt, die so was mit sich herumtragen. Weißt du nicht, dass es inzwischen Papiertaschentücher gibt?«

Er lächelte. »Die habe ich auch. Aber ab und an muss es eben was Besonderes sein. Außerdem mag ich antiquierte Dinge. Das ist der Fossiliensammler in mir. Manchmal denke ich, ich werde selbst langsam zu einem Dinosaurier.«

Sie sahen sich einen Moment lang an.

So viele Jahre waren vergangen. Doch Johns Augen waren immer noch dieselben. Dieser gewisse Funke in ihnen war nicht erloschen. Was er wohl in ihren sah?

Erschrocken darüber, dass sie sich diese Frage stellte, räusperte sie sich und blickte zu den Hunden hinab, die schwanzwedelnd und aufmerksam bei ihnen saßen.

»Also?«

Auch John musste sich offenbar kurz besinnen.

»Ja, also … Ich musste gerade oben am Hügel einem Transporter ausweichen, dem von der Destillerie. Es waren Colin und Sara. Sie hielten kurz an, Sara ließ das Fenster runter und rief, ich solle die Augen nach Harry aufhalten. Da dachte ich, ich schau mal bei dir vorbei und frage, ob ich helfen kann. Er ist abgehauen, wie?«

Oben am Hügel? Aber …?

»Ich hab ihr doch gesagt, sie soll ihn unten im Ort suchen. Ich hab ihr extra eine Liste mit den Adressen und Namen der Leute gegeben. Es sind mehrere Hündinnen läufig. Da muss sie gucken, nicht irgendwo im Hinterland«, stieß Marjorie halb verwundert, halb ärgerlich hervor.

»Soll ich mich im Ort ein bisschen umsehen?«, schlug John vor. Zögerte. Setzte hinzu: »Oder … möchtest du mitkommen?«

Sie überlegte rasch. Wenn sie nun auch weg war, würden sie nicht wissen, wenn Harry – allen Befürchtungen zum Trotz – allein den Weg heimfinden würde. Andererseits … Die paar Adressen der Hündinnenbesitzer waren schnell abgefahren. Wenn sie ihn dort nirgends fanden, konnte sie immer noch nach Hause zurückkehren und nachschauen.

»Alles ist besser, als hier tatenlos rumzusitzen und nicht zu wissen, was mit ihm ist«, entschied sie. »Ich öffne nur kurz die Hundeklappe zum Garten. Bin sofort da.«

In der Küche entriegelte sie die Klappe und starrte eine Sekunde darauf, als könne der kleine Vierbeiner wider Erwarten plötzlich hereingeschossen kommen.

Dann eilte sie zurück und schlüpfte im Flur in die bequemen Gartenschuhe, die einzigen, die ihrem Knöchel nicht zusetzten. Ihre Jacke vom Haken. Fertig.

»Wir können.«

John wollte ihr die Tür aufhalten. Doch sie wedelte mit der Hand.

»Oh, komm schon, John! Das ist *meine* Tür! Und wir haben Wichtigeres zu tun, als Galan und Prinzessin zu spielen.«

Als sie vor dem Regen geduckt zum Wagen hinüberliefen, hörte sie ihn leise lachen.

»Du hast dich wirklich überhaupt nicht verändert. So was von dickköpfig.«

Erst, als sie im Wagen saßen und John Richtung Ort Gas gab, schaltete etwas in Marjories Kopf.

»*Colin* und Sara?«, fragte sie. »Sara hatte Colin dabei? Bist du sicher?«

»Ganz sicher. Wieso?«

»Ach, nichts.«

Wie war das jetzt zustande gekommen? Marjorie runzelte die Stirn. Egal. Sie hatte gerade keinen Kopf für solche Überlegungen. Das würde sich schon aufklären. Hoffentlich auch, warum Sara ihre strikte Anweisung in den Wind geschlagen und zur Suche aus der Stadt hinausgefahren war.

»Wohin geht's denn?«, wollte John wissen.

»Zuerst in die West Hill Road. Da wohnen die Hewitts mit ihrer Lola, einer Deutschen Dogge, gewaltiges Tier, aber sanft wie ein Lamm.«

»Du meinst doch nicht, dass dein kleiner Corgi mit dieser großen Dogge …?« Er lachte.

Und zu ihrer eigenen Überraschung musste Marjorie selbst schmunzeln.

»Manchmal glaube ich, dass Harry keine Ahnung hat, wie klein er selbst ist. Beim Flirten macht er da keinen Unterschied, ob groß oder klein.«

Sie erreichten die West Hill Road. Alles war ruhig. Kein heulender Harry vor dem Haus.

John stieg aus und läutete. Mr Hewitt öffnete. Vom Wagen aus konnte Marjorie sehen, wie John zum Auto deutete und mit den Händen eine Bewegung machte, die wohl in etwa die Größe eines Corgis andeuten sollte.

Mr Hewitt winkte ihr zu, schüttelte aber mit bedauerndem Schulterzucken den Kopf. Dogge Lola war nicht mal an der Tür erschienen. Andere Leute hatten ihre Hunde offenbar besser im Griff, dachte Marjorie.

Sie fuhren weitere fünf Adressen ab. Und dann noch eine sechste, weil Joana vom Fish-&-Chips-Laden meinte, die Ridgebackhündin im Haus neben dem Museum sei ebenfalls in einer *heißen Phase*. Doch auch dort fanden sie Harry nicht.

Nach einer guten halben Stunde waren sie zurück im Cottage.

Di, Katy und Meghan freuten sich enthusiastisch, wie immer, wenn Marjorie heimkam. Lizzy verschlief die Begrüßung.

»Tja, dann. Du weißt ja, wo du mich finden kannst …«, sagte John und machte Anstalten, wieder zu gehen.

»Sei nicht albern, John!«, sagte Marjorie und merkte selbst, dass sie längst nicht mehr so unwirsch wirkte wie bei ihrer Begrüßung vorhin. »Wir haben es eine halbe Stunde im Auto miteinander ausgehalten, dann werden wir es jetzt wohl schaffen, zusammen in meiner Küche einen Tee zu trinken.«

Sie wollte es sich nicht gern eingestehen, doch seine Anwesenheit beruhigte sie. Seit sie sich gemeinsam auf die Suche gemacht hatten, war das lähmende Gefühl, diese unerträgliche Gewissheit, dass sie Harry lebend nie wiedersehen würde, ganz allmählich einer leisen Hoffnung gewichen.

Er war schon öfter weggelaufen, nicht wahr? Und immer war er selig von seinem kleinen Ausflug, unversehrt an Körper und kleiner Hundeseele, wieder aufgetaucht.

Als Marjorie in der Küche herumhumpelte, das Wasser für den Tee aufsetzte, die Kanne ausspülte, Tassen herausstellte, konnte sie es nicht lassen, immer wieder zu John zu schielen, der sich nach ihrer Aufforderung an den Tisch gesetzt hatte und nun die Hunde beobachtete.

Lizzy schnarchte immer noch auf ihrem bevorzugten Liegeplatz unter dem Fenster. Katy und Di beobachteten jeden ihrer Schritte. Meghan hatte sich kurz orientiert, befunden, dass alles in Ordnung war, und war zu ihren Welpen verschwunden.

»Ich war vorhin wohl ein bisschen aufgeregt«, sagte Marjorie, als sie den Tee aufgegossen hatte und sich ebenfalls an den Tisch setzte. »Wenn man einen Verlust befürchtet, scheint alles andere unwichtig. Hast du jemals …?« Erschrocken sah sie ihn an. Wie tumb und unsensibel von ihr. »Bitte entschuldige. Du hast deine Frau verloren. Ich meine, nicht, dass ich das vergleichen will, aber meine Hunde sind für mich … Ich meine, ich habe nie … Ach herrje, ich bin durcheinander.«

Er erwiderte nichts, sondern blickte auf seine Teetasse.

Das verunsicherte sie noch mehr. Sie kniff die Lippen zusammen, damit nicht noch mehr Unsinn herauskommen konnte.

John nahm einen Schluck Tee und sah sie an.

»Charlotte ist an Krebs gestorben. Sie war drei Jahre lang krank. Am Ende wollte sie gehen, auch wenn es mir so schwerfiel, sie loszulassen. Aber wir haben die Zeit gut genutzt, die uns geblieben ist.«

Marjorie musste schlucken.

»Wie meinst du das?«

»Es war von Anfang an klar, worauf es hinauslaufen würde. Dass keine Chance auf Heilung bestand. Zuerst glaubst du es nicht, willst es nicht wahrhaben, leugnest. Dann wirst du wütend, haderst mit Gott, dem Leben, allem. Dann trauerst du, tief und untröstlich, ein Kummer, der alle kommenden Schmerzen vorwegnimmt. Doch dann … Wir hatten Glück, weißt du. Wir hatten Zeit, um uns zu verabschieden, anders als Menschen, die ihre Liebsten durch einen Unfall oder eine rasche Krankheit verlieren. Wir konnten uns alles sagen, was wir einander sagen wollten. So seltsam es klingt, aber unser letztes Jahr war das intensivste in meinem ganzen Leben. Intensiv, voller Gefühl, Verständnis, Einsicht und unzerstörbarer Liebe. Es war ein gutes Jahr. Ja, gut. Ich habe viel gelernt in dieser Zeit.«

Marjories Mund war staubtrocken. Sie trank etwas Tee. Es half nicht viel.

»Oh, John, ich weiß gar nicht, was ich sagen soll. Das tut mir wirklich leid. So ein Schicksal hast du nicht verdient. Auch wenn ich damals … Wenn ich mich so verstockt benommen habe und nie wieder mit dir sprechen wollte.«

»Diesen Vorsatz hast du wunderbar umgesetzt, Marjorie.«

Klang seine Stimme eine Spur verbittert?

»Nicht einmal meine Briefe hast du geöffnet.«

Sie erinnerte sich daran, als sei es gestern gewesen. Beim ersten Brief war es besonders schwer gewesen. So lange hatte sie ihn in der Hand gehalten, hatte ihn ein paar Tage lang mit sich herumgetragen. Um ihn dann schließlich mit einem *Zurück an Absender* zu versehen und ungeöffnet in den Briefkasten zu werfen.

»Ich wollte einen klaren Schlussstrich«, hörte sie sich mit hölzerner Stimme sagen. Hölzern, ja, denn plötzlich kam ihr ihr damaliges Verhalten kindisch und dumm vor. Eilig setzte sie hinzu: »Natürlich habe ich dir trotzdem alles Gute gewünscht. Nicht so ein tragisches Ende deiner Ehe. Das, was zwischen uns war, ist lang vorbei und vergessen, nicht wahr?«

»Ist es tatsächlich so?«, wollte er leise wissen.

Sein Blick brannte eine Spur in sie hinein. Meine Güte, sie war fünfundsechzig. Doch ihr wurde tatsächlich heiß. Auf eine Art und Weise, die sie längst hinter sich gelassen geglaubt hatte.

»Sicher. Nun ja, vielleicht nicht *vergessen*, das würde es nicht wirklich treffen. Aber *verziehen*, ja, das ist es.«

Verwunderung in ihr. Große, warme, erleichternde Verwunderung. Musste er nach mehr als dreißig Jahren erst nass geregnet in ihrer Küche landen, damit sie begriff, dass sie ihm tatsächlich verziehen hatte?

John räusperte sich.

»Ich meinte eigentlich den anderen Teil. Den mit der Formulierung *lange vorbei.*« Er sah sie weiter auf diese Weise an.

Marjorie nahm ihre Tasse, hob sie an, stellte sie wieder ab.

»Na ja, ja, ich denke schon, oder? Ich meine, du hattest eine andere, deine … *Charlotte*, sagtest du, nicht wahr? Du hast dich damals knapp vor unserer Heirat für sie entschieden, bist mit ihr weggegangen, ihr habt geheiratet, die halbe Welt bereist. Und ich habe mein Leben hier in Lyme Regis gelebt. Wie sollte es da nicht *lange vorbei* sein?«

Jetzt beugte er sich vor und griff nach ihrer Hand. An ihrem Küchentisch. An dem sie sich stets so sicher gefühlt hatte. Da lag plötzlich seine braun gebrannte Hand auf ihrer, was sie völlig aus dem Konzept brachte. Er trug noch seinen Ehering.

»Du glaubst doch nicht, dass Charlotte diejenige war …? Denkst du, sie war die, mit der du mich damals in meiner Wohnung überrascht hast?«

Sie blinzelte verwirrt.

»War sie nicht?«

Sein Gesicht flammte auf. Er öffnete den Mund, schloss ihn wieder.

»Du hast es wirklich nie erfahren? Du wolltest mich nicht sprechen, hast meine Briefe nicht gelesen. Auch George oder Stan wolltest du nicht sehen oder Annabell, die ich zu dir geschickt habe. Das weiß ich ja. Aber ich dachte immer, du hättest irgendwie, auf irgendeinem Weg die Wahrheit erfahren?! Die Wahrheit, von der ich damals dachte, sie sei zumindest nach einer Weile verzeihbar.«

Seine Freunde. Vor ihrer Tür. An ihrem Telefon.

»Lass mich«, hatte sie stets gesagt. »Bitte lass mich einfach in Ruhe, okay? Ich will ihn nicht mehr sehen!«

Seine Briefe. Die sie allesamt ungelesen zurückgeschickt hatte.

Niemand sonst hatte mit ihr darüber gesprochen, über die geplatzte Verlobung, den Grund für das Zerwürfnis zwischen ihnen.

Wovon sprach er da jetzt?

»Welche … Wahrheit?«, fragte sie beklommen.

»Marjorie!« Er rückte noch näher. Seine Finger auf ihrer Haut waren warm. Sein Blick ebenso. »Rachel, mit der du mich damals gesehen hast, war meine Verlobte, als wir uns kennengelernt haben. Ich habe es dir verschwiegen. Zuerst dachte ich, es wäre nicht relevant, da du und ich ja womöglich nur einen wilden Flirt erleben würden. Nach kurzer Zeit war mir aber klar, dass es so viel mehr zwischen uns war, dass ich dich nie wieder verlieren wollte. Da habe ich ein paarmal versucht, es dir zu beichten. Aber es kam immer etwas dazwischen, oder ich war letztendlich zu feige. Ich hatte Angst, dich zu verletzen, weil ich dir so etwas Wichtiges nicht gleich zu Anfang mitgeteilt hatte.«

»Rachel«, wiederholte Marjorie mit kratziger Stimme. »Verlobt? Du warst mit einer anderen verlobt, als du mir einen Antrag gemacht hast?«

»Nein. Da war es doch schon lange vorbei. Weißt du, Rachel und ich, wir hatten uns in Neuseeland kennengelernt. Sie war Studentin bei einer Ausgrabung, die ich leitete. Es war eine kurze, heftige Verliebtheit. Sie war so jung und bewunderte mich. Ich war ein eitler Idiot damals. Meine Moral war wohl trotzdem ganz in Ordnung. Denn als ich zu einem anderen Job nach Südafrika musste, wollte ich sie nicht einfach so zurücklassen und habe sie gebeten, meine Frau zu werden. Sie war begeistert, alles war so aufregend für sie. Als wir uns dann nach ein paar Monaten wiedertrafen, war der Zauber allerdings irgendwie verflogen. Wir haben so getan, als sei alles wie vorher. Dabei war uns beiden klar, dass unsere Gefühle nicht mehr dieselben waren, nur, dass weder sie noch ich es aussprachen. Als ich daraufhin nach Lyme Regis kam und dich traf … Da merkte ich, wie es sich tatsächlich anfühlen musste, wenn man sein ganzes Leben mit jemandem teilen möchte. Nach ein paar Wochen rief ich Rachel an und erzählte ihr alles. Wir lösten unsere Verbindung, aber es kam uns beiden so falsch vor, das so sachlich am Telefon zu besprechen. Immerhin hatten wir mal Großes miteinander vorgehabt. Und so schlug sie vor, in ihrem Sommerurlaub, den sie in England verbringen wollte, vorbeizukommen. An dem Tag, an dem du uns gesehen hast, war Rachel bei mir, um sich zu verabschieden. Sie blühte vor Glück, war frisch verliebt in einen Kommilitonen, erleichtert, ihr Leben nicht an einen zwölf Jahre älteren Kerl verschenkt zu haben. Sie wollte Kinder und hat mit ihrem Oscar einen ganzen Stall voll bekommen, die hätten in mein Leben gar nicht reingepasst. Sie ist wirklich eine tolle Frau. Wir schreiben uns immer noch zu Weihnachten. Erst drei Jahre später habe ich bei einer Ausgrabung dann Charlotte kennengelernt.«

Marjorie starrte ihn an.

Seine Worte tröpfelten in ihr Bewusstsein.

Sie holte tief Atem und stieß ihn wieder aus.

»Es … war zu dem Zeitpunkt schon längst aus zwischen euch? Zwischen Rachel und dir?«

John schloss kurz die Augen.

»Ja. Ich weiß, spätestens da hätte ich es dir sagen sollen, was ich die ganze Zeit verschwiegen hatte. Aber du warst so … gradlinig. So überaus moralisch und starrköpfig dazu. Ich hatte einfach Angst, du würdest mich dann nicht mehr wollen.«

Sie schüttelte den Kopf.

»Als ich euch zusammen gesehen habe, warum hast du mir da nicht …?«

Marjorie brach ab. Entsetzt. Schockiert.

Sie hatte ihn nicht an sich herangelassen. Hatte seine Anrufe abgeschmettert, seine Briefe nicht gelesen, seine Freunde gemieden. Er hatte schlicht keine Chance gehabt, ihr die Wahrheit zu sagen.

Und als die Tage und Wochen vergingen, hatte er geglaubt, sie habe auf Umwegen doch erfahren, wie die wahren Verhältnisse lagen, und sie sei allein deswegen so unnachgiebig.

Ein Kloß in ihrem Hals schnürte ihr fast die Kehle zu.

Konnte das wahr sein?

Das große Drama ihres Lebens war nichts weiter gewesen als ein Missverständnis. Und sie hatte durch ihre Sturheit nicht zugelassen, dass es aufgeklärt wurde.

Als sie ihn jetzt ansah, erkannte sie in seinen Augen eine Frage, die alles in ihr zum Zittern brachte.

Ist es tatsächlich so? Lange vorbei?, hatte er gefragt.

Und in seinem Blick stand die Antwort. Ebenso wie sie sie in sich selbst fühlte.

Sie öffnete den Mund, um irgendetwas zu sagen.

Da ertönten von ihrem Handy die ersten Töne der *Pomp and Circumstance Marches*.

Mit bebenden Fingern wischte sie über das Display.

»Sara? Habt ihr ihn?« Ihre Stimme klang fremd in ihren eigenen Ohren, rau und voller Emotionen.

»Wir haben ihn gerade gesehen. Er lief am Straßenrand. Aber jetzt ist er im Gebüsch verschwunden. Wir sind ziemlich weit draußen vor der Stadt. Er muss ein heftiges Tempo vorgelegt haben. Wir sind … Colin, wo sind wir?«

»Der Steinschlagabschnitt vom Strand«, hörte sie Colins Stimme aus dem Hintergrund.

»Oh Gott!«, entfuhr es Marjorie.

Eine eiskalte Hand griff nach ihrem heftig schlagenden Herzen.

»Wir melden uns wieder, sobald wir ihn haben. Mach dir keine Sorgen, wir kriegen ihn schon«, rief Sara.

Dann war die Verbindung unterbrochen.

Harry

Es soll ja Hunde geben, die bei Regen nicht rausgehen.

Aber mir kann ein bisschen unwirtliches Wetter nichts anhaben – das macht doch ein Abenteuer erst richtig spannend. Und dieser Abend ist ein ganz besonderer, ja, ich spüre, dass dies die Nacht meines Lebens wird. So was hat ein Corgi im Urin.

Genauso wie ich weiß, dass das nicht nur für mich gilt. Wenn meine Nase und mein großes Herz mich nicht trügen, wird mein kleiner Ausflug auch für andere nicht ohne Folgen bleiben.

Das beflügelt mich.

Ich kann schließlich mehr als Corgi-Babys machen und auf Haus und Garten aufpassen. Ich kann Möwen und Kaninchen in Angst und Schrecken versetzen! Na ja, zumindest die Kaninchen. Die Möwen … ach, lassen wir das. Und ich kann im Leben, in meinem und in dem von anderen, etwas bewirken.

Ist es nicht wunderbar, ein Corgi zu sein?

15. Sara

Es war blanker Zufall gewesen, dass die alte Mrs Curtis vorbeigekommen war, als Colin und sie gerade mit dem Transporter vom Hof der Destillerie fahren wollten.

»Miss Cowell, sind Sie das?«, hatte sie mit ihrer hellen Altfrauenstimme gerufen.

Sara hatte sie unter dem geblümten Regenschirm, der Regenhaube und samt Schal über ihrem Mantel kaum erkannt.

»Mrs Curtis, was tun Sie denn bei diesem Wetter hier draußen?«

Die alte Frau hatte sie beinahe entrüstet angeschaut.

»Ich versäume nie den Freitagabend-Gottesdienst, Miss Cowell. Ich bin doch nicht aus Zucker.«

Ehe Sara die Gelegenheit hatte, ihre Verblüffung über diese energische Erwiderung zu überwinden, hatte ihre Gegenüber schon weitergeredet.

»Ich dachte nur, vielleicht sollten Sie wissen, dass Harry aus dem Garten getürmt ist. Er war ganz allein auf dem Weg den Hügel rauf. Wollte nicht mal einen Keks von mir, auf die ist er sonst ganz wild. Ich hätte Marjorie ja angerufen, aber ich habe keins von diesen mobilen Telefonen. Würden Sie ihr bitte Bescheid geben? Nicht, dass sie sich Sorgen macht. Er kommt ja immer wieder. Aber er ist auch schon mal 'ne ganze Nacht weggeblieben.«

»Oben am Hügel, sagen Sie?«

»Sah aus, als wollte er den Pfad an den Klippen lang nehmen.«

»Vielen Dank, Mrs Curtis! Sie haben uns sehr geholfen. Einen schönen … Gottesdienst wünsche ich.«

Sara war zu Colin in den Transporter gesprungen, und sie waren losgefahren. Schweigend. Es herrschte eine merkwürdige, angespannte Atmosphäre in der Fahrerkabine.

Natürlich dachten sie beide an die Szene, die sich gerade in Colins Wohnzimmer abgespielt hatte.

Brenda also.

Sara konnte es irgendwie nicht richtig glauben. Nicht, dass es abwegig gewesen wäre, dass Colin eine Geliebte hatte, schließlich war er durchaus attraktiv – aber eine verheiratete Frau? Sie hätte die Hand dafür ins Feuer gelegt, dass er nicht einer von diesen Typen war.

Ts.

Offenbar hatte sie sich auch in ihm getäuscht. Waren denn alle Männer so gestrickt?

Jetzt erinnerte sie sich außerdem daran, wie sein Gesicht aufgeleuchtet war, als Brenda ihn beim Pubquiz begrüßt hatte. An dem Abend hatte sie sich nichts dabei gedacht, nun war ihr so einiges klar geworden.

Als eben auf ihr Klingeln hin niemand geöffnet hatte, war Lenox um die Ecke des Backsteingebäudes gegangen, um durchs Fenster zu schauen, durch das gedämmtes Licht in den Hof fiel. Sara wusste zwar nicht, was er dort gesehen hatte. Doch es schien ausgereicht zu haben, seiner Frau vorzuwerfen, dass sie ihn schon seit Längerem mit Colin betrüge.

Immer, wenn Sara in ihrer Vorstellung an diese Stelle kam, stolperte sie gedanklich irgendwie. Irgendetwas fühlte sich daran nicht richtig an.

Schließlich war Lenox ganz offensichtlich der krankhaft eifersüchtige Typ. Sein Auftritt im Pub schien keine Ausnahme gewesen zu sein. *Spionierst du mir wieder nach?*, hatte Brenda gefragt.

Sie hatte auch heute so selbstsicher gewirkt. Keineswegs schuldbewusst. Genervt, ja, wie eine Frau, die die ewigen Verdächtigungen ihres Mannes gründlich satthatte, aber nicht daran zweifelte, ihm seine dummen Unterstellungen auch dieses Mal widerlegen zu können.

Was war also dran an diesen Beschuldigungen?

Sara würde nur zu gern glauben, dass es sich einfach um ein Missverständnis handelte – doch schließlich kannte sie Colin erst seit knapp drei Wochen. Was wusste sie schon über ihn? War es nicht wahrscheinlich, dass er genauso rücksichtslos seinen unterleibsgesteuerten Zielen folgte wie – kurz dachte sie an Victor – andere?

Wann immer Colin einem entgegenkommenden Fahrzeug ausweichen musste und Sara gerade nicht nach Harry Ausschau halten konnte, musterte sie ihn möglichst unauffällig.

Er war ein vollkommen anderer Typ als Lenox. Oder auch als Dean.

Lenox war distinguiert, zackig und förmlich, wie ein klassischer Anwalt eben. Sara konnte verstehen, was Brenda an ihm angezogen hatte, denn auch Victor entsprach eher diesem Typ weltgewandter Mann.

Weltgewandt war Dean auch. Eloquent und charmant, gewohnt, auf Lesungen sein überwiegend weibliches Publikum zu verzaubern. Und im Gegensatz zu Lenox war bei Dean eine feine Sensibilität deutlich zu erkennen. Sein Gespür für Menschen und ihre Geschichten. Er ging für alle erkennbar authentisch als *er selbst* durchs Leben und hielt mit seinen Gefühlen nicht hinterm Berg.

Während Colin …

Ja, wie war Colin eigentlich?

Sara betrachtete die zerzausten braunen Haare und das markante Profil heimlich von der Seite. Ganz und gar ein Junge von der Küste. Ein wenig unsicher in der Kommunikation. Was ihn aber nicht daran hinderte, ab und zu seinen herrlich trockenen Humor hervorblitzen zu lassen. Marjorie hatte gleich gesagt, er habe das Herz am rechten Fleck. Passte da der Verdacht, dass er seit Monaten oder Jahren ein Verhältnis mit einer verheirateten Frau hatte?

Noch vor einer Stunde hätte Sara geschworen: Wenn Colin sich auf einen anderen Menschen konzentrierte, dann tat er das voll und ganz, auf eine ehrliche und reine Weise. Merkwürdige Verstrickungen wie heimliche Affären hätte sie ihm niemals unterstellt.

Konnte so ein Bauchgefühl nicht auch trügen? So wie bei Victor?!

Wenn sie doch nur aufhören könnte, ständig an Victor zu denken. Seit sie gerade in Colins Wohnzimmer in dieses Kreuzfeuer geraten war, war es, als hätte diese Situation ihren Groll, der sich nach ihrem Telefonat mit ihm in eine stille Nachdenklichkeit gewandelt hatte, wieder entfacht.

Sie wünschte sich nur, dass die Geschichte zwischen Colin und Brenda sich irgendwie als ein Missverständnis aufklären würde.

Ob sie wohl etwas davon mitbekommen würde?

Ach, es war mal wieder typisch für sie, dass sie unbedingt an der Unschuld eines ihr sympathischen Menschen festhalten wollte – solange nicht das Gegenteil bewiesen war.

»War da hinten etwas?«, fragte Colin just in diesem Moment und starrte angestrengt nach vorn.

»Wo? Ich sehe nichts.«

Sara schalt sich selbst, nicht ausreichend aufgepasst zu haben, und nahm sich vor, sich nicht mehr ablenken zu lassen.

Sie ließ ihren Blick schweifen, schaute, ob sie irgendwo im Regenvorhang ein helles Fell aufblitzen sah – doch Harry war nirgends auszumachen.

Die Liste mit den Adressen unten im Ort, die Marjorie ihr gegeben hatte, lag auf dem Rücksitz. Für den Fall, dass sie Harry hier oben nicht finden würden, könnten sie immer noch hinunterfahren und dort nachschauen.

Ortsauswärts begegneten sie John in seinem Wagen. Er versprach, ebenfalls die Augen offen zu halten.

Je länger sie unterwegs waren, desto mehr sank Saras Hoffnung, den kleinen Rüden auf diese Weise wiederzufinden. Seit mehr als vierzig Minuten kurvten sie nun schon die schmalen Straßen und Feldwege nahe dem Küstenstreifen ab. Von Harry keine Spur.

»Wenn wenigstens der Regen endlich nachlassen würde«, brummte Colin gerade, während der Scheibenwischer einen Gang höher schaltete.

Da schnellte Sara plötzlich nach vorn.

»Da! Da drüben! Da ist etwas!«

Colin gab Gas, und der Wagen beschleunigte den holprigen Feldweg entlang.

Der kleine Hund, der dort am Rand des Gebüsches vor ihnen lief, sah sich um.

»Harry!«, schrie Sara, obwohl er sie wahrscheinlich nicht hören konnte.

Er war es ganz eindeutig, obwohl der Regen sein Fell dunkler wirken ließ. Die gewaltig großen Ohren, der lange Körper auf den kurzen Beinen. Das niedliche Gesicht. Er war es. Und er sah quietschfidel aus.

Als sie ihn beinahe erreicht hatten, es fehlten vielleicht noch zwanzig Meter, bog er Richtung Meer vom Weg ab und verschwand im Gebüsch.

Sara wischte übers Display ihres Smartphones, das sie die ganze Zeit in der Hand gehalten hatte.

Tante Marjorie nahm sofort ab.

»Sara? Habt ihr ihn?«

Sie klang, als sei sie völlig durch den Wind. Sara spürte Mitgefühl für ihre Tante in sich aufbranden. Wie musste es sich anfühlen, wenn man zu Hause auf eine Nachricht warten musste, ohne selbst etwas tun zu können?

»Wir haben ihn gerade gesehen. Er lief am Straßenrand. Aber

jetzt ist er im Gebüsch verschwunden. Wir sind ziemlich weit draußen vor der Stadt. Er muss ein heftiges Tempo vorgelegt haben. Wir sind … Colin, wo sind wir?«

»Der Steinschlagabschnitt vom Strand«, brummte Colin, als würde er diese Information lieber für sich behalten.

»Oh Gott!«, rief Marjorie prompt.

Sara versuchte, so viel Zuversicht wie möglich in ihre Stimme zu legen. »Wir melden uns wieder, sobald wir ihn haben. Mach dir keine Sorgen, wir kriegen ihn schon!«

Dann beendete sie das Gespräch und legte das Handy neben sich auf den Sitz.

»Okay.« Ruckartig wandte sie sich Colin zu. »Was hat es mit diesem Strandabschnitt auf sich? Marjorie wäre fast in Ohnmacht gefallen.«

»Ist wegen Steinschlag gesperrt. Vor ein paar Wochen ist hier ein Tourist tödlich verunglückt. Harry jagt in den Ginsterbüschen gern die Kaninchen. Aber wenn er in den Hang geklettert ist, um die Möwen zu ärgern, kommen wir nicht an ihn ran.«

»Das werden wir ja sehen!« Sara öffnete die Tür und sprang hinaus.

Bis zu der Stelle, an der sie Harry hatte verschwinden sehen, waren es nur wenige Meter, doch als sie dort ankam, waren ihre Haare bereits klatschnass. Sie zog die Kapuze drüber.

»Harry? Harry! Komm her, kleiner Kerl! Wo steckst du denn?«, rief sie lockend.

Auf keinen Fall durfte ihre Stimme zu scharf werden. Der Rüde hatte genau so einen Dickkopf wie ihre Tante. Wenn er befürchten musste, gescholten zu werden, würde er einen Teufel tun, zu ihr zu kommen.

Colin tauchte an ihrer Seite auf. Er war so schlau gewesen, die Kapuze aufzusetzen, ehe er den Wagen verlassen hatte. Nun legte er zwei Finger zwischen die Lippen und ließ einen gellenden Pfiff ertönen.

»Scht!«, zischte Sara leise. »Du vertreibst ihn noch! Er hasst es, wenn man nach ihm pfeift.«

Colin sah unbeeindruckt aus.

»Ich dachte nur, das hört er eher als dein Rufen.«

»Es kommt nicht auf die Lautstärke an.«

Sie schüttelte den Kopf und wollte sich schon zielstrebig einen Weg durch den Ginster bahnen, doch Colin hielt sie am Arm zurück.

»Nicht! Es ist gefährlich, hier oben einfach so rumzuklettern, wenn man sich nicht auskennt. Die Klippen hängen teilweise weit über. Das sieht man von oben nicht.«

Waren es ihre Gedanken rund um den vermeintlichen Betrug? War es sein fester Griff, obwohl sie nichts lieber wollte, als vorwärtszukommen?

Sara riss ihren Arm los und fauchte: »Lass mich! Warum denkt ihr Männer immer, dass ihr alles besser wisst? Und am Ende seid ihr diejenigen, die alles kaputt machen!«

Es war bereits heraus, als ihr klar wurde, was sie da gesagt hatte.

Colins Miene versteinerte. Seine Hände bohrten sich in die Taschen seiner Regenjacke.

Es tat Sara jetzt schon leid, doch sie war zu aufgeregt, um entsprechend reagieren zu können. Statt sich zu entschuldigen, schob sie ihn zur Seite und kämpfte sich in das Gebüsch hinein.

»Harry? Haaarry?«, rief sie.

Der Ginster stach in ihre Hände und durch ihre Jeans, Teufelszeug. Sie trat mit großen Schritten so viel von den stacheligen Zweigen nieder, wie es ihr möglich war, und ging beharrlich weiter in die Richtung, in die Harry verschwunden war.

Schon nach wenigen Metern konnte sie Colin hinter sich nicht mehr sehen, als sie sich umdrehte. Der Regen schien ein dichter Vorhang zu sein und gab noch nicht einmal die Sicht hinaus aufs Meer frei.

Doch plötzlich hörte sie etwas.

Ein hohes Bellen und Japsen.

»Harry!«

Ein weiterer Zweig, den sie zu Boden treten wollte. Da strauchelte sie plötzlich. Ihr Fuß hing in der Luft. Sie griff nach hinten, erwischte nur einen Ginsterast, dessen Stacheln sich schmerzhaft in ihre Hand bohrten. Sie rutschte auf der schlammig nassen Erde aus, wollte sich abstützen, und da gab der Boden unter ihr nach. Sara warf sich nach hinten.

Sie hörte Colin nach ihr rufen und Äste brechen. Irgendwo tief unter ihr schlug etwas hart auf Felsen auf.

Sie schlidderte und rutschte, griff hilflos um sich. Endlich gelang es ihr, sich an einem kleinen Ast festzuhalten, der in ihren Weg ragte. Keuchend klebte sie an der steilen Wand.

»Sara? Alles okay?«

Ein paar Meter über ihr.

»Ja. Ja, ich denke schon. Ich glaube, ich habe … Harry!«

Der kleine Rüde stand auf einem Felsvorsprung nur wenige Meter von ihr entfernt.

»Bist du verletzt?«, rief Colin.

»Nein. Alles in Ordnung. Ich hab ihn. Harry, komm her, mein Guter. Na, komm schon. Ich bin's, Sara.«

Der Corgi sah sie mit gespitzten Ohren unternehmungslustig an, als gäbe es nichts Lustigeres, als bei Sturm und Starkregen in dieser Klippenwand über dem Strand herumzuklettern. Er wedelte vergnügt.

»Na, komm schon her, Süßer. Ja, schau mal. Komm her, Harry!«

Sara wagte es nicht, sich in seine Richtung zu beugen. Wann war ihr zuletzt derart deutlich geworden, dass sie nicht schwindelfrei war?

»Sei bitte vorsichtig«, erklang es von oben.

»Hörst du, Harry? Wir sollen vorsichtig sein. Komm zu mir her, na, mach schon!«

Harry schien zu überlegen. Er wandte den Kopf und sah zu ein paar Möwen hinüber, die ärgerlich über die Ruhestörung unter einem Felsüberhang hockten und die Lage genau im Auge behielten.

»Nein! Harry, nein! Lass die Möwen! Komm her zu mir!«, befahl Sara ihm, indem sie Marjories Tonfall zu imitieren versuchte.

Das zeigte tatsächlich Wirkung.

Harry sah sie wieder an und setzte bereits eine Pfote vor die andere, in ihre Richtung.

»Ja, genau! Komm her, kleiner Schatz!«, lockte Sara.

In diesem Augenblick setzten sich allerdings die Möwen in Bewegung. Zwei von ihnen stießen sich vom Felsen ab. Kurz stürzten sie scheinbar in die Tiefe, nur um in der nächsten Sekunde wieder hochzufliegen. Sie schrien empört über die unwillkommenen Besucher in ihrem ansonsten ruhigen Reich, und eine sauste auf Harry zu.

Er sah sie kommen und reckte den Hals, um nach ihr zu schnappen.

»Nein, Harry, nein!«, schrie Sara.

Doch da war es schon geschehen. Harry verlor das Gleichgewicht und fiel von dem Felsvorsprung herunter. Er ruderte mit den Pfoten, überschlug sich ein paarmal und rutschte dabei unaufhörlich den steilen Hang hinunter. Einmal schrie er hell auf. Dann war nichts mehr von ihm zu hören und zu sehen.

»Oh nein«, schluchzte Sara.

Das durfte nicht wahr sein. Das war nur ein Traum. Es durfte ihm nichts geschehen sein.

»Sara?«, sagte Colins Stimme in mühsamer Beherrschung. »Bitte tu jetzt nichts Unüberlegtes.«

Sara keuchte gegen ihr eigenes Entsetzen an. Aber sie wusste, es gab keine andere Lösung.

»Ich klettere runter«, presste sie zwischen den zusammengebissenen Zähnen hervor.

Kurz war es still über ihr.

Dann hörte sie, wie ein Ast brach, und ein unterdrücktes Fluchen. Ein Paar Trekkingschuhe erschien in ihrem Sichtfeld, wenig später die dazugehörige Hose. Und schließlich Colins Gesicht, über das sich eine lange Schramme zog.

»Dann komme ich mit«, sagte er.

Harry

Wer ein wunderbares, erfülltes Leben gehabt hat, so wie ich, braucht das Ende nicht zu fürchten.

Ich werde meine Freunde wiedersehen. Mum und meine Tanten Mary und Anne, die mit mir gespielt haben, als ich klein war.

Moment mal! Treffe ich dann auch den dicken Jojo wieder? Französische Bulldogge, grausliger Unterbiss, blutunterlaufene Augen, Vorgänger vom tumben Labrador unten an der Straße. Grrr. Das muss nicht sein.

Die Chefin, die hätte ich gern noch mal gesehen, hätte mich noch einmal streicheln lassen von ihren guten Händen. So viel Liebe. So viel Spaß.

Nun gut, großer Corgi im Himmel, wenn es denn so sein soll …

Stimmen? Höre ich da nicht Stimmen?

Es könnte Sara sein. Meine liebe, wunderbar duftende Sara. Und … der komische Kauz, wie?

Na, das läuft jetzt aber anders als gedacht.

16. Colin

Vorsichtig, Meter für Meter, kletterten sie den steilen Hang hinunter.

Von Harry war nichts mehr zu hören.

Stattdessen kam von Sara hin und wieder ein leises Schniefen. Sie weinte doch nicht etwa? Das war etwas, das Colin von Jugend an nicht ertragen konnte. Weinende Frauen legten sein Hirn komplett lahm und machten ihn hilflos. Er wusste einfach nicht, was er mit ihnen tun sollte. Also versuchte er, wegzuhören und so zu tun, als fiele ihm nichts auf.

Als es nur noch wenige Meter bis zum Strand hinunter waren, setzte Sara sich ins Geröll und rutschte den Rest des Weges einfach hinunter.

Wenn er nicht wie ein Schlappschwanz dastehen wollte, konnte er nichts anderes machen, als es ihr gleichzutun, oder? Sein Allerwertester bedankte sich, aber es gab jetzt Wichtigeres.

Die Dämmerung zog bereits übers Meer. Wolkenberge hetzten über den Himmel, als hätten sie ein drängendes Ziel. Die Brandung donnerte gegen die Felsen links und rechts von ihrem Strandabschnitt. Die Gesteinsbrocken, die hier herumlagen, waren für Fossiliensammler bestimmt hochinteressant. Es traute sich trotzdem nur selten jemand in diese kleine Bucht. Den Letzten hatte sein Sammlereifer in den Tod getrieben.

»Harry? Harry, wo bist du?« Sara lief bereits auf dem nassen Sand zwischen den Felsen herum.

Colin kletterte kurzerhand auf einen der größeren Brocken und sah sich um.

»Da! Da ist er!«

Saras Kopf flog herum, und sie stürzte in die Richtung, in die sein ausgestreckter Arm deutete. Sie kamen gleichzeitig bei dem Hund an.

Er lag auf der Seite, die Augen geschlossen.

»Oh nein! Harry!« Sara sank auf die Knie und legte die flache Hand auf seine Seite. »Bitte, bitte, sei nicht tot! Bitte, mein Süßer!«

Der kleine Kerl war vollkommen dreckig und wirkte zerzaust, es waren jedoch keine blutenden Wunden zu sehen.

Auch Colin griff in das durchnässte Fell.

»Ich spüre sein Herz schlagen«, rief er gegen das Getöse von Sturm und Brandung an.

Sara sah Colin mit weit aufgerissenen Augen an.

Er spürte, wie ihm ein überraschtes Lächeln in die Mundwinkel sprang.

In der Sekunde, in der seine Hand im nassen Fell die von Sara berührte, begann Harrys Schwanz sich langsam zu heben und zu senken. Der Corgi klopfte einen sachten Takt auf den durchweichten Sand.

Sara griff so fest nach Colins Hand, dass es fast schmerzte. Aber er entzog sich ihr nicht. Er hielt ihre Hand in seiner und spürte eine Welle der Erleichterung und … des Glücks.

»Harry? Harry!« Sara betastete mit der freien Hand den Körper, der so viel kleiner wirkte als sonst.

Harry schlug die Augen auf und hob den Kopf. Er sah sie beide an, als sei er sich nicht ganz bewusst, wo er war. Dann setzte er sich vorsichtig auf.

»Oh mein Gott! Danke!«, keuchte Sara.

Wahrscheinlich merkte sie gar nicht, dass sie ihre Hände ineinander verschränkt zum Gesicht gehoben hatte und Colins Handrücken an ihre Wange presste.

Harry schüttelte sich und erhob sich. Doch beim ersten Schritt piepste er auf und hielt eine Vorderpfote in die Höhe.

Es war ein seltsames Gefühl, als Sara ihre Finger rasch aus seinen wand, um dem kleinen Hund unterstützend unter den Brustkorb zu greifen. Ein seltsames Gefühl von ... Bedauern? Colin fuhr sich mit der Hand, die gerade noch mit Saras verschränkt gewesen war, durchs Gesicht. Adrenalin. Das war sicher das Adrenalin vom Abstieg.

»Er hat sich die Pfote verletzt.« Sara sah sich Hilfe suchend nach ihm um.

Colin stand auf und hielt ihr die Hand hin.

»Komm mit!«, rief er ihr zu und deutete mit dem Kopf in Richtung Felswand. »In der Fischerhütte vom alten Williams sind wir wenigstens erst mal vor dem Regen und der Gischt geschützt. Da schauen wir uns das in Ruhe an.«

Sara nickte, hob Harry auf ihren Arm und ließ zu, dass Colin ihr beim Aufstehen half.

Über den Hund auf ihrem Arm gebeugt, lief Sara neben ihm über den Strand, umrundete geschickt die großen Felsbrocken und wartete, bis Colin den rostigen Riegel an der alten Holzhütte bezwungen hatte.

Der alte Williams hatte ihm zusammen mit den Gebäuden und dem Land der Destillerie auch diese alte Hütte vermacht, die nicht viel mehr als ein robust gezimmerter Verschlag war. Colin war seit Jahren nicht hier gewesen.

Er hielt Sara die knarzende Tür auf, und sie schlüpfte an ihm vorbei hinein.

Nachdem er die Tür hinter ihnen geschlossen hatte, knipste er die Taschenlampe an, die er glücklicherweise immer in dieser Jacke dabeihatte. Durch die Ritzen zwischen den Brettern der Hütte drang kaum Licht.

Drinnen war zwischen einem winzigen Boot, von der Decke hängenden, maroden Fischernetzen und antik wirkenden Anglerruten nur wenig Platz. Doch es war angenehm, dem Brüllen des Sturms und dem beständig auf sie niederprasselnden Regen entkommen zu sein.

Sara atmete hörbar auf. Stöhnend ließ sie sich auf der kleinen Holzbank im hinteren Bereich nieder, mit Harry auf ihrem Schoß.

Der kleine Kerl schien ausgesprochen froh zu sein, Sara bei sich zu haben, und leckte ihr begeistert Hände und Gesicht.

»Ist ja gut, mein Schätzchen, ist ja gut!«

Sara lachte erleichtert. In ihrer Stimme schwang immer noch die Anspannung des ausgestandenen Schreckens mit.

»Kannst du mal leuchten, bitte?«

Colin kniete sich vor sie und richtete den Strahl der Lampe auf Harrys Pfote, die Sara vorsichtig untersuchte. Da war ein wenig Blut an ihrer Hand. Er hörte sie scharf einatmen. Als sie die Pfote hin- und herdrehte und abtastete, gab Harry jedoch keinen Ton von sich. Erst, als sie an eine der Krallen kam, fiepte er auf. Sara betrachtete die Stelle genauer. Dann hob sie den Blick und sah Colin mit ungläubigem Ausdruck an.

»Du glaubst es nicht, aber er hat sich eine Kralle eingerissen.« Sie lachte. »Fällt eine Klippe herunter und tut sich nichts, außer sich eine Kralle einzureißen! Das gibt's ja nicht! Ich dachte, du bist erledigt, kleiner Mann!«

Sie knuddelte Harry, und der sonnte sich ganz offensichtlich in ihrer Aufmerksamkeit. Dass er vollkommen verdreckt und durchweicht war, schien ihn nicht zu stören.

»Ich glaube, ich sollte mich bei dir entschuldigen«, sagte Sara. »Die ganze Aktion tut mir schrecklich leid. War nicht ungefährlich, hier runterzuklettern. Aber ich … ich konnte nicht anders …«

Er hatte auch nicht anders gekonnt. Es wäre ihm nie eingefallen, sie allein dieses Risiko eingehen zu lassen.

»Ach, wenn man es erst mal hinter sich hat, kann man großzügig drüber hinwegsehen«, antwortete er. »Gibt eine spannende Geschichte für Pubabende.«

Sie lächelte, den nassen Hund immer noch an ihre Brust gedrückt.

Er lächelte zurück.

Dieser Victor musste ein kompletter Idiot sein. Jeder, der zwei Augen im Kopf und ein Herz in der Brust hatte, musste erkennen, dass Sara nicht nur außergewöhnlich hübsch war, sondern dass sie jederzeit für diejenigen, die ihr etwas bedeuteten, alles aufs Spiel setzen würde.

Wahrscheinlich waren solche Menschen so selten wie eine Perle am Strand von Lyme Regis.

»Am besten, ich sage Marjorie gleich Bescheid, dass wir den Ausreißer sichergestellt haben.«

Sara kramte in den Taschen ihrer Jacke. In der einen, der anderen, in einer weiteren. Dann wieder von vorn. Schließlich sah sie ihn mit gerunzelter Stirn an.

»Mein Handy. Ich muss es im Auto liegen gelassen haben. Könntest du vielleicht …?«

»Sicher.«

Colin griff in die Seitentasche seiner Jacke und zog seins heraus. Dann starrte er auf das dunkle Display. Es fiel ihm siedend heiß wieder ein. Brenda hatte ihn schon darauf aufmerksam gemacht, dass er nicht zu erreichen gewesen war.

»Hm. Schlechte Nachricht. Mein Akku ist leer.«

Sie sahen sich an.

Sie hatte so grüne Augen. Im Licht der Taschenlampe wirkten sie dunkler als üblich. Wie die See, wenn sie an klaren Tagen ruhig und vielversprechend dalag.

»Und … na ja, ich fürchte, das ist nicht das einzige Dilemma.«

Er konnte sehen, wie es in ihr arbeitete.

Langsam dämmerte es ihr wohl.

»Oh«, machte sie dann. »Ich vermute, es gibt keinen bequemen Weg zurück?«

»So ist es. An ruhigen Tagen kann man um den Felsvorsprung Richtung Ortschaft herumlaufen, wenn man keine Angst vor nassen Füßen hat. Aber heute müssten wir wohl schwimmen.«

Dass das nicht infrage käme, war ihnen beiden klar.

»Gibt es … gibt es irgendeine Möglichkeit, den Hang wieder hinaufzukommen?«

»Keine andere als die, wie wir runtergekommen sind.«

Sie überlegte. Dann seufzte sie. Und sah ihn mit einem schiefen Lächeln an.

»Wir sitzen fest, wie?«

»Sieht so aus.«

Er war heilfroh, dass sie nicht die Nerven verlor, und setzte sich neben sie auf die Bank.

Harry wedelte mit dem Schwanz und stupste seinen Arm mit der Schnauze an.

»Das hat er noch nie gemacht«, stellte Colin verwundert fest und kraulte dem Rüden die Ohren.

»Er weiß, dass du bei seiner Rettung geholfen hast.«

»Hätte ja nicht weglaufen müssen.«

Sie mussten beide lachen. Was für eine verrückte Situation!

»Was passiert denn mit uns, wenn wir weder um den Felsen herum noch den Hang raufkönnen? Ich meine, kommt es manchmal vor, dass hier unten die Skelette von denjenigen gefunden werden, die auf der Jagd nach einem ausgerissenen Corgi an dieser Stelle gestrandet sind und nicht wieder zurückkonnten?«

Ein Typ wie Dean hätte jetzt wahrscheinlich irgendetwas Witziges erwidert. Aber Colin suchte vergeblich in seinem Kopf nach einer solchen Antwort.

Stattdessen sagte er: »Diese Hütte steht schon seit achtzig Jahren oder länger hier. Schätze, hier sind wir sicher. Marjorie weiß ja, wo wir ungefähr sind. Und wenn sie nach uns suchen, finden sie oben meinen Wagen. Wahrscheinlich kommt die Küstenwache von der Meerseite her und holt uns ab, wenn sich der Sturm etwas beruhigt hat.«

»Tatsächlich ein echter Junge von der Küste«, sagte Sara.

»Hm?«

»Ach nichts.«

Sie schwiegen.

Sara führte eine kurze und einseitige Unterhaltung mit Harry, in der es maßgeblich darum ging, ihm klarzumachen, dass er die Verantwortung an ihrer Misere trug. Colins Meinung nach war der Corgi allerdings weit davon entfernt, sich schuldig zu fühlen. Er lag gemütlich eingerollt auf Saras Schoß und genoss ganz offensichtlich die Streicheleinheiten.

Als die Aufregung sich langsam legte und das Adrenalin sich aus Colins Blut zurückzog, fiel ihm Brenda ein. War das erst gerade mal eine gute Stunde her, dass er mit ihr zusammen in seinem Wohnzimmer gesessen hatte? Dass er ihr zum ersten Mal gesagt hatte, was er wirklich für sie empfand? Na ja, um ehrlich zu sein: Wirklich ausgesprochen hatte er es ja nicht. Das war offenbar auch nicht nötig gewesen. Sie hatte schon gewusst, was er ihr sagen wollte. Ihre Stimme hatte ein wenig ängstlich, aber trotzdem Mut machend geklungen. Sie hatte es gewollt, gewollt, dass er ihr endlich die Wahrheit sagte.

Und dann war Lenox hereingeplatzt.

Lenox und Sara.

Colin warf ihr einen Seitenblick zu. Wie sie da neben ihm saß und den Hund streichelte. Sie hatte die Kapuze zurückgeschoben. Ihre Haare hingen wirr um ihren Kopf und in ihr Gesicht. Ihre Wangen glühten im Schein der Taschenlampe regelrecht von all der Aufregung und der Kälte.

Wie mutig sie gewesen war.

Und was genau hatte sie oben zu ihm gesagt? Kurz, bevor sie abgestürzt war? Dass Männer immer denken, sie wüssten alles besser, und dann am Ende alles zerstören?

Ob sie dachte …? Ob sie dachte, Lenox habe den Nagel auf den Kopf getroffen und Brenda und er hätten wirklich eine Affäre miteinander?

Der Gedanke löste einige sehr widersprüchliche Gefühle in

ihm aus. Zuerst war da so etwas Lächerliches wie männlicher Stolz, weil sie ihm so einen Akt der Leidenschaft zuzutrauen schien, ebenso wie die Tatsache, dass eine Frau wie Brenda für eine Liaison mit ihm, Colin Buck, ihren Mann betrügen würde. Dann mischte sich auch eine leise Empörung über ihre Annahme hinein, er sei abgebrüht genug, um verstohlene Heimlichkeiten und geplante Täuschung durchzuziehen. Bis sich schließlich auch der Wunsch in ihm regte, sie darüber aufzuklären, dass seine moralischen Vorstellungen solch ein Lügenkonstrukt nicht zulassen würden und dass er immer den ehrlichen Weg wählen würde. Er war wirklich nicht der Typ *heimlicher Geliebter*.

Während er noch darüber nachdachte, spürte er plötzlich ein sehr feines Beben, das in Wellen kam und ging. Im ersten Moment überkam ihn ein heißer Schrecken. Löste sich etwa Gestein über ihnen? Doch dann wurde ihm schlagartig klar, dass dieses feine Beben nur hier auf der Bank zu spüren war.

Es war Sara. Sie zitterte.

»Oje«, brummte er. »Dir ist kalt.«

Er sah sich in der kleinen Hütte um. Direkt hinter ihrer Bank stapelten sich alte Jutesäcke. Er stand auf und beugte sich darüber, mit einem stillen Stoßgebet, dass sich nicht irgendein Tier darin eingenistet hatte. Die Säcke schienen jedoch keine Bewohner zu beherbergen. So kramte er den ganzen Berg aus der Ecke. Die Dinger waren nicht gerade sauber, aber ein bisschen Staub würde sie jetzt auch nicht mehr umbringen.

»Zieh mal die Jacke aus.«

Er schlüpfte aus seiner eigenen.

Sara starrte ihn an.

»Nun mach schon. Das Ding taugt vielleicht für einen kleinen Spaziergang auf der Promenade. Wenn du eine richtige Jacke haben willst, zeig ich dir mal, wo du im Ort eine bekommst. In den Sachen von Greta und Ben wirst du nicht nass, wenn du mal in einen echten Schauer kommst. So was braucht man hier an der Küste.«

Mit offenbar klammen Fingern öffnete Sara den Reißverschluss an ihrer Jacke und schälte sich heraus, ohne Harry von ihrem Schoß zu bugsieren. Colin nahm ihr das Ding ab und hängte es an einem Haken auf. Dann legte er ihr seine eigene Jacke um. Sara schauderte wohlig und kuschelte sich in die viel zu große Jacke hinein.

»Aber nur kurz, bis ich aufgewärmt bin«, murmelte sie. »Du brauchst selbst etwas Warmes.«

»Ich hab meinen Pulli. Der ist superwarm.«

Er legte ihr ein paar Säcke über die Beine, sodass auch Harry unter einer leicht staubigen, doch immerhin trockenen Decke verschwand. Colin hantierte so lange mit dem Stoff, bis er der Überzeugung war, wärmer könne er es ihr und dem Hund unmöglich machen.

Liebe Güte, wie sie ihn dabei die ganze Zeit ansah. Er tat so, als bemerke er nichts, und blickte einfach nicht zurück.

Erst, als er wieder saß, selbst mit einigen Säcken über den Knien, im Rücken und über den Schultern, nickte er ihr zu.

»So ist es besser, oder?«

»Wunderbar.«

Sie lächelte.

Harry, fast vollkommen unter der Jute verschwunden, gab ein tiefes, zufriedenes Grunzen von sich. Er klang, als sei er ganz mit sich im Reinen. Was für eine glückliche kleine Seele musste dieser Hund doch haben.

»Du lässt dich durch nichts erschüttern, oder?«, fragte Sara.

Er war überrascht. Er? Gebeutelt von Existenzängsten und ewig schwelendem Liebeskummer? Unerschütterlich?

»Wieso glaubst du das?«

Sie zuckte mit den Schultern, was in seiner großen Jacke rührend aussah.

»Ich hatte den Eindruck. Du weißt offenbar bei allen Problemen Rat, die Marjorie mit dem Haus und dem Garten so hat, scheust keine Wanderungen mit fünf wilden Corgis. Du arbeitest hart, hast die alte Destillerie wieder zum Leben erweckt und …«

Ihm entfuhr ein Ton. Irgendetwas zwischen Lachen und Verzweiflungsstöhnen.

»Was?«, hakte Sara nach. »Stimmt das nicht? Marjorie sagt, die Whisky-Destillerie sei dein Lebenstraum und du hättest deine ganze Energie da reingesteckt?!«

»Na ja, das stimmt schon. Aber gerade sieht es nicht besonders gut aus für meinen … Traum.«

Sie wirkte betroffen.

»Tut mir leid. Das wusste ich nicht. Woran liegt es?«

Er zögerte.

Bisher hatte er mit kaum jemandem darüber geredet. Tom und Gregory wussten natürlich Bescheid. Und Brenda. Irgendwie brachte er es nicht über sich, andere einzuweihen. Auch wenn er wusste, dass er sich langsam um einen Termin bei seiner Bank kümmern sollte.

Außerdem: Mit wem sollte er schon darüber sprechen? Es gab niemanden, der ihm würde helfen können. Stattdessen wäre seine missliche Lage wahrscheinlich in Nullkommanichts Thema im ganzen Ort.

»Ich glaube, darüber würde ich jetzt lieber nicht reden«, sagte er.

»Okay.«

Eine schweigsame Minute verging.

»Verkraftest du noch eine weitere schlechte Nachricht?«, fragte er dann.

»Raus damit!«

»Ich habe keine Ahnung, wie lange der Akku der Taschenlampe hält. Ist schon 'ne Weile her, dass ich ihn geladen habe.«

Sara legte den Kopf schief.

»Wäre es dann nicht das Beste, wenn du sie ausmachst? Damit wir Licht haben, falls es notwendig werden sollte?!«, schlug sie vor.

»Stimmt.« Er sah sie an. »Bereit?«

»Bereit.«

Er schaltete die Lampe aus.

Dunkelheit umfing sie.

Es dauerte ein paar Minuten, bis ihre Augen sich an das Dämmerlicht gewöhnt hatten, das noch durch die Ritzen fiel. An sonnigen Tagen würde die Sonne erst jetzt am Abendhimmel sinken. Bei diesem Wetter war es jedoch beinahe so dunkel wie im Winter. Viel war hier drinnen also nicht zu erkennen.

»Jetzt?«, fragte Sara da.

»Hm?«

»Du sagtest vor ein paar Minuten, du wolltest gerade nicht über deine Sorgen bezüglich der Destillerie reden. Jetzt?«

Er wandte den Kopf und wollte ihr einen düsteren Blick zuwerfen. Aber den würde sie gar nicht sehen. Als ihm das klar wurde, musste er fast gegen seinen Willen schmunzeln.

»Du lässt nicht locker, hm? Deine Tante hat auch so einen Dickkopf. Man sieht es ihr nicht an, weil sie so klein und immer freundlich ist. Wenn sie sich allerdings etwas in den Kopf gesetzt hat …«

»Ja, mein Dad behauptet, wir seien uns in dieser Hinsicht sehr ähnlich«, antwortete sie. »Und davon abgesehen gibt es mehrere schlagkräftige Argumente, wieso du mir auf jeden Fall von deinen Sorgen rund um deinen Betrieb erzählen solltest.«

»Und die wären?«

»Erstens: Ich besitze ein Restaurant, schon vergessen? Ich weiß, wie es sich anfühlt, wenn im eigenen Unternehmen etwas nicht rundläuft. Das *Rosmary* ist mein Lebenstraum, so wie die Destillerie deiner. Ich hätte also auf jeden Fall jede Menge Verständnis für dich. Zweitens: Aus eigener Erfahrung weiß ich, dass es nie gut ist, den Kopf in den Sand zu stecken. Ich bin für meine guten Ideen in scheinbar ausweglosen Situationen bekannt. Und drittens …«

»Drittens?«, wiederholte er neugierig.

»Habe ich gerade zufällig ein bisschen Zeit.«

Er hörte ihr Lächeln.

Und ehe er ganz bewusst den Entschluss dazu gefasst hatte, ging ein Ruck durch ihn, und er begann zu erzählen. Von seinem maßlosen Glück, dass der alte Williams an ihn herangetreten war, als er seinen Betrieb aufgeben wollte, von den Anfängen und großen Plänen und wie anfangs alles so hervorragend gelaufen war, dass er in Lyme Regis als echter Überflieger galt. Wie dann die beiden Restaurants, die regelmäßig seinen Whisky abgekauft hatten, schlossen. Wie er kürzlich erfahren hatte, dass seine Pächter Stan und Pauline zurück nach Schottland gehen würden und kein neuer Interessent in Sicht war.

Es kam alles aus ihm heraus, und während er erzählte, spürte er, wie die Last auf seinen Schultern wundersamerweise zu schrumpfen schien. Die Last, die ihn in den letzten Wochen niedergedrückt und gelähmt hatte.

Ja, er spürte, wie es ihm plötzlich besser ging. Obwohl er mitten in einem wütenden Sturm in einer alten Fischerhütte saß, nass, kalt und ohne Licht oder das Wissen um baldige Rettung.

Sara stellte ein paar Fragen. Nach der Größe des Pachtobjektes und für welche Gewerbe es infrage kommen würde. Sie wollte wissen, bei welchen Lokalen und in welcher Weise Colin seine Produkte bereits vorgestellt hatte. Sie erkundigte sich nach der Arbeit, die Tom und Gregory verrichteten, nach bisher getroffenen Werbemaßnahmen und seinem zugegebenermaßen kümmerlichen Netzwerk.

Schließlich sagte sie: »Ich denke, du hast zwei große Chancen. Die erste ist der lokale Markt hier vor Ort. Du hast die Möglichkeiten längst nicht alle ausgeschöpft, deinen Whisky als das

Souvenir darzustellen, das jeder, wirklich jeder Touri in Lyme Regis mit nach Hause nehmen sollte, und zwar nicht nur für sich, sondern auch für Freunde, Verwandte und die Nachbarn, die die Katze gefüttert oder die Blumen gegossen haben. Einen Ammoniten und drei Flaschen Jurassic-Coast-Whisky, das sollte jeder von ihnen in der Tasche haben, wenn er abreist.«

»Klingt super. Hast du auch …?«

»Jede Menge Ideen! Sag ich ja. Als zweite Chance gibt es auch noch die großen Städte mit ihren In-Restaurants, die immer auf der Suche nach etwas Besonderem sind. Nach Schottland oder Irland brauchst du nicht zu schauen, die sind zu stolz und verschroben, um Whisky aus dem Süden zu kaufen. Aber da gibt es Bournemouth, Southampton, Oxford. London. Wie schade, dass wir nichts zu schreiben dabeihaben. Ich sprudele gerade nur so vor Ideen!«

Das tat sie tatsächlich.

Sie hatte zig Vorschläge, wie er seine Produkte als Gesamtmarke besser auf den Markt bringen könnte. Und plötzlich, als sie eine Idee nach der anderen präsentierte, fielen auch ihm Dinge ein, die möglich wären.

Sie redeten und diskutierten im Dunkeln, machten Pläne, verwarfen sie wieder, entdeckten neue.

Nach einer Weile spürte Colin die Kälte nicht mehr, so voller Energie und Tatendrang fühlte er sich.

Doch Sara fröstelte immer wieder. Als ihr Gespräch allmählich ruhiger wurde und schließlich verstummte, spürte er ihr Zittern, auch wenn er es nicht sehen konnte, denn das sowieso nur spärlich durch die Ritzen dringende Licht war längst der Dunkelheit gewichen.

»Ist ganz schön frostig mittlerweile, nicht?«, sagte er. »Sollen wir ein bisschen enger …? Ich meine …?«

»Ja, gern.« Sie zauderte nicht eine Sekunde, sondern rutschte zu ihm ran.

Er hob den Arm und legte ihn um ihre Schulter.

»Besser?«

»Hm.«

Ein feiner Duft stieg ihm in die Nase. War das Rose? Weißdorn? Irgendetwas duftig Blumiges. Ein Parfüm vielleicht oder ein Shampoo. Er wollte sie nicht fragen. Wollte nicht, dass sie dachte, er würde etwa an ihr … schnuppern oder so.

Unter den Säcken auf Saras Knien hervor drang leises Schnarchen.

Auch Saras Atem ging langsam und tief.

Ihr Kopf war zur Seite geneigt und berührte leicht seine Schulter. Er konnte ihr immer noch feuchtes Haar durch die Wolle des Pullovers spüren. Es war eine Weile her, dass er einer Frau so nah gewesen war. Und sie war nicht irgendeine Frau. Sie war … nun ja …

»Sara?«, raunte er ihr zu.

Sie seufzte nur leise.

Wahrscheinlich schlief sie schon halb und würde gar nicht mitbekommen, was er ihr plötzlich so dringend sagen wollte. Im Schutz der Dunkelheit.

»Nur falls du dich fragst, ob Lenox recht hat mit seiner Anschuldigung: Es stimmt nicht. Brenda und ich, wir sind … nur gute Freunde.«

Es war sehr still in der alten Hütte. Sogar der Sturm draußen vor der klapprigen Tür schien den Atem anzuhalten.

Hatte sie ihn überhaupt gehört?

Als er schon mit dem Gefühl einer leisen Enttäuschung dachte, sie sei eingeschlafen, regte sie sich plötzlich neben ihm. Sie rückte noch ein wenig näher an ihn heran, und ihr Kopf schmiegte sich an seine Schulter.

»Ehrlich gesagt habe ich das auch nicht geglaubt, Colin«, murmelte sie. »Ich finde, du bist zu gradlinig und ehrlich dafür. Aber es ist schön, dass du es mir sagst. Danke.«

Dann schwiegen sie wieder. Und nach einer Weile war sie tatsächlich eingeschlafen.

Er hielt sie an sich gedrückt, roch ihr Haar und hätte nicht sagen können, wann er sich zum letzten Mal so leicht und glücklich gefühlt hatte.

Harry

Wie herrlich, sie alle wiederzusehen.

Die Chefin, meine alten Lizzy und Di, die eigenwillige Meghan und die brave Katy.

Sie alle freuen sich sehr, mich zu sehen. Verständlich, denn ich bin ja schließlich der Kerl im Haus, und ein echter Abenteurer noch dazu, wie das jüngste Beispiel mal wieder beweist.

Die Mädels schnuppern an meinem Fell und vor allem an meiner Kralle. Oh, diese Kralle! Wie das schmerzt!

Die Chefin untersucht mich genau, hantiert mit der Horrorkrallenzange und dann …

Nein! Das ist doch wohl nicht ihr Ernst?! Nicht baden*! Ich bin ein schwerstverletzter Held! Ich bin immer noch kurz vor tot!*

Aber die Chefin ist unerbittlich.

Ach, wäre ich dort am Fuße der Klippe doch gestorben …

17. Sara

Sara reckte sich genüsslich und blinzelte.

Wo war sie?

Sie sah die lindgrün gestrichenen Holzpaneelen, die sich bis auf Taillenhöhe einmal um das ganze Zimmer herumzogen. Die hübsch gerahmten Drucke von Lyme Regis zur vorletzten Jahrhundertwende an den Wänden. Die duftigen Vorhänge vor dem Fenster, durch die das Tageslicht hereinfloss. Das war Tante Marjories Gästezimmer.

Mit einem Schlag kam die komplette Erinnerung zurück. Abrupt setzte sie sich im Bett auf.

Ihr Blick fiel auf den Wecker. Es war kurz nach drei am Nachmittag. Sie hatte beinahe sieben Stunden lang geschlafen.

Sie huschte ins Bad, wo nach dem frühmorgendlichen heißen Bad noch ihre Klamotten als ein klammer Haufen auf dem Boden lagen, putzte sich die Zähne und kämmte ihr zerzaustes Haar.

Durch das schräge Dachfenster fiel Sonnenschein herein. Offenbar hatte das Küstenwetter entschieden, dass es vorerst genug mit Sturm und Regen war. Das Stück Himmel, das sie durch das Fenster sehen konnte, war strahlend blau. Nur ein paar verträumt wirkende Wattewölkchen zogen träge vorüber.

Nachdem sie sich die Wimpern getuscht hatte, die einzige Schminktechnik, die sie regelmäßig anwandte, beugte sie sich zum Spiegel vor. Was war denn das für ein Blitzen in ihren Augen? Sie sah nicht so aus, als hätte sie gestern ihr Leben riskiert, um einen kleinen Hund aus einer ausweglosen Situation zu retten. Und schon gar nicht sah sie nach einer Nacht in einer muffigen, klapprigen Fischerhütte aus. Nein, eher wirkte sie auf eine angenehme Art lebendig und munter, wie … erfrischt.

Seltsam.

Nachdem sie in ihrem Zimmer in Jeans und T-Shirt geschlüpft war, wollte sie eigentlich hinuntergehen, doch ihr Blick blieb an dem Handy hängen, das dort am Ladekabel lag.

Wie war das noch? Wer hatte Colins Wagen abgeholt und ihr das Handy überreicht, das dort immer noch auf dem Sitz gelegen hatte? Die Erinnerungen in ihrem Kopf waren verwischt. Nur Colins Gesicht blieb klar und deutlich vor ihrem inneren Auge stehen. Dabei hatte sie ihn den Großteil der Nacht nicht einmal gesehen. Sie hatte ihn gehört und gespürt, ja. Und da war auch ein Geruch gewesen, etwas Heimeliges, Würziges …

Das Handy schien sie ganz dringend an etwas erinnern zu wollen. Etwas, das sie augenblicklich hatte erledigen wollen, sobald sie aus dieser skurrilen Situation befreit wären.

Richtig, es fiel ihr wieder ein und wie ein zentnerschwerer Stein in ihren Magen.

Konnte sie das wirklich tun?

Sara lieferte sich mit dem flachen Smartphone ein kurzes Blickduell.

Es war so einfach gewesen, diesen Gedanken zu fassen, dort unten in der Fischerhütte. Nun, da sie ihn tatsächlich umsetzen müsste, sträubte sich jedoch alles in ihr dagegen. Nein, Sträuben war nicht das richtige Wort. Es war eher so, dass eine grässliche Aufregung von ihr Besitz ergriff. Ihr Magen revoltierte. Sie konnte doch jetzt nicht einfach so …

Dann dachte sie daran, wie Colin ihr zwar leise fluchend, aber ohne Zögern in diesem strömenden Regen den Hang hinunter gefolgt war. Es hätte ihm alles Mögliche geschehen können. Er hatte allerdings keinen Gedanken an die Gefahr verschwendet. Für ihn war ganz klar gewesen, dass er sie bei der Harry-Rettung nicht allein lassen würde.

Gegen diesen Einsatz seines Lebens war ein einziger Telefonanruf wirklich nichts, vor dem sie zurückschrecken sollte.

Ehe sie es sich wieder anders überlegte, griff sie rasch nach dem Handy und löste die Verkabelung. Sie wischte übers Display, tippte auf die Kurzwahl und hielt sich das Gerät dann blitzschnell ans Ohr, um nicht auf das Bild sehen zu müssen, das unter dieser Nummer eingespeichert war.

Einmal, zweimal, dreimal. Nach dem vierten Freizeichen war er dran.

»Sara! Wie schön, dass du anrufst!«, sagte Victor. Er klang ehrlich erfreut.

Saras Magen machte einen Überschlag. Victors Stimme war so vertraut.

»Hallo Victor.«

»Wie geht es dir?«, erkundigte er sich sofort.

»Oh, du meinst davon abgesehen, dass ich die Nacht in einer alten Fischerhütte am Strand verbringen musste, bedroht von Sturmflut und Steinschlag? Überraschend gut«, antwortete sie, obwohl sie eigentlich gar nicht vorgehabt hatte, ihr Abenteuer zu erwähnen.

»Wie bitte?« Er lachte.

Und ehe sie sichs versah, erzählte sie ihm die ganze Geschichte.

Sie hatte gewusst, dass ihre waghalsige Kletteraktion einen höhenschwindligen Menschen wie ihn schwer beeindrucken würde. Aber dass er so mitleiden, die Luft einziehen und dann erleichtert lachen würde, hatte sie nicht erwartet. Es war beinahe so wie früher, wenn sie ihm von den Wanderungen ihrer Kindheit mit ihrem Dad in den Highlands erzählt hatte und er bei ihren Schilderungen mitging, froh, diese Wanderungen nicht selbst erlebt zu haben.

»Wie seid ihr da um Himmels willen wieder rausgekommen?«, wollte er atemlos wissen.

»Colin hatte recht. Gegen Morgen legte sich der Sturm, und da holte uns ein motorisiertes Rettungsboot der Küstenwache«, berichtete sie. »Diese Schlauchdinger können bis auf den Strand fahren, weißt du. Ich war heilfroh, als ich den Motor hörte. Ich hatte die ganze Zeit an Tante Marjorie gedacht. Schließlich wusste sie nicht, ob uns etwas passiert war. Gott sei Dank haben sie noch am Abend zuvor Colins Wagen gefunden und mein Handy auf dem Sitz liegen sehen. Das erklärte schon mal, warum ich nicht auf ihre Anrufe reagierte. Brenda wusste, dass Colins Akku leer war. Sie haben sich gleich gedacht, dass wir hinter Harry den Hang runter sind. Der Sturm war zu heftig, um mit dem Rettungsboot rauszufahren. Also mussten sie abwarten, bis das Wetter sich etwas beruhigte. Marjorie wäre am liebsten mit im Boot gewesen. Damit dürfen natürlich nur die Männer von der Küstenwache fahren. Jamie war auch dabei, der Mann von Alice, weißt du noch? Ich hatte von den beiden erzählt.«

»Ja, ich erinnere mich. Meine Güte. Lauter neue Namen in deinem Leben. Du weißt Bescheid über Küstenwache und Sturmflut und Steilhänge. Und echte Abenteuer erlebst du auch.« In seinen Worten schwang deutlich das Unbehagen über die Distanz, die durch all dies plötzlich zwischen ihnen spürbar war. »Geht es dir denn jetzt wirklich gut? Und Harry? Was macht seine Pfote?«

Sara lächelte.

»Harry ist wirklich der Knaller. Als wir aus der Hütte rauskamen und die Männer uns entgegenrannten, ging es noch mal mit ihm durch. Er hat sich aufgeführt, als würden wir von Piraten gekapert, und hat den Steuermann in die Hose gebissen.«

Sie lachten. Ja, sie lachten miteinander, als sei alles wie immer zwischen ihnen, als sei in der Zwischenzeit nichts geschehen, was ihre Beziehung torpediert hatte.

»Und dieser Colin? Wer ist das genau?«, erkundigte Victor sich mitten in ihre verwunderten Gedanken hinein.

»Colin Buck«, sagte Sara. »Ihm gehört die uralte Whisky-Destillerie hier im Ort. Er ist ein Freund von Marjorie.«

»Ach so.«

»Ja. Und da du gerade nach ihm fragst: Ich wollte dich in seiner Angelegenheit um etwas bitten.«

»Aha? Und das wäre?«

Während sie erzählte, konnte sie hören, wie er in der Wohnung herumlief. Sie hörte das vertraute Knarzen einiger Dielenbretter, und ihr Herz zog sich schmerzhaft zusammen. Ihr Zuhause kam ihr plötzlich so nah vor. Dann hörte sie Papierrascheln. Offenbar schrieb er sich ein paar Eckdaten auf.

Als sie geendet hatte, war es ein paar Sekunden lang still.

»Ich tue mein Bestes, Sara«, sagte er dann.

»Ich weiß«, antwortete sie und kämpfte vergeblich gegen das aufziehende Bedauern, dass er in der Umkleide zusammen mit Ashley nicht sein Bestes gegeben hatte. Nicht für sie, Sara. Und nicht für sie beide.

Ihr Schweigen hing in der Leitung wie tausend nadelfeine Worte.

Sie spürte, dass er sie noch mehr fragen wollte. Wie es ihr sonst so ging. Ob sie über sie beide nachgedacht hatte. Wann sie nach Hause kommen würde.

»Ich muss dann mal runter«, sagte sie. »Tante Marjorie wartet bestimmt schon auf mich. Sie hat sich letzte Nacht große Sorgen gemacht.«

»Verständlich«, erwiderte Victor. »Ich bin froh, dass ich gar nichts von all dem wusste.«

Er hätte sich sonst ebenfalls Sorgen gemacht, sollte das heißen.

»Tschüss, Victor.«

»Mach's gut. Und pass auf dich auf.«

Sie legten auf, und Sara starrte noch einen Moment auf das Display.

Drei Wochen war es nun her, dass sie ihn zusammen mit Ashley überrascht hatte.

Drei Wochen waren keine lange Zeit.

Aber offenbar reichten sie aus, um Distanz zu Geschehnissen

zu gewinnen. Sie reichten aus, um Entschlüsse zu fassen und wieder zu verwerfen. Sie reichten aus, um Menschen zu begegnen, sich eine Meinung über sie zu bilden und diese wieder zu revidieren.

Drei Wochen konnten also doch eine lange Zeit sein.

Tief in Gedanken versunken schloss Sara leise ihre Zimmertür und ging langsam die Treppe hinunter.

Ganz automatisch schlug sie den Weg in die Küche ein, als sie aus dem Wohnzimmer Stimmen hörte. Es waren Marjorie und eine Frau. Sara hörte kurz genauer hin. Das war Brenda, wenn sie sich nicht täuschte. Gerade wollte sie sich schon abwenden und in die Küche gehen, da fiel ihr Name. Sara spitzte die Ohren.

Marjorie sagte: »Ja, so etwas habe ich mir auch schon gedacht …«

»Mach dir keine Sorgen«, unterbrach Brenda sie. »Natürlich kommt es gar nicht infrage, dass ich dazu irgendwas sage. Das sollen die beiden mal schön allein auf die Reihe kriegen. Auch Lenox gegenüber werde ich kein Wort darüber verlieren. Aber was mache ich nur mit ihm, mit Lenox? Er treibt mich noch in den Wahnsinn, Marjorie!« Sie klang verzweifelt.

Auf Zehenspitzen schlich Sara ein Stückchen durch den Flur in Richtung der angelehnten Wohnzimmertür.

Was war das? Welche beiden sollten was auf die Reihe kriegen? Was genau über sie wollte Brenda Lenox gegenüber auf keinen Fall erwähnen? Sara fiel nichts ein, was einen Mann wie Lenox an ihr interessieren könnte. Sie hätte gewettet, dass er vor dem gestrigen Abend ihre Anwesenheit in Lyme Regis noch nicht einmal registriert hatte. Im Auto war er höflich und freundlich zu ihr gewesen. Sara hatte sich in seiner Gegenwart trotzdem gefühlt wie eine namenlose Rechtsanwaltsgehilfin in einer großen Kanzlei, in der er den Staranwalt gab. Kaum auszudenken, wenn sie ihn statt Colin bei dem Abenteuer an den Klippen an ihrer Seite gehabt hätte.

Worüber sprachen die beiden da drinnen also zum Teufel? Irgendetwas an den gedämpften Stimmen sagte ihr, dass sie nicht wollten, dass jemand das Gespräch mitanhörte. Das machte den Lauscherposten an der Tür nicht angenehmer, doch Saras Neugierde war größer als ihr Unbehagen.

»Du willst wissen, was du tun sollst, damit er endlich wieder Ruhe gibt?«, wiederholte Marjorie in einer Weise, die Sara ahnen ließ, dass sie mit ihrer Freundin darüber schon mehr als einmal gesprochen haben musste.

Und tatsächlich. Brenda seufzte.

»Das kann ich nicht, Marjorie! Ich kann es ihm nicht sagen.«

»Das verstehe ich nicht, wirklich nicht«, beharrte ihre Tante entschlossen. »Wenn du ihn nicht mehr lieben würdest, ja. Dann würde ich dir sowieso zur Scheidung raten, statt dich weiterhin von deinem eifersüchtigen Mann terrorisieren zu lassen. Aber wenn du ihn noch liebst und mit ihm zusammen sein willst …«

»Natürlich will ich das!«, unterbrach Brenda sie leidenschaftlich. »Lenox ist … er ist meine große Liebe.«

»Dann ist mir nicht klar, wieso du ihm nicht sagen willst, was du in den letzten Jahren aufgebaut hast. Er war doch nicht immer so. Als du wieder hierherkamst, hast du unentwegt gestrahlt vor Glück. Bis sich alles veränderte. Überleg mal, wann Lenox mit diesen Verdächtigungen und Unterstellungen anfing.«

»Ja, ich weiß, was du meinst. Ach, ich habe es einfach verschwitzt am Anfang. Dachte, es ist ja nur ein Zeitvertreib und er fände es bestimmt sowieso albern, der Frau des besten Anwalts vor Ort nicht würdig.«

»Du schämst dich doch nicht etwa?«, entgegnete Marjorie.

»Nein, aber …«

Kurz war es still.

Sara überkam der erschreckende Verdacht, die beiden drinnen könnten sie irgendwie auf ihrem Posten hier draußen bemerkt haben.

Doch dann fuhr Brenda so leise fort, dass Sara sie kaum verstehen konnte: »Aber ich fürchte mich immer vor seinem Urteil. Ich möchte, dass er mich schätzt. Und ich habe Angst davor, dass *er* sich meiner schämt.«

Wieder Stille.

»Meine Liebe«, setzte Marjorie in einem sanften und dennoch entschlossenen Ton an, »wenn er dich nicht schätzt für das, was du in den letzten Jahren geleistet hast, dann ist er *deiner* nicht würdig.«

Ein Geräusch war zu hören. Ein leises Schluchzen?

Sara fuhr entsetzt zusammen. Was tat sie hier? Schon längst hatte sich das Gespräch nicht mehr um sie gedreht. Und der Grund, aus dem Brenda nun weinte, ging sie wirklich nichts an. Auf leisen Sohlen floh sie in die Küche.

Dort lagen Lizzy und Di auf dem gemütlichen Platz unter dem Fenster. Di hob den Kopf, als Sara hereinkam, und wedelte erfreut. Lizzy schlief weiter.

Sara beugte sich hinunter und streichelte beide Hündinnen. Anschließend öffnete sie den Kühlschrank und ein paar Vorratsschränke, um zu schauen, was sie heute zum Dinner zaubern könnte, ohne noch einmal einkaufen zu gehen.

Es dauerte etwa zehn Minuten, bis Brendas und Marjories Stimmen im Flur zu hören waren.

»Hallooho«, rief Sara ihnen zu, damit sie sie auch rechtzeitig bemerkten.

Die beiden blieben in der Tür stehen.

Brendas Augen glänzten verdächtig, ansonsten sah sie aus wie aus dem Ei gepellt, so wie immer.

»Hallo Sara, wie geht's dir?«, erkundigte sie sich höflich.

»Besser, als ich es für heute erwartet hätte, als ich gestern Abend diesen steilen Hang runtergerutscht bin.«

»Ich darf da gar nicht dran denken!«, stöhnte Marjorie.

»Wo ist Harry?«, wollte Sara wissen.

Marjorie deutete Richtung Wohnzimmer. »Als du vorhin geschlafen hast, bin ich mit ihm kurz zum Doc, und der hat diese übel zugerichtete Kralle gezogen. Jetzt liegt unser Held mit eingepackter Pfote drüben im Körbchen und leidet schrecklich. Ein echter Mann eben.«

Sie lachten alle drei. Aber es war deutlich spürbar, dass sie allesamt etwas anderes im Kopf hatten.

»Tja, dann werd ich mal wieder …«, sagte Brenda und hob die Hand zum Gruß.

Da schellte es an der Tür.

Innerhalb von zwei Sekunden standen Lizzy, Di, Katy und Meghan auch noch im Flur und bellten gemeinschaftlich.

»Ruhe, verdammt!«, herrschte Marjorie sie vergeblich an und öffnete.

Es war Colin, der einen dicken bunten Blumenstrauß in der Hand hielt.

Die Corgi-Mädchen verstummten und wuselten eifrig fiepend um den inzwischen schon so vertrauten Besucher herum.

Dem schien die Ansammlung der drei Frauen vor ihm die Sprache verschlagen zu haben, denn er starrte sie nur der Reihe nach an.

»Willst du nicht reinkommen, Abenteurer?«, fragte Marjorie.

»Was? Oh … ähm … ja, doch.«

Er trat ein und veranstaltete mit den Blumen eine Art Harakiri-Nummer, die die hübschen Blüten bestimmt ihr Leben gekostet hätte, wäre Marjorie nicht tatkräftig eingeschritten.

»Die sind bestimmt für Sara? Gib sie mir, ich stelle sie in die Vase.« Sie verschwand mit einem feinen Lächeln auf den Lippen.

Er schien froh, den Strauß los zu sein.

»Danke«, sagte Sara.

»Bitte«, sagte Colin.

»Ich geh dann mal«, sagte Brenda.

»Brenda, ich wollte noch …«, wandte Colin sich an sie, nachdem sie sich in dem schmalen Flur bereits an ihm vorbeigequetscht hatte.

»Das hat keine Eile, Colin«, erwiderte sie und strich mit dem Handrücken an seinem Arm hinab. »Lass dir ruhig Zeit. Du erreichst mich zu Hause.«

»Gut.« Er nickte hölzern.

Brenda war schon hinaus und zog die Tür sacht hinter sich ins Schloss.

Sara sah zu Colin auf.

Er hatte sich beim Abstieg gestern Abend an einem der dornigen Büsche eine Schramme an der Wange zugezogen, die nun in seinem sonnengebräunten Gesicht rosa schimmerte.

»Das sieht sehr verwegen aus«, bemerkte sie und hob die Hand, um auf die feine Verletzung zu deuten.

Erst wenige Zentimeter vor seiner Wange wurde ihr klar, dass sie ihn beinahe berührte, und sie zog ihre Finger hastig zurück.

»Es tut nicht weh«, behauptete Colin mit einem verlegenen Schulterzucken.

»Da bist du tapferer als unser kleiner Corgi. Er liegt wohl schon den ganzen Tag im Körbchen und leidet schrecklich, weil der Doc ihm die Kralle ziehen musste.«

»Kralle ziehen?«, wiederholte Colin mit entsetztem Gesichtsausdruck.

Sara musste ein Schmunzeln unterdrücken.

»Willst du ihm Hallo sagen?« Sie deutete mit dem Kopf den Flur entlang.

Colin nickte, und sie tänzelten kurz hin und her, weil Sara ihn an sich vorbeilassen wollte, er ihr aber den Vortritt anbot und sie beinahe gegeneinanderprallten, als sie gleichzeitig dem Vorschlag des jeweils anderen folgen wollten. Schließlich wandte Sara sich um und ging ihm vorweg Richtung Wohnzimmer.

Sie war sich seiner Präsenz voll bewusst. Und es fühlte sich komplett anders an als an den Nachmittagen, an denen sie ihm im Haus oder Garten begegnet war, wenn er alle möglichen Dinge reparierte. Es fühlte sich anders an als bei den abendlichen Dinnern, als er doch eher Marjories Gast gewesen war – auch wenn sie selbst das Essen zubereitet hatte.

Jetzt, das war ganz klar, war Colin wegen ihr, Sara, hier. Direkt nachdem offenbar auch er sich etwas Schlaf gegönnt hatte. Mit Blumen. Und spürbarer Verlegenheit.

Im Wohnzimmer hatte Marjorie den Strauß gerade in einer wunderschönen Keramikvase auf den Tisch gestellt.

»Hier macht er sich wunderbar, oder?«, fragte sie strahlend. Ihr Blick huschte zwischen Sara und Colin hin und her.

»Toll«, bestätigte Colin in gewohnt wortkarger Weise.

»Ist die Vase von deinen Pächtern?«, erkundigte Sara sich bei Colin.

»Genau. Stan und Pauline machen nur solche super Sachen.«

Sara betrachtete das sauber gearbeitete Stück näher und strich mit einem Finger über die perfekte Glasur, die die leuchtenden Farben der Blüten noch unterstrich.

»Was für ein Jammer, dass die beiden zurück nach Schottland gehen«, sagte Marjorie kopfschüttelnd. »Pauline ist eine echte Künstlerin.«

»Sie hat Heimweh«, erwiderte Colin.

In seiner Stimme schwang ebenso Bedauern mit wie in Marjories, aber sie konnte auch Verständnis heraushören.

Sara fragte sich, wie sie Colin anfangs für einen groben Klotz hatte halten können. Überhaupt hatte sie ihn in den ersten Tagen wohl komplett falsch eingeschätzt.

Sogar Harry benahm sich Colin gegenüber mit einem Mal anders. Hatte er ihn bisher eher ignoriert, wedelte er nun geradezu enthusiastisch, als der sich zu ihm ans Körbchen hockte.

Colin streichelte Harrys Kopf und knautschte ihm ein bisschen die Ohren, was der Rüde sichtlich genoss. Als Colin seine Hand zurückzog, hob Harry die bandagierte Pfote und winselte kläglich.

Colin sah Sara von unten herauf fragend an.

Sie grinste.

»Ich sag ja, er ist nicht halb so tapfer wie du.«

»Du armer Kerl!«, bedauerte Colin den fiependen Rüden und kraulte noch ein bisschen weiter.

Sara warf Marjorie einen amüsierten Blick zu.

In deren Blick lag allerdings etwas, das Sara stutzen ließ. Ihre Tante betrachtete Colin bei seinem eigentlich lustigen Mann-zu-Mann-Trost-Ritual mit einem sonderbaren Ernst. Schon gerade an der Haustür hatte da so etwas in ihren Augen gestanden …

Marjorie hob den Blick und bemerkte Saras Musterung. Sie wirkte beinahe ertappt. Und dann schnipste sie mit dem Finger.

»Ach, mir fällt gerade ein, ich wollte ganz dringend …«

Mit einem entschuldigenden Lächeln eilte sie aus dem Raum. Ihre Schritte verklangen auf der Treppe nach oben.

Das belauschte Gespräch fiel Sara wieder ein. Hatten Marjories prüfender Blick und ihr merkwürdiger Abgang etwas mit dem zu tun, was Brenda angesprochen hatte?

»Wie geht es dir nach unserem … Abenteuer?«, wollte Colin wissen.

Aus ihren Gedanken gerissen, sagte Sara gleich das Erste, was ihr in den Sinn kam: »Hervorragend! Ich hab vorhin in den Spiegel gesehen und dachte, ich sehe besser aus als jemals in den vergangenen drei Wochen.«

Seine Augen weiteten sich kurz überrascht. Sein Blick wanderte über ihr Gesicht.

»Du siehst wirklich sehr gut aus.«

Mehr sagte er nicht, sondern wandte sich wieder dem Hund zu.

Sara stand einfach nur da und sah ihm zu.

Es war seltsam, ihn jetzt wieder hierzuhaben. Fremd und vertraut zugleich.

Ein ideenreicher, enthusiastischer Mann. Tatkräftig, wohlüberlegt, aber im Notfall zu einem Risiko bereit. Einer, der von Träumen und deren Erfüllung wusste, und auch davon, wie es war, wenn sie in Gefahr gerieten.

Erst jetzt ging Sara auf, dass sie sich seit jenem schrecklichen Moment vor drei Wochen von niemandem so verstanden gefühlt hatte wie in der letzten Nacht von ihm.

Verwundert betrachtete sie den großen, sportlichen Mann, der seinen braunen zerzausten Haarschopf über das Hundekörbchen beugte und leise Zwiesprache mit dem Patienten darin hielt. Colins Hände streichelten Harrys jetzt vor Sauberkeit nur so strahlendes Fell – wenn der Corgi nicht wundersamerweise selbstreinigend war, musste Marjorie ihn gebadet haben –, und dieser eine Moment unten am Strand fiel Sara wieder an.

Der Moment, als ihre und Colins Hand sich in Harrys Fell begegnet waren. Als sie bodenlos erleichtert festgestellt hatten, dass das kleine Hundeherz noch schlug. Als ihre Hand ganz automatisch nach seiner gegriffen hatte. Als er sich nicht zurückgezogen, sondern seine Finger um ihre geschlungen hatte.

Verwirrt blinzelte Sara, froh, dass Colin gerade mit etwas ganz anderem beschäftigt war.

Als hätte diese eine Erinnerung an jenen intensiven Moment eine Tür in ihr geöffnet, fielen ihr in rasender Geschwindigkeit auch alle anderen ein.

Seine warme Jacke, die er ohne Zögern ausgezogen und um ihre Schulter gelegt hatte.

Sein Arm, mit dem er sie an sich gedrückt hatte, um sie zu wärmen.

Der würzige Duft, der ihr in die Nase gestiegen war, als sie an ihn gelehnt auf der Holzbank gesessen und langsam in den Schlaf hinübergedämmert war. Von Sturm und Flut bedroht und dennoch geschützt und geborgen.

In diesem Moment wandte Colin den Blick und sah sie an. Er lächelte, noch ganz in den zweisamen Moment mit Harry vertieft.

Doch beim Anblick ihres Gesichtsausdrucks veränderte sich auch seiner.

Sara wusste, dass sie lachen und eine witzige Bemerkung über den vierbeinigen Unglücksraben machen sollte. Aber ihr Gehirn war irgendwie blockiert.

Colin erhob sich und kam genau vor ihr zum Stehen. Beide ein wenig ratlos, wie es schien.

Ihr Blick dauerte an. In seinen trat ein Ausdruck von Verwirrung – den Sara ebenso in sich spürte.

Dann öffnete sich sein Mund.

Und es klingelte an der Tür.

Harry

Es geht heute zu wie auf der Breedshow.

Und ich finde das nur gerechtfertigt. Immerhin bin ich schwer verletzt. Da ist es selbstverständlich, dass ich Besuch bekomme, der meine Bürde würdigt, mich streichelt und mir Leckereien zusteckt. Apropos Leckereien. Davon habe ich schon eine ganze Weile keine mehr bekommen.

Irgendwie scheint niemand davon Notiz zu nehmen.

Wenn ich es mir so recht überlege, haben plötzlich alle was anderes zu tun. Die Chefin. Sara. Der komische Kauz, der gar nicht so komisch ist, im Grunde ist er wirklich okay, ja, vielleicht sogar richtig klasse. Ich mag ihn.

Was ich aber nicht mag, ist, wenn die Zweibeiner so mit sich beschäftigt sind, dass sie vollkommen vergessen, dass hier ein schwer kranker Corgi liegt, der dringend mal wieder einen guten Happen zwischen die Beißerchen bräuchte.

18. Dean

Er stand am Fenster seiner Ferienwohnung und blickte aufs Meer hinaus.

Heute Morgen war er sehr früh hinuntergegangen, als das Wasser noch aufgewühlt gewesen war von den letzten Tagen. So lange hatte er am Ende der Hafenmauer gestanden, bis einer der Strandwächter zu ihm herausgekommen war und ein unverfängliches Gespräch begonnen hatte. Sie hatten übers Wetter und das anbrechende Wochenende gesprochen, an dem bei diesem strahlenden Sonnenschein und nach dem überstandenen Sturm extrem viele Touristen und Fossiliensammler zu erwarten seien, wie der Einheimische meinte.

»George«, hatte der Mann sich noch vorgestellt, als er sich bereits wieder verabschiedet hatte.

»Dean«, hatte er mit einem Nicken erwidert.

Weil er schon seit zwei Monaten hier wohnte, waren die Einheimischen anscheinend langsam bereit, ihn als etwas anderes als einen der üblichen Touristen zu akzeptieren. Natürlich längst nicht als einen der ihren. Erst recht nicht mit diesem Pferdeschwanz.

»Ist nicht schön«, hatte George noch gesagt und mit dem Kopf die Hafenmauer hinuntergedeutet. »Sorry, dass ich dachte …« Damit hatte er sich abgewandt und war davongegangen.

Es war ein seltsamer Moment gewesen, als Dean bewusst geworden war, dass der Strandwächter zu ihm auf die Mauer rausgekommen war, weil er befürchtet hatte, Dean wolle sich von der Mauer hinunter in die von der Nacht noch bewegten Wellen stürzen. Mitten zwischen die kleineren, aber sicher tödlichen Felsen, die hinter der Mauer noch aus dem Wasser ragten.

Dabei lagen ihm solche Gedanken fern. Ja, vielleicht gab es in seiner Seele den einen oder anderen Anteil Melancholie – er kannte keinen Schriftsteller, bei dem das nicht so war –, aber eigentlich hatte er nur nachgedacht. Über sich, sein Leben, Monica.

Nun starrte Dean den Hügel hinunter auf den weit entfernten Fleck kurz vor dem blau schimmernden Meer, an dem er heute Morgen gestanden hatte. Von der Einsamkeit des frühen Tages, die er so genossen hatte, war dort unten jetzt sicher nichts mehr zu spüren. Zur Nachmittagszeit bewegten sich auf der Hafenmauer Dutzende bunte Figuren hin und her.

Dean wandte sich vom Fenster ab, und sein Blick fiel auf den Stapel Papiere, der auf der Kommode an der Wand lag.

Seit Monica sie vor etwa einer Woche dort abgelegt hatte, waren die Unterlagen nicht bewegt worden. Er hatte sie die ersten ein oder zwei Tage komplett ignoriert, als seien sie lästige Mitbewohner, die man am besten links liegen ließ.

Doch lange würde es nicht dauern, dann würde Monica von ihrem kleinen Urlaub zurück sein. Sie würde wieder hier bei ihm in seinem kleinen Zuhause-auf-Zeit stehen und die Papiere mit nach London nehmen wollen. Unterschrieben.

Er zuckte mit den Schultern und trat an seinen Schreibtisch, an dem er der Kommode und den unliebsamen Blättern den Rücken zukehren konnte.

Sein Laptop war aufgeklappt. Auf dem Bildschirm war kein Text zu sehen, sondern Aquariumsfische, die von links nach rechts, von oben nach unten schwammen.

Zwar hatte er heute schon ein paar Seiten geschafft, aber der Schreibfluss, den er für den Flow brauchte, blieb einfach aus.

Immer wieder zog es ihn ans Fenster, und er sah hinunter. Aufs Meer. Auf die Hafenmauer. Auf den weiten, flachen Horizont.

Das Wiedersehen mit Monica nach einem knappen halben Jahr hatte ihn berührt, besser gesagt, es hatte ihn aufgewühlt.

Sie waren gemeinsam hinunter in den Ort gegangen, hatten

bei Robin Wylde gegessen und danach einen kleinen Spaziergang auf die Hafenmauer und am Strand entlang gemacht.

Sie hatten über alles geredet, was ihnen in den Sinn gekommen war. Monicas Arbeitskollegin, die ein Baby bekam, aber nicht sicher war, wer der Vater war. Deans Literaturagent, der behauptete, in der Nacht zum ersten Juni seine verstorbene Mutter am Fußende seines Bettes gesehen zu haben. Gemeinsame Freunde und wie deren Leben in der Zwischenzeit weitergegangen war.

Denn das tat es ja schließlich, nicht wahr? Es ging immer weiter und weiter. Egal, ob ein neues Leben entstand oder eines schmerzlich vermisst wurde. Das Leben, Tage und Nächte in beständiger Folge aufeinander, nahm keine Rücksicht auf die kleinen und großen Ereignisse eines einzelnen Menschen.

Darin waren sie sich überraschend einig gewesen, Monica und er. So unterschiedlich sie sonst auch sein mochten.

Ihre Verabschiedung war von einem seltsamen Zögern begleitet gewesen. Als wolle Monica eigentlich nicht wirklich fahren. Das war natürlich Unsinn. Monica, das wusste Dean am besten von allen, tat immer nur das, was sie wollte. Und sie war in ihren kleinen roten Mini gestiegen und winkend davongefahren.

Seitdem suchte Dean Halt im Meer.

Jetzt musste er sich mal zusammenreißen und sich auf den Plot seines neuesten Buches konzentrieren. Es war wichtig, das Gespür für die Geschichte nicht zu verlieren.

Gerade wollte er mit dem Finger auf eine der Tasten drücken und das Aquarium gegen Text eintauschen, als sein Handy *Penny Lane* spielte.

»Brenda, wie geht's dir?«, begrüßte er sie, als er die Nummer erkannte.

Sie zögerte kurz, doch dann sagte sie: »Danke, gut. Ich wollte dir nur eine Änderung für heute Abend durchgeben.«

»Heute Abend?«

»Der Kinoabend in der Music-Hall?!«, erinnerte sie ihn.

Das hatte er vollkommen vergessen. Heute Abend fand eine weitere Veranstaltung des Jurassic Coast Kulturclubs statt.

Brenda hatte bereits weitergeredet, wollte ihm etwas zum geänderten Programm erläutern, als er sie unterbrach.

»Brenda?«

»Ja?«

»Ich weiß eure Bemühungen um diese Veranstaltungen sehr zu schätzen, weißt du das?«

»Das klingt nach einem *aber*?!«

»Ja. Tatsächlich. Weißt du, ich denke … ich sollte besser nicht mehr teilnehmen. Also, nicht als eines der gewissen Club-Mitglieder, verstehst du?«

Ein paar Sekunden war es still in der Leitung.

»Hast du …? Ich meine, hat sich bei dir etwas entwickelt?«, wollte sie dann vorsichtig wissen.

Fast hätte er gelacht und war froh, dass es ihm gelang, es zu unterdrücken. Sicher hätte es schauderhaft verzweifelt geklungen.

»Nein, das nicht. Es ist eher die Erkenntnis, dass ich für diese Art der Suche wahrscheinlich einfach nicht geeignet bin.«

»Oh.«

»Tut mir sehr leid.«

»Ach was, Dean. Das muss es nicht. Mir tut es leid. Ich meine, es wäre bestimmt einfacher für dich, wenn du dich darauf einlassen könntest. Aber ehrlich gesagt verstehe ich dich sehr gut.«

»Danke für dein Verständnis.«

»Das gehört zu meinem Job auch dazu, Dean. Natürlich tut es mir leid, dich nicht mehr regelmäßig zu sehen. Und es tut mir leid für diejenigen, die dich in unserem Kulturclub kennengelernt haben und dich … na ja, sehr mögen. Du verstehst schon.«

Ein blasses Gesicht, umrahmt von rotblondem Haar, tauchte vor seinem inneren Auge auf. Sara, wie sie sich auf einem ihrer gemeinsamen Spaziergänge zu ihm umwandte, die Wangen rosa von Wind und Sonne, die Augen leuchtend grün blitzend.

»Oh ja, ich … das tut mir auch leid«, erwiderte er ratlos.

»Mach dir keine Sorgen, Dean, ich regle das schon. So etwas kommt öfter vor, als du denkst.«

»Danke, Brenda.«

»Dann hast du ja heute einen freien Abend. Was wirst du denn damit anfangen?«

Dean konnte hören, dass Brenda lächelte, und war ihr für ihr Einfühlungsvermögen dankbar. Sie versuchte, es ihm so einfach wie möglich zu machen.

»Ich denke nicht, dass ich in den Ort runtergehen werde. George, einer der Strandwächter, meinte heute Morgen, es würde brechend voll, nach dem Sturm gestern. Offenbar kommen neben den vielen Touristen dann auch noch Hobby-Paläontologen hierher, in der Hoffnung, unter den angespülten Steinen das Fossil einer bisher unbekannten Art zu entdecken?«

Brenda lachte. »Genau so ist es. Die Lyme Regiser warten diesen Ansturm lieber an stillen Orten ab.«

»Das war auch mein Gedanke. Vielleicht mache ich einen langen Spaziergang oben über die Klippen.«

»Gute Idee. Geh nur nicht zu nah ran. Manche Stellen sind sowieso schon gefährlich, aber nach starkem Regen erst recht.« Sie zögerte kurz und setzte dann hinzu: »Gestern Abend gab es einige Aufregung um Sara Cowell und Colin Buck, die bei dem Versuch, einen von Marjories Hunden aus dem Hang zu retten, selbst fast abgestürzt wären.«

Sara?! Sein Herz krampfte sich zusammen.

»Oh nein! Es ist doch nichts passiert?!«

»Nein, Gott sei Dank ist alles gut gegangen. Sie sind mit dem Schrecken davongekommen, mussten die Nacht unten am Strand in einer alten Fischerhütte verbringen und wurden heute Morgen von einem Boot der Küstenwache abgeholt.«

An seinem eigenen tiefen Ausatmen spürte Dean, dass er die Luft angehalten hatte.

Es sah Sara ähnlich, dass sie sich für andere einsetzte und dabei nicht zuerst an sich dachte.

Nachdem Dean das Telefonat mit Brenda beendet hatte, klappte er den Laptop zu und kontrollierte im Spiegel über der Kommode kurz sein Aussehen. Er trug ein schlichtes weißes T-Shirt über Jeans, das dunkle Haar wie immer in einen Zopf im Nacken zusammengefasst. Das würde gehen.

Er nahm den Schlüssel von der Kommode, ignorierte den dort liegenden Stapel Papiere erneut und war bereits auf dem Weg.

Inzwischen waren ihm die schmalen Straßen, die den Hügel hinauf und zu Marjories Cottage führten, vertraut. Etliche Male war er sie entlanggegangen, um Sara und die Hunde zu einer gemeinsamen Wanderung abzuholen. Rasch war er an dem urigen kleinen Cottage angekommen.

In Gedanken an den kleinen Ausbrecherkönig Harry schloss Dean das Gartentor sorgfältig hinter sich und drückte an der Tür den Klingelknopf.

Es dauerte einen Moment, da wurde die Tür geöffnet, und Sara stand vor ihm.

»Na, Gott sei Dank!«, rief Dean und umarmte sie spontan.

Sara lachte und erwiderte die Geste.

Dean schob sie ein Stück von sich, um sie genauer in Augenschein zu nehmen, ließ sie aber nicht los.

»Du siehst nicht aus, als hättest du dir letzte Nacht in den Klippen fast den Hals gebrochen«, sagte er ehrlich überrascht.

Im Gegenteil: Sie sah … großartig aus. Frisch, erholt, und ihre Wangen glühten auf seltsame Weise.

»Na ja, ich bin ja auch nicht …«, begann Sara.

»Dean, guten Tag! Hier geht's ja heute zu wie im Taubenschlag«, ertönte da Marjories Stimme vom Kopf der Treppe.

»Hallo Marjorie! Ich hab gerade gehört, was passiert ist, und wollte nur sehen, wie es Sara geht.«

»Sehr gut, wie es den Eindruck macht«, antwortete Marjorie

und bedachte sie beide mit einem prüfenden Blick, sodass Dean rasch die Hände von Saras Schultern löste.

»Willst du nicht reinkommen?«, bot Sara ihm an.

»Gern.«

Eine Bewegung am anderen Ende des Flures ließ Dean den Kopf wenden.

Im Türrahmen zum Wohnzimmer stand Colin Buck. Wie immer mit ernstem Gesichtsausdruck.

»Oh, du hast schon Besuch?! Ich will nicht stören.«

»Quatsch, du störst doch nie«, beteuerte Sara.

Bildete er sich das nur ein, oder verdüsterte sich Colins Gesicht noch ein wenig mehr?

»Ich wollte sowieso gerade gehen«, sagte er und kam den Flur entlang auf sie zu. »Marjorie? Du meldest dich, wenn es etwas zu tun gibt?«

Marjorie winkte lächelnd ab.

»Ich wüsste nicht, was das sein sollte, Colin. Du hast die letzten vier Wochen hier alles repariert, woran auch nur ein Schräubchen locker war.«

»Aber wenn …«

»Ja, dann melde ich mich.«

Colin schob sich an ihnen vorbei zur Haustür.

»Dann bis die Tage, Sara.« Er nickte ihr zu.

Meine Güte, der war wirklich ein Stoffel. Ein bisschen Charmeoffensive hin und wieder würde ihm nicht schaden.

»Wiedersehen«, erwiderte Sara mit einem leisen Lächeln.

Als Colin das Haus verlassen hatte, wandte Sara sich Dean zu und fragte: »Wie wäre es mit einer kleinen Zwischenmahlzeit? Ich hab jedenfalls einen Bärenhunger. Ein paar Sandwiches? Marjorie?«

Marjorie sah ein wenig verwirrt aus.

»Wie?«

»Sandwiches?«

»Oh nein, danke, Liebes. Ich glaube, ich drehe mal eine kleine Runde mit den Mädels. Du schaust doch hin und wieder nach Harry?«

»Sicher, ich werde sein Pfötchen halten.«

Sara lotste Dean in die Küche und auf einen Stuhl, wo er wie in einem sicheren Hafen sitzen und dem Trubel im Flur zusehen konnte, der entstand, als Marjorie sich für den Hundegang ausgehbereit machte und die Hündinnen um sie herumwuselten.

Als die Tür hinter ihnen zufiel, hinterließen sie das Haus in angenehmer Stille.

»So!«, machte Dean. »Jetzt verlange ich einen ausführlichen Bericht eures Abenteuers!«

Während Sara Toast mit selbst gemachter Sandwichcreme bestrich und belegte, erzählte sie ihm die ganze Geschichte des gestrigen Abends.

»Und dann hast du die ganze Nacht mit diesem einsilbigen Buck in der Fischerhütte festgesessen?«, fragte er, nachdem sie geendet hatte.

»Ach, so übel ist Colin gar nicht.«

Bildete er sich das nur ein, oder bekamen ihre Wangen plötzlich noch ein bisschen mehr Farbe? Er wartete einen Moment ab, aber sie sagte nichts weiter dazu.

Vielleicht war dies der geeignete Moment?

»Sara, ich bin auch hier, weil ich dir etwas sagen wollte«, begann er etwas stockend.

Sofort hob sie den Blick und sah ihn aufmerksam an.

»Erinnerst du dich noch an unseren ersten Abend hier, nach deinem vorzüglichen Dinner? Wir haben vereinbart, dass wir weder über Victor noch über Monica reden müssen, weißt du noch?«

Sie nickte.

»Ich habe deswegen nicht über Monicas Besuch gesprochen, weißt du.«

Sie stieß halb überrascht, halb erfreut die Luft aus.

»Und ich hab dich deswegen nicht danach gefragt, Dean. Ich war mir nicht sicher, ob du mir etwas darüber erzählen willst. Ist etwas vorgefallen? Irgendetwas passiert? Ihr habt euch doch nicht gestritten?«

»Gestritten? Nein, das ganz sicher nicht. Es war sogar ein schöner Nachmittag. Hatten wir in London schon seit Jahren nicht mehr.« Er hielt inne. Und dann holte er tief Luft und sagte: »Ich bin aus dem Jurassic Coast Kulturclub ausgetreten.«

In Saras Miene zeichnete sich Verblüffung ab.

»Der Kulturclub?«, wiederholte sie und versuchte offensichtlich, die Erwähnung Monicas mit dieser Tatsache in einen kausalen Zusammenhang zu bringen.

Oje, das sah so aus, als habe sie keinerlei Ahnung.

»Ach, vergiss das. Ich wollte dir nur sagen: Seit Monica hier war, hab ich gemerkt, dass ich noch lange nicht darüber hinweg bin. Es braucht wohl sehr viel mehr Zeit, als ich anfangs dachte.«

Saras Blick wanderte über sein Gesicht.

»Ich freu mich, dass du mir das sagst, Dean«, sagte sie schließlich. »Es fühlt sich besser an, mit dir über so etwas reden zu können, als es krampfhaft auszuschließen. So fühlst du dich für mich noch mehr an wie ein Freund.«

Ein Freund. Erleichterung durchflutete ihn.

»Darf ich dir auch etwas sagen, in Bezug auf Victor?«, fragte Sara.

»Sicher.«

»Vorhin habe ich ihn angerufen. Es ging um etwas ganz anderes, aber natürlich haben wir auch privater gesprochen und …« Sie brach ab, suchte nach dem richtigen Wort.

»Und?«, erkundigte Dean sich.

Wenn sein Gespür ihn nicht trog, schien irgendetwas geschehen zu sein.

»Ach, ich bin mir ziemlich sicher, dass er möchte, dass ich nach London zurückkomme. Er hat fürs Erste zwar eine tolle Vertretung fürs *Rosmary* gefunden. Trotzdem ist es eigentlich mein Platz, dort in der Küche, und ich sollte wirklich zurückkehren …« Sie brach erneut ab und sah ihn ratlos an.

»Du weißt immer noch nicht, ob es zwischen euch noch weitergeht oder schon längst aus ist?«, half er ihr.

»Stimmt genau.« Sara sah ihn nachdenklich an. »War bei Monica und dir auch jemand anderer im Spiel?«

Dean schüttelte den Kopf.

»Für mich hat es keine andere gegeben. Und Monica ist wirklich keine Frau für halbe Sachen. Sie will immer alles, ganz oder gar nicht. Wenn sie einen anderen gewollt hätte, hätte sie mir das gesagt und unsere Ehe schon viel früher beendet. Nein, das war es nicht.«

»Was dann? Woran habt ihr gemerkt, dass die Trennung das Beste für euch beide ist?«

Dean hielt einen Moment inne. Woran *hatte* er gemerkt, dass die Trennung von Monica das Beste für ihn und für sie beide war? Als er in seinem Kopf nichts anderes als ratlose Leere fand, erschrak er kurz. Nur langsam dämmerte die Erinnerung an ihre Streitigkeiten, an endlose Diskussionen, an Wutanfälle auf ihrer und verstocktes Schweigen auf seiner Seite herauf.

»Ich nehme an, wir waren es leid, uns ständig wegen irgendwelcher Nichtigkeiten zu bekriegen. Wir wollten beide wieder wir selbst sein. Und das können wir wohl nur, wenn wir ohne einander sind.«

Sara sah ihn nicht an. Ihr Blick ruhte auf den wenigen Sandwichresten auf dem Teller.

»Aha«, machte sie schließlich.

Aber sie klang nicht überzeugt.

Und das Schlimme war: Er war es selbst nicht mehr.

Harry

Irgendwas stimmt in meinem Rudel nicht, das spüre ich deutlich in meinen noch verbliebenen Krallen.

Nicht mit den Mädels, nein, mit denen ist alles wie immer: Lizzy schläft viel, ist im wachen Zustand aber immer noch die Chefin, weil sie diese Wahnsinnsbellstimme hat. Di tut immer noch so, als sei sie sehr brav, und zieht trotzdem ihr Ding durch. Die hübsche Katy und die charmant aufsässige Meghan erziehen gemeinsam die Welpen, mit denen ich wegen meiner schweren Verletzung gerade nicht spielen darf … Nein, bei uns Vierbeinern ist alles okay.

Die Chefin und Sara machen mir allerdings Sorgen.

Obwohl sie wie sonst den ganzen Tag miteinander reden, kommt es mir vor, als würden sie trotzdem umeinander herumtänzeln wie der tumbe Labrador und ich, wenn wir uns mal zufällig auf der Straße treffen.

Sara verströmt jedes Mal den Geruch von Aufregung, wenn sie zu dem klingelnden Plastikteil rennt.

Und die Chefin habe ich schon mehrmals dabei ertappt, wie sie aufmerksam, beinahe erwartungsvoll aus dem Fenster schaut – obwohl wir doch alle zu Hause sind.

Was kann das alles zu bedeuten haben?

19. Colin

Es war Sonntag, und Colin machte seinen üblichen Kontrollgang durch die Destillerie.

Er liebte es, in der Tenne die beim Floor Maltings auf dem Boden ausgebreitete Gerste zu riechen und die Geschichte dieses Ortes einzuatmen, während er die Temperatur des Getreides überprüfte. In diesem Bereich der Herstellung war alles besonders penibel ordentlich und sauber. Darauf hatte schon der alte Williams großen Wert gelegt, und Colin hatte es automatisch übernommen. Schließlich stellte er nicht nur ein Lebensmittel her, sondern ein echtes Luxusgut, das kostbar und wertvoll war.

Heute Morgen war alles ideal, das nächste Wenden hatte noch Zeit.

Im benachbarten Backsteingebäude standen die gusseisernen Maischbottiche, tatsächlich noch dieselben, in denen schon Williams' Großvater das heiße Wasser mit dem Malzschrot gemischt hatte.

Auch hier kontrollierte Colin die Temperatur, während die Würze durch den perforierten Boden in den Underback gelangte.

Von seinen Modernisierungen abgesehen, sah die komplette Destillerie noch so aus, wie sie um 1910 erbaut worden war. Sie gehörte zu Lyme Regis wie die Steilhänge am Strand, wie die Tausende von Ammoniten, der Ichthyosaurus und Mary Anning.

Schon als Kind hatte er sich hier herumgedrückt, angezogen von den magisch anmutenden Ritualen des Mälzens, Maischens und Darrens. Er hatte Williams und seinen Männern dabei zugeschaut, wie sie zuerst die Gerste bearbeiteten, sie dann mit heißem Wasser vermischten, schließlich den Alkohol destillierten und mit seinem typisch rauchigen Aroma versahen.

Als irgendein Erwachsener ihn wieder einmal nach seinen Berufswünschen gefragt hatte – wie die Großen es bei den Kleinen so gerne tun, um sich dann über die naiven Antworten zu amüsieren –, hatte er zwölfjährig zum ersten Mal entschieden, er wolle später eine Whisky-Destillerie führen und den besten Whisky der Südküste herstellen. In der Runde hatte sein ernst vorgetragener Beschluss damals für außerordentliche Erheiterung gesorgt. Doch Colin hatte an diesem Vorhaben festgehalten. Hatte von Williams das Handwerk von der Pike auf gelernt, Erfahrungen gesammelt und die Augen nach einer Möglichkeit zur Erfüllung seines Traums offen gehalten.

Als Williams ihm von seinen Plänen erzählte, endlich seine alten Knochen zu schonen und zu seiner einzigen Tochter nach Cornwall zu ziehen, hatte Colins Herz für einen Moment lang ausgesetzt. Williams hatte ihn angesehen und geknurrt, ob er es sich denn verdammt noch mal leisten könne, den Laden zu übernehmen. Das war nun mehr als fünfzehn Jahre her.

Sein Dad war so stolz auf ihn gewesen und hatte immer beteuert, dass seine Mum ganz sicher geweint hätte vor Glück, ihren Sohn als Besitzer dieses altehrwürdigen Betriebes zu sehen. Wie schade es war, dass sie das nicht mehr hatte erleben dürfen.

Colin ließ seinen Blick über die Bottiche und Fässer schweifen. Der Stolz, den er sonst bei diesem Anblick empfand, mischte sich in der letzten Zeit immer häufiger mit schmerzlicher Trauer und zunehmender Verzweiflung. Und heute kam ihm urplötzlich zum ersten Mal der Gedanke, dass er froh darüber war, dass sein Dad das Versagen seines geliebten Sohnes nicht mehr miterleben musste.

Tom und Gregory, die am Sonntag natürlich nicht hier waren, hatten beide versichert, ihm erst mal auch für weniger Gehalt zur Verfügung zu stehen. Sie waren gute Männer, arbeiteten hart, fleißig und mit dem Know-how, das für ihren Job notwendig war. Doch Gregory sparte auf seinen eigenen großen Traum, ein hochseetaugliches Segelboot mit Holzaufbauten, und Tom wollte demnächst seine Shane heiraten und eine Familie gründen. Sie konnten es sich nicht auf Dauer leisten, ihre gute Arbeit an einen Chef zu verschenken, der zwar vom Handwerk jede Menge verstand, es aber nicht schaffte, das hervorragende Produkt in ausreichender Menge zu verkaufen.

Verdammt, er tat es schon wieder: den Kopf in den Sand stecken! Und das, obwohl Sara ihn in der alten Fischerhütte mit guten Ideen nur so überschüttet hatte. Lieber sollte er all diese Möglichkeiten zur Rettung der Destillerie mal auflisten. Welche Mittel standen ihm zur Verfügung? Welche Gelegenheiten konnte er nutzen? In welcher Reihenfolge sollte er vorgehen?

Und dann musste er diese Liste nur noch abarbeiten. Auch wenn es hieß, dass er Kontakt zu Wildfremden aufnehmen, seinen kostbaren Whisky wie irgendeine beliebige Limonade anbieten musste, war das schließlich immer noch besser, als hier alles aufgeben zu müssen. Er würde Briefe schreiben, die selbstbewusst und kraftvoll wirkten, würde Kostproben verschicken oder in den nächsten größeren Städten mit ein paar Flaschen von Restaurant zu Restaurant ziehen. Besonders dieser letzte Teil behagte ihm ganz und gar nicht. Aber so, wie es aussah, musste er in den sauren Apfel beißen, damit er seinen Traumberuf weiter ausführen würde können.

Colin trat an einen der Pot Stills, die Kupferkessel in klassischer Zwiebelform, und überprüfte die Temperatur des Dampfes, mit dem die Kessel beheizt wurden.

Diese Handgriffe waren ihm so vertraut, schienen so alltäglich, dass er für sie nicht seine volle Konzentration brauchte.

Und so ertappte er sich dabei, wie er wieder an den Freitagabend, die Nacht in der Fischerhütte dachte.

Sara hatte geradezu gesprudelt vor Ideen und vor Zuversicht. Sie hatte nicht daran gezweifelt, dass er seinen Traum würde retten können. Ihr Vertrauen in ihn und ihre Lebendigkeit hatten ihn sogar vergessen lassen, was genau er an seinem Job nicht so gut beherrschte. Er hatte ihr voll und ganz geglaubt und seine eigenen Zweifel plötzlich nicht mehr verstanden. Während sie neben ihm saß und sich an ihn schmiegte. Während sein Arm um ihre Schultern lag und er sie an sich drückte, um sie zu wärmen.

Colin ging weiter zum Spirit Safe, wo er als Brennmeister regulieren konnte, ob und wie viel Nachlauf dem Feinbrand beigemischt werden konnte.

Er warf einen Blick auf die Uhr. Es war bereits zehn.

Sara war sicher schon mit dem Frühstück fertig und gerade dabei, zusammen mit Marjorie das Welpenzimmer nach der Nacht aufzuräumen und zu säubern. Oder sie drehte eine erste Runde mit den Hunden. Vielleicht sogar in Begleitung von diesem Schönling, diesem Dean Felton, mit seinem Zöpfchen.

Wie er gestern hereingekommen war. Ganz selbstverständlich hatte er Sara umarmt, mit dieser Lässigkeit, die alle an diesem Kerl so toll fanden und die er selbst wohl nie erreichen würde.

Sara hatte gelacht, sich über Deans unangekündigtes Erscheinen sichtlich gefreut. *Du störst doch nie.* Pfff.

Was fanden nur alle an diesem Schnösel? An seinem betont bescheidenen Gehabe, was seine Bücher anging, während er gleichzeitig charmant und weltmännisch auftrat? Ob er wirklich nicht bemerkte, dass alle Frauen des Jurassic Coast Kulturclubs sich den Hals nach ihm verrenkten?

Anfangs hatte Colin ihn auch ganz sympathisch gefunden. Dean hatte Humor und war in der Lage, sich auf jedes Gesprächsthema einzustellen. Inzwischen jedoch …

Dass Brenda gut von ihm redete, war ja klar. Sie sprach nie schlecht von jemandem, der ihrem Club beigetreten war, fand alle *sehr nett* und *liebenswert.* Aber dass ausgerechnet Sara dem Charme dieses Schreiberlings erlegen war, war irgendwie … enttäuschend.

Bei diesem Gedanken hätte er beinahe den Regler für den

Nachlauf zu stark aufgedreht. Er korrigierte es rasch und ärgerte sich über sich selbst. Der alte Williams hatte immer gesagt, er solle nie an die Fässer und schon gar nicht an den Spirit Safe gehen, wenn er aufgewühlt war. Das schade dem Geist des Whiskys, hatte er behauptet.

Colin ließ die Hände sinken.

Aufgewühlt.

Weil Sara womöglich gerade mit Dean spazieren ging?

Weil Dean *doch nie störte*, wenn er einfach so aufkreuzte? Auch dann nicht, während Colin selbst gerade einen Besuch abstattete?

Er wandte sich um und legte das Notizbuch, das er immer mitführte, auf dem breiten Tisch ab, der dort stand, seit er denken konnte, starrte auf die uralte, blank polierte Holzfläche.

Das Muster der vor mehr als hundert Jahren geschlagenen Eiche war ihm so vertraut wie sein eigenes Spiegelbild, vielleicht sogar vertrauter, denn er war wirklich kein eitler Fatzke.

Es gab so viele Dinge in seinem Leben, die immer gleich liefen, Muster wie dieses, die stets dieselben blieben, die sich in einer schier endlos wirkenden Schleife wiederholten.

Aber diese Gedanken und Gefühle waren neu.

In diesem Augenblick klopfte es leise an den Rahmen der offen stehenden Tür, die in das große Tor eingelassen war.

Dort stand Brenda.

»Hi. Hast du einen Moment?«

»Warte, lass mich erst all die anderen Whiskykäufer bedienen«, antwortete er mit einem schiefen Lächeln. »So. Fertig. Hi.«

Sie lachte.

Heute hüpfte sein Herz allerdings nicht vor Freude darüber, dass er das fertiggebracht hatte. Heute schien alles irgendwie anders zu sein.

Brenda kam ein Stück herein und schaute sich um.

»Hier war ich schon lange nicht mehr«, sagte sie versonnen und ließ ihren Blick über die Fässer und Kupferkessel schweifen.

Colin sah ihr zu, wie sie hierhin und dorthin ging, Dinge berührte, die Luft einatmete und mit einem leisen Schnauben wieder ausstieß.

»Weißt du noch, als du mir das alles hier zum ersten Mal gezeigt hast?«

Ob er sich daran erinnerte? Er hatte damals monatelang an nichts anderes denken können.

Sie waren dreizehn gewesen, und Colin arbeitete bereits als Laufbursche und Lehrjunge gegen ein kleines Taschengeld beim alten Williams. Er hätte all diese Dinge wie das Ausfegen der Halle und Ausliefern von Flaschen im Dorf auch getan, wenn er kein Geld dafür bekommen hätte, denn er liebte es, ein Teil dieses Ganzen zu sein.

Und eines Tages hatte er den Mut gefasst und Brenda gefragt, ob sie an einer kleinen Führung durch die Whiskyfabrik interessiert wäre.

Ihre Zusage hatte ihn entwaffnet, ihr Staunen und ehrliches Interesse entzückt.

An diesem Tag waren sie anschließend auf ein Eis in den Ort hinuntergegangen und hatten eigentlich nur ein Stückchen am Strand entlangschlendern wollen. Doch dann waren sie weiter und weiter gegangen, hatten irgendwann die Schuhe ausgezogen und waren barfuß durch das niedrige Wasser gewatet. Und sie hatten einen Blick in die Bootshütte vom alten Williams geworfen – und sich geküsst, zum ersten Mal.

Deswegen würde er diesen Tag niemals vergessen.

»Ja, das weiß ich noch sehr gut«, erwiderte er mit leicht rauer Stimme.

Die Erinnerung an diese halbe Stunde in der Fischerhütte stand ihm plötzlich ganz klar vor Augen. In der Hütte, in der er vor zwei Nächten mit Sara auf der Bank gesessen und sie so überaus deutlich an seiner Seite gespürt hatte.

»Hast du schon jemanden für die Scheune?«, wollte sie wissen.

Sie hatte nicht gemerkt, wie verwirrt er sich plötzlich fühlte.

»Nein. Ich habe ein paar Anzeigen aufgegeben und im Gemeindeblatt annonciert, was man halt so tut. Aber bisher hat niemand Interesse gezeigt.«

»Ich habe gehört, die Timmers suchen etwas Größeres.«

Er winkte ab. »Ein Laden mit Touri-Nippes läuft hier nicht, so abgelegen, wie mein Hof liegt. Das wissen die Lyme Regiser.«

»Will Alec nicht vielleicht mehr abnehmen? Ich weiß, er serviert meist Wein zu seinen Fischgerichten ...« Sie zuckte ratlos mit den Schultern.

»Es ist lieb, dass du dir Gedanken machst, Brenda.«

»Tja, es ist, wie ich gesagt habe: Du kannst unmöglich hier weggehen. Leider kann ich nicht auf dich verzichten.«

Diese Worte hingen eine Weile zwischen ihnen in der Luft.

Dann sah sie auf ihre teure Armbanduhr. »Ich habe nicht wahnsinnig viel Zeit. Lenox ist kurz unterwegs, und da dachte ich, ich schau mal schnell, wie es dir geht?!«

»Oh, verdammt! Brenda, was passiert ist, tut mir schrecklich leid!«, brach es aus Colin hervor.

»Es war eine blöde Situation für uns alle. Du kannst nichts dafür«, wollte sie ihn beruhigen.

»Doch, natürlich. Ich habe das alles losgetreten mit meinem wirren Geständnis«, entgegnete er beinahe brüsk.

Brenda hob trotzig den Kopf. »Das wäre ja noch schöner, wenn wir uns nicht mehr erzählen dürften, was uns bewegt, nur weil mein lieber Ehemann sich weiß der Himmel was einbildet!«

Waren es seine schweren Gedanken vom Morgen? War es das Adrenalin, das noch durch seine Adern pulsierte, angefacht durch die unerwartete Wut auf diesen verdammten Dean Felton?

Plötzlich schien alles Zögern und alles Hadern unnötig.

»Ich hab mich wie ein Idiot benommen, Brenda. Ich hätte nicht so lange vor mich hin leiden sollen. Hätte es dir schon vor Jahren sagen sollen. Vielleicht wäre dann alles anders gekommen.

Aber so was wird mir nicht wieder passieren, das schwöre ich!«, sagte er entschlossen.

Brenda stand wie vom Donner gerührt immer noch an der Tür und starrte ihn an.

»Du hättest *es* mir *schon vor Jahren sagen sollen*? Colin, was denn?«, fragte sie, und in ihrer Stimme schwang ein ahnungsvoller Unterton.

»Dass ich dich liebte, seitdem wir uns damals auf dem Schulhof das erste Mal gesehen haben. Dass ich dir die Welt zu Füßen legen wollte, seitdem du mir zum ersten Mal zugelächelt hast. Und dass ich gegen jede Gefahr gekämpft hätte, seitdem ich Franc Donovan damals eine verpasst habe.« Colin konnte kaum glauben, wie einfach es war, es auszusprechen. »All das wollte ich dir neulich Abend sagen, als Lenox reinplatzte. Keine Ahnung, warum ich nach all der Zeit ausgerechnet jetzt plötzlich nicht mehr schweigen will. Es ist eben so. Ich will es nicht mehr. Ich will, dass du es weißt.«

Und dass du dich entscheiden kannst, hatte er ursprünglich noch hinzusetzen wollen. Doch er sagte es nicht. Weil ihm plötzlich aufging, dass das keine große Rolle mehr spielte. Ob Brenda bei Lenox bleiben oder sich – so unwahrscheinlich es auch war – für ihn entscheiden sollte, war plötzlich nicht mehr so wichtig. Viel wichtiger war die Tatsache, es endlich ausgesprochen zu haben.

Brenda, deren Haut sonst stets eine leichte Sonnenbräune zierte, wirkte plötzlich blass.

Colin dämmerte, dass sie sich vorgestern Abend in seinem Wohnzimmer geirrt hatten. Brenda hatte gar nicht gewusst, was er ihr so dringend sagen wollte. Wahrscheinlich hatte sie es nicht einmal geahnt. Dabei war er sich so sicher gewesen, als sie nach seinen Händen gegriffen hatte.

Es dauerte länger als eine Minute, bis Brenda endlich sprach.

»Ich?«, flüsterte sie. »Du meintest mich? Ich dachte, ich bin … Ich dachte, wir sind beste Freunde. Oder sind wir das etwa nicht?«

Sie stand nur ein paar Schritte entfernt, sah mit einem Mal klein und zaghaft aus. Dass sie so erschüttert aussah, bestürzte ihn. Er wollte sie umarmen, ganz ohne Hintergedanken, wollte sie trösten, tatsächlich wie der Freund, der er ihr schon immer gewesen war.

»Natürlich sind wir das!«, sagte er stattdessen mit fester Stimme. »Und daran wird auch nichts etwas ändern.«

Sie runzelte ihre Stirn.

»Als wir über Marjorie und John gesprochen haben und darüber, dass ich stets weiß, wenn zwischen zweien diese gewisse Spannung besteht, da hast du mich gefragt, ob ich so was immer spüre«, erinnerte sie sich und hob den Blick. »Und damit hast du dich und *mich* gemeint?«

Er nickte.

»Was dachtest du denn, von wem ich rede?«, wollte er wissen.

»Sara natürlich«, sagte Brenda so rasch, als läge diese Antwort selbstverständlich auf der Hand.

Sara. Natürlich.

Das Muster des Eichentisches verschwamm vor seinen Augen.

»Colin?«

Er hob den Kopf und sah sie an.

Ihr Blick war voller Mitgefühl und Bedauern.

»Glaubst du mir, wenn ich dir sage, dass ich keine Ahnung hatte? Ja, sicher, da gab es diese kurze Zeit … du weißt schon.« Sie lächelte scheu. »Danach hatte ich eine Weile das Gefühl, du würdest auf Distanz gehen. Aber wir waren dreizehn, vierzehn Jahre alt. Und dann hast du dich irgendwann mit Lorna verabredet. Ich dachte, es sei wieder alles wie früher. Als ich aus Oxford zurückkam, habe ich nie … Oh Colin!« Ihre Augen weiteten sich. »Du bist doch nicht … Ich meine, liebst du mich etwa immer noch?«

Er sah auf die Tischplatte, legte eine Hand darauf und fuhr sacht an der abgerundeten Kante entlang. Das Holz glänzte und war von vielen Berührungen glatt und weich, hart und unveränderlich zugleich.

»Dieses Muster hier«, sagte er. »Ich könnte es mit geschlossenen Augen zeichnen. Ich kenne es seit so vielen Jahren.«

Aus dem Augenwinkel konnte er sehen, wie Brenda ihn beobachtete.

»Manchmal denke ich, dass ich in meinem Leben immer nach solchen Mustern gesucht habe. Solche, die ich schon lang kenne, verstehst du? Die ich aus dem Kopf heraus zeichnen könnte, die wie ein Teil von mir sind und die ich deswegen mag … liebe«, korrigierte er sich mühsam. »Ich kann womöglich gar nicht unterscheiden, ob mein Gefühl für so etwas Vertrautes die Liebe ist, nach der du fragst. Jedenfalls …« Er musste sich räuspern. »Jedenfalls muss sich irgendetwas verändert haben. Ich meine, wann war ich jemals so mutig, über Gefühle zu sprechen, hm?«

Mit schief gelegtem Kopf sah er sie an.

Auf ihrer gerade noch ängstlichen Miene erschien ein zaghaftes Lächeln.

»Ich habe eine gewisse Ahnung, was sich verändert haben könnte, Colin«, setzte sie an, unterbrach sich dann jedoch mit einem Kopfschütteln. »Das mit den Andeutungen sollten wir für eine Weile wohl besser lassen.« Sie zwinkerte ihm zu. »Was ich unbedingt sagen will, klar und deutlich: Mein Herz gehört ganz und gar Lenox. Er ist ein schrecklicher Quälgeist mit seiner Eifersucht, das stimmt. Aber er ist ein wunderbarer Mann, der nur Angst davor hat, mich zu verlieren, und ein wunderbarer Mensch, den ich über alles schätze. Es gibt keinen anderen für mich. Er ist mein Ehemann, den ich von ganzem Herzen liebe. Und du, Colin, du bist mein bester und liebster Freund, und als solchen liebe ich auch dich von ganzem Herzen. Auch daran wird sich nichts ändern. Du solltest dich endlich trauen, loszulassen und Neues zu wagen.«

Da war ein Kratzen in seinem Hals. So ein fieses Kratzen, das sich nicht wegschlucken ließ.

Auch Brenda sah mitgenommen aus. Ihre Augen glänzten verdächtig.

Nachdem sie kurze Zeit beide wie benommen dagestanden hatten, fing sie sich als Erste von ihnen beiden wieder.

»Franc Donovan«, murmelte sie mit deutlicher Schadenfreude in der Stimme, und sie mussten beide grinsen.

»Recht geschieht ihm, dass er bei dieser grässlichen Geraldine Miller hängen geblieben ist«, sagte Colin.

»Definitiv. Wer kleinen Mädchen Haarbänder klaut, kann nicht solches Glück in der Liebe haben wie die Mädchen selbst«, stimmte Brenda ihm zu.

»Da wir gerade ganz offen miteinander reden … Du musst es ihm endlich sagen, Brenda!«

Sie wusste sofort, was er meinte.

»Fang du nicht auch noch damit an!« Ihre Miene verdunkelte sich augenblicklich. »Marjorie liegt mir schon seit mindestens einem Jahr damit in den Ohren. Seit unser Club immer mehr Zuspruch hier in der Gegend erfährt. Und seit Lenox diese eine Mail entdeckt und leider falsch interpretiert hat.«

»Und sie hat recht damit! Ehrlich gesagt kann ich Lenox sogar verstehen. Wenn ich nicht wüsste, dass Marjorie und du den Kulturclub gegründet habt, um Singles zusammenzubringen, wäre ich an Lenox' Stelle auch eifersüchtig. Es wirkt schon sehr seltsam, dass du ständig mit einem Haufen Single-Männer unterwegs bist.«

»Er wird es hassen!«, prophezeite Brenda. »Er wird sagen, dass so was der Frau eines erfolgreichen Anwalts nicht angemessen ist.«

»Aber es macht dir so viel Freude! Du liebst es, Menschen, die zueinander passen, in die richtige Richtung zu schubsen. Und du hast Erfolg. Denk nur an die vielen glücklichen Paare, die sich inzwischen über eure Agentur gefunden haben. Alice und Jamie zum Beispiel. Die wären ohne euch doch nie auf die Idee gekommen, miteinander auszugehen. Außerdem sind die Veranstaltungen immer wieder eine schöne Abwechslung im tristen Alltag von Lyme Regis, auch für die, die nicht nach ihrem Liebesglück suchen.«

Brenda schüttelte den Kopf.

»Ich kenne Lenox. Eine *Partnervermittlungsagentur*. Ich kann förmlich hören, wie er das Wort in die Länge zieht. Nein, kommt überhaupt nicht infrage. Und jetzt hör bitte auf, mich damit zu quälen. Es ist sowieso ein permanenter Stein in meinem Schuh, der täglich wächst.«

»Umso mehr solltest du ...«

»Colin! Lass mich!«

Sie funkelte ihn an.

»Also gut. Ich sag nichts mehr. Sei bitte nicht böse. Heute ist offenbar der Tag, an dem alles Ungesagte aus mir rausmuss.« Er streckte den Arm aus und berührte ihre Schulter. »Wieder okay?«

Sie sah immer noch aufgewühlt aus, doch sie nickte.

»Kannst du mir dann verraten, was du damit gemeint hast, als du gerade gesagt hast, dass ich mich *endlich trauen* sollte, *loszulassen und Neues zu wagen*?«

Bevor Brenda antworten konnte, nahmen sie beide etwas wahr. Einen Schatten, der in den Türrahmen fiel.

Colin runzelte die Stirn. Vielleicht ein Whiskyliebhaber, der den Laden verschlossen vorgefunden hatte und auf der Suche nach einem Verkäufer über den Hof gekommen war? Er ging zur Tür.

Als er hinaustrat, blieb er jedoch wie angewurzelt stehen.

Brenda, die ihm gefolgt war, prallte zurück.

»Lenox!« In ihrer Stimme mischten sich Empörung und Entsetzen zu gleichen Teilen. »Das gibt's ja nicht! Du spionierst mir schon wieder nach! Hast du etwa ...? Lenox, hast du unser Gespräch belauscht?«

Lenox, den Colin bisher nur entweder distanziert freundlich und höflich oder beherrscht wütend erlebt hatte, wirkte wie ein ganz anderer Mensch. In seinem Gesicht spiegelten sich die unterschiedlichsten Gefühle. Erstaunen, Erschütterung, Verunsicherung, Freude – und Liebe.

»Lenox?«, wiederholte Brenda, plötzlich zaghaft. »Wie lange stehst du da schon?«

Endlich rührte ihr Mann sich. Er hob die Hände.

»Lange genug«, sagte er. Und dann murmelte er noch etwas: »Meine … Brenda.«

Er trat auf sie zu.

Sie sahen einander für ein paar Sekunden an und umarmten sich dann so innig, dass Colin sich rasch abwandte und über den Hof zum Laden hinüberging.

Er warf keinen Blick zurück. Dort wurde er nicht mehr gebraucht.

Harry

Mein kleines Abenteuer am Steinschlagstrand liegt schon etliche Nächte zurück. Heute hat der Doc, dem ich unten im Ort gerne mal ohne den Maulkorb der Tierarztpraxis begegnen würde, den Verband an meiner Pfote abgenommen.

Also werde ich beim Spaziergang endlich mal wieder richtig rennen können. Vielleicht marschiert die Chefin dann auch wieder flotter voran.

In den letzten Tagen sind wir nämlich eher geschlendert. Weil uns Das-Paar-Hosenbeine-mit-den-schicken-Schuhen begleitet hat.

Ich nenn ihn immer noch so, weil ich bei unserer ersten Begegnung nicht mehr als das von ihm gesehen habe. Mittlerweile weiß ich, dass dieser Typ auch sportliche Hosen und festes Schuhwerk besitzt. Also eigentlich kein Grund, um so langsam durch die Landschaft zu schleichen.

Beim ziellosen Herumgeschlender reden die Chefin und der Kerl mit den spärlichen weißen Haaren so unglaublich viel. Kein Wunder, dass sie keinen Atem für was anderes haben. Sie sprechen über früher und noch früher und heute und hier und dort und noch woanders. Zig Sachen, die einen Corgi nun wirklich nicht interessieren.

Wenn ich der Chefin nur begreiflich machen könnte, dass es viel praktischer ist, weniger zu reden und lieber zu handeln. Aber sie hört mir einfach nicht zu.

20. Marjorie

Als Marjorie mit den Hunden den Hügel bergan ging, rannte Harry den Hündinnen wie immer voraus.

Lizzy, Di, Katy und Meghan ließen sich Zeit, schnüffelten am Wegesrand und entdeckten überall etwas Interessantes. Harry dagegen wirkte immer so, als sei er unterwegs, um Wichtiges zu erledigen, gegebenenfalls die Welt zu retten. Dafür kam in seinen Augen wahrscheinlich nur ein Corgi infrage.

Sie schmunzelte.

Ein Pärchen kam ihr in langsamem Joggertrab entgegen. Die Frau hob die Hand und winkte.

»Hallo Brenda, um diese Tageszeit schon unterwegs? Und Lenox, du machst jetzt auch mit?«, begrüßte Marjorie die beiden, als sie nah genug herangekommen waren.

Brenda tänzelte von einem Fuß auf den anderen, wirkte wie frisch aus dem Ei gepellt, während Lenox die Gelegenheit nutzte, stehen blieb und die Hände in die Seiten stützte.

Er wollte offenbar gern etwas antworten, hatte zum Sprechen aber zu wenig Atem.

»Geplant ist zweimal die Woche gemeinsamer Sport«, verkündete Brenda. »Einmal Joggen und einmal Golf.«

Die Hunde liefen um sie herum und begrüßten ihre Freundin enthusiastisch. Harry beschnüffelte argwöhnisch Lenox' Tennissocken in den Laufschuhen.

»Wie geht's den Welpen?«, wollte Brenda wissen.

»Sie sind alle topfit. Munter und springlebendig. Ich denke, sie werden ihren neuen Familien jede Menge Ärger und ebenso viel Freude machen«, sagte Marjorie und lachte.

So war es immer. Erst maßloses Entzücken. Dann dunkle Augenringe und annähernd Verzweiflung ob der kurzen Nächte und der Streiche, die die jungen Tiere sich einfallen ließen. Bis dann letztendlich alle zusammengewachsen waren, das anfängliche Chaos unter den angekauten Teppich gekehrt oder Inhalt für lustige Anekdoten wurde und statt leidvollem Gejammer nur noch Loblieder auf Charakter und Schönheit des neuen Familienmitgliedes zu hören waren.

»Und wie geht es … euch?«, erkundigte Marjorie sich.

»Sehr gut!«

Marjorie glaubte ihr sofort, denn Brenda leuchtete geradezu von innen heraus.

»Ich hoffe, das gilt für dich und Sara auch?! Ich hab sie seit dem Abend, an dem Harry verschwunden war, nicht mehr gesehen.« Brenda bemerkte ihren vorsichtigen Seitenblick zu Lenox und erklärte: »Du kannst in allem ganz offen sprechen. Lenox und ich sind wild entschlossen, keine Geheimnisse mehr voreinander zu haben.« Sie zwinkerte belustigt. »Jedenfalls keine großen.«

Die Miene des Herrn Anwalt wirkte ein wenig säuerlich – das konnte allerdings auch am Seitenstechen liegen.

»Na, dann kann ich dir ja sagen, dass Sara sich königlich amüsiert hat, als ich ihr erzählt habe, dass ich mit dem Kulturverein deine Partnervermittlungsagentur unterstütze. Sie hat mich allen Ernstes eine *Kupplerin* genannt«, sagte sie.

Lenox gab ein leises Ächzen von sich.

»So hab ich früher … hab ich früher auch gedacht«, schnaufte er. »Aber Brendas Unternehmen ist … absolut … seriös … vollkommen seriös … sehr erfolgreich! Ihre Bilanzen … sind sensa…tionell! Und …«, Blick zu seiner Frau, die ihn mit strahlenden blauen Augen ansah, »das ist es ja … ist es ja nicht, was zählt, nicht wahr? All die … zufriedenen und glücklichen Menschen! … Sie hat letztes Jahr … zweiundvierzig …«

»Das weiß Marjorie doch alles, Lenox«, sagte Brenda zu ihm

und strich über seinen Arm. »Außerdem hat Sara mit diesem Kupplerinnen-Spruch bestimmt nur einen Scherz gemacht.«

»Ganz bestimmt«, bekräftigte Marjorie. Dann deutete sie den Weg entlang. »Dann will ich mal wieder.«

»Verabredet?«, fragte Brenda mit keck gehobenen Brauen.

Sie war wirklich erstklassig in ihrem Job. Ihr feines Gespür trog sie selten in diesen Dingen.

Diese Dinge? Marjorie spürte, wie ihr allein bei diesem Gedanken ein bisschen warm wurde. So ein Unsinn. Als ginge es bei ihrer Verabredung um so etwas. Finden. Gefunden werden. Brendas Job eben. Ts, der Gedanke allein war doch absurd.

»Ist nicht gut, wenn man zu lange stehen bleibt«, wandte Marjorie sich an Lenox, obwohl sie selbst vom Joggen so viel verstand wie vom Seidenmalen. Beides war nie ihr Ding gewesen.

»Bis bald!« Brenda winkte und wartete, bis Lenox tief eingeatmet hatte und wieder loslief, dann folgte sie ihm.

»Dass du immer noch … so viel Energie hast … trotz der großen … Runde mit Colin gestern …«, hörte Marjorie Lenox noch keuchen.

»Genau deswegen, mein Schatz, genau deswegen. Ich bin eben in Form. Aber keine Angst, das kriegen wir auch bei dir wieder hin.«

Brendas Mann antwortete ächzend etwas, das Marjorie schon nicht mehr verstand, und die beiden verschwanden hinter dem Hügel.

Marjorie lenkte ihre Schritte Richtung landeinwärts. Sie war weitere zehn Minuten unterwegs, bis sie schließlich an der Green Lane an einem kleinen Cottage anhielt. Hier hatte früher Isabell Egan gewohnt, eine alte Lady, die für ihre selbst gemachten Marmeladen im ganzen Ort berühmt gewesen war. Seit ein paar Wochen aber war es der Wohnsitz von …

»Hallo, John!«, begrüßte sie ihn, als er aus dem Haus trat.

Lizzy, Di, Meghan und Katy rannten zu ihm und hüpften um

ihn herum. Harry hatte offenbar gerade eine besonders interessante Stelle zum Schnuppern entdeckt und just keine Zeit für eine begeisterte Begrüßung.

Wie immer, wenn sie gemeinsam mit den Hunden spazieren gingen, trug John sportliche Outdoorbekleidung und eine Kappe. Als er den gepflasterten Weg auf sie zukam, nach allen Seiten die springenden, winselnden Hunde tätschelnd, betrachtete Marjorie ihn möglichst unauffällig und fand, dass er für einen Mann in seinem Alter ungewöhnlich jugendlich wirkte. Nun, um ehrlich zu sein: Er sah verteufelt gut aus. Immer noch.

»Ich kenne diesen Blick«, sagte er, als er bei ihr angekommen war. »Was geht dir im Kopf herum?«

»Das geht dich nichts an«, erwiderte Marjorie harscher als beabsichtigt.

Und sie würde jetzt verflixt noch mal nicht wie ein Schulmädchen erröten!

Energisch drehte sie sich um und ging in Richtung Felder. John schloss zu ihr auf, und ein paar Minuten liefen sie schweigend in raschem Tempo dahin.

Plötzlich erschien Harry neben ihr, warf trabend die Pfoten in die Höhe, als wollte er zeigen, wie gut er sie wieder einsetzen konnte, und sah eifrig zu ihr herauf.

Sie lächelte ihm zu.

»Was er doch für ein aufgewecktes Kerlchen ist«, bemerkte John mit Kennerblick. »Man könnte meinen, er ist heute so munter, weil er endlich den Verband los ist. Aber ich glaube, es liegt eher daran, dass wir uns nicht gleich über Gott und die Welt unterhalten. Er mag es nicht, wenn ich deine Aufmerksamkeit mit Beschlag belege.«

Marjorie war überrascht, wie treffend er ihren Rüden beschrieb.

»Nimm es nicht persönlich«, sagte sie leichthin. »Es liegt nicht an dir. Er mag es generell nicht gern, wenn ich abgelenkt werde.

Vermutlich glaubt er, wenn ich mich nicht um das Rudel kümmere, muss er die Vertretung machen, und das schmeckt ihm nicht.«

»Er ist eben ein unabhängiger Geist. Genauso wie du. Will sich nicht binden.«

»Da könnte was dran sein.«

»Gab es in den letzten dreißig Jahren niemanden, bei dem du hättest schwach werden können?«

Marjories Atem stockte. Damit er nicht merkte, wie sehr diese Frage sie aus der Bahn warf, ging sie jedoch einfach weiter und hielt den Blick gesenkt.

Seit dem Abend, als Harry verschwunden war, waren sie täglich miteinander spazieren gegangen. Acht lange, zugegebenermaßen wunderschöne Spaziergänge im Sonnenschein oder bei Nieselwetter, bei denen sie tatsächlich *über Gott und die Welt geredet* hatten.

Über Gott und die Welt zu reden hieß jedoch nicht, über sie selbst zu sprechen, über sie beide. Das hatte sie seit jenem Abend vermieden. Sie waren von Saras Anruf unterbrochen worden und dann so sehr mit der Rettung der drei Vermissten beschäftigt gewesen, dass Marjorie der Sinn nicht danach gestanden hatte.

Als John bei ihrem ersten gemeinsamen Spaziergang die Geschehnisse von vor dreißig Jahren erneut aufgegriffen und sich erkundigt hatte, wie sie heute dazu stand, hatte sie ihn darum gebeten, ihr noch Zeit zu lassen. Sie hatte sich selbst erst darüber klar werden wollen, was sie mit den neuen Informationen anzufangen gedachte. Wenn sie ehrlich war, wusste sie genau das immer noch nicht.

Und nun fragte er sie so etwas.

Ob es nie jemanden gegeben hatte, nachdem er damals einfach so sang- und klanglos verschwunden war. Na ja, wahrscheinlich nicht sang- und klanglos, denn sie selbst hatte ja jeglichen Kontakt abgelehnt. Ach, verflixt, es war so eine komplizierte Geschichte.

Sie konnte einfach nicht an damals denken, ohne sich vor Schrecken, Scham und Bedauern vollkommen gelähmt zu fühlen.

»Entschuldige«, sagte John, als sie nicht antwortete. »Das war indiskret. Wenn deine Gedanken mich schon nichts angehen, dann so etwas wohl erst recht nicht. Vergiss bitte, dass ich die Frage gestellt habe, ja?«

Sie nickte.

Der Feldweg, auf dem sie unterwegs waren, wand sich zwischen Getreide und Wiesen und war bis zum Horizont gesäumt von Hecken aus Schlehen, Haselnuss und Ginster. Der Wind wehte vom Meer herüber, strich über das hochstehende Korn und ließ es wellenartig wogen. Der Anblick war ihr vertraut und beruhigte sie.

»Natürlich hat es ein paar gegeben«, hörte Marjorie sich da sagen. »Aber du hast es gerade selbst gesagt: Ich bin ein unabhängiger Geist. Und je länger ich allein lebte, desto weniger hatte ich das Bedürfnis, mein Leben mit jemandem zu teilen, der nicht ... der nicht hundertprozentig der Richtige war.«

Sie unterließ es, irgendeine Verbindung zu ihm herzustellen, zu damals. Wenn sie sich so gut daran erinnern konnte, hatte er es bestimmt auch nicht vergessen: wie sie ohne das kleinste Zögern »Ja!« gesagt hatte, als er ihr den Antrag gemacht hatte. Denn bei John hatte es keinen Zweifel gegeben.

»Tja, und irgendwann ist es dann eben zu spät.« Sie lachte und strich sich die Haare, durch die der Wind fuhr, aus dem Gesicht. »Ich bin die verschrobene Alte, die die Corgis züchtet und Kultur für alle organisiert. So ist es eben. Oh nein, Harry! Das lässt du sein!«

Rasch lief sie zu dem kleinen Rüden, um ihn daran zu hindern, sich in irgendetwas zu wälzen, das ausgesprochen unappetitlich aussah. Harry wusste, wann sie es ernst meinte, und gab Fersengeld.

Die Hündinnen kamen interessiert näher.

»Nichts da! Ihr auch nicht! Meghan, lass das sein! Was ist denn plötzlich in euch alle gefahren? Wenn deine Welpen auch nur halb so einfallsreich werden wie du, werden ihre neuen Familien ganz schön was mitmachen.«

Sie scheuchte die hübsche Hündin vor sich her, und Meghan hüpfte ausgelassen von rechts nach links und kläffte, begeistert über das Spiel.

»Wann kommen die Kleinen denn zu ihren neuen Leuten?«, erkundigte John sich.

Marjorie war heillos erleichtert, dass er auf den spontanen Themenwechsel einging. Schließlich musste es doch nicht sein, dass sie die alte Geschichte wieder aufwärmten und mit vielen *Wenn* und *Aber* alles, was an schönen Erinnerungen geblieben war, zerredeten.

»Sie sind jetzt neun Wochen alt und auch endlich geimpft. In ein paar Tagen geht es los. Dann kommen die Ersten, um die aufgeweckte, kleine Hündin abzuholen. Und dann geht fast täglich einer. Nur den kräftigsten Rüden bringe ich selbst nach Bath. Seine neue Familie sind gute Freunde. Zea und Carl hatten schon einen Hund von mir, die kleine Fey. Sie waren untröstlich, als sie letzten Winter gestorben ist, und ich hab ihnen einen der Welpen versprochen. Das wird ein Fest für sie, wenn der Kleine einzieht! Sie wollen ihn tatsächlich auch James rufen, so, wie ich es in den Papieren habe eintragen lassen. Es ist ein J-Wurf, weißt du. Alle Namen fangen mit ›J‹ an. Aber die meisten Familien geben den Hunden einen Rufnamen nach ihren eigenen Wünschen.«

»James?! Scheint mir passend. Haben die anderen denn auch schon Namen von ihren neuen Besitzern?«

»Natürlich. Es gibt eine Poppy, einen Mickey, einen Lenny, eine …«

Während sie noch aufzählte, blieb John plötzlich mitten auf dem Weg stehen.

»Heirate mich!«

Marjorie spürte ihr Herz vor Schreck ein paar Schläge vergessen, um sie dann eilends nachzuholen. Es schlug so heftig, dass sie glaubte, das wilde Flattern müsste durch ihre Bluse zu erkennen sein.

»Was?«, brachte sie nur heraus.

»Heirate mich!«, wiederholte John, der von seinen Worten beinahe so überrumpelt zu sein schien wie sie selbst.

»John … ich …« Sie rang ihre Hände.

Die Hunde, die gerade noch gescholten worden waren, waren ebenfalls stehen geblieben und sahen verwundert zu ihr hoch.

John griff nach ihren Händen und hielt sie fest zwischen seinen.

»Natürlich können wir auch einfach so weitermachen: uns täglich sehen, aber nur in einem unverbindlichen Rahmen. Miteinander reden, aber nie über das, was uns wirklich bewegt. Aber, Marjorie, wenn Charlottes früher Tod mich eines gelehrt hat, dann, dass das Leben nicht auf uns wartet. Wir sollten die Dinge, die wir wirklich tun, die wir aussprechen oder erfahren möchten, die wir mit jemand Geliebtem teilen wollen, nicht verschieben. Nicht auf nächstes Jahr oder die nächsten Monate. Nicht einmal auf morgen.«

Die junge Marjorie, die immer noch in ihr lebte, wollte sich umdrehen und wegrennen, einfach die Beine in die Hand nehmen und sich nicht einmal umschauen. Denn sie hatte immer noch so furchtbare Angst davor, wieder verletzt zu werden.

Doch die Jahre hatten Spuren hinterlassen, selbst in einem Dickkopf wie ihrem, in einem Herzen, um das sie schon vor langer Zeit einen Schutzwall errichtet hatte. Und das führte dazu, dass sie den Fluchtimpuls überwand.

Sie blieb stehen und starrte wie hypnotisiert auf ihre ineinander verschlungenen Hände.

Weil sie ihn nicht gleich brüsk zurückwies, fasste John offenbar Mut. Er ließ sich auf einem Knie nieder. Ihm entfuhr ein leises

»Autsch«, aber dann lächelte er, seine Augen immer noch so verschmitzt wie früher.

Ihre Hände in seinen sagte er feierlich: »Marjorie Amelia Cowell, du würdest mich zum glücklichsten Mann Englands machen, wenn du in Erwägung ziehen würdest, meine Frau zu werden. Willst du?«

Tausend Gedanken schossen durch ihren Kopf. Sie dachte an Charlotte, seine Frau, die viele glückliche Jahre mit ihm gehabt hatte, bevor sie gestorben war. Dachte an jene junge Studentin Rachel, die ihn für kurze Zeit geliebt und dann erkannt hatte, dass er für sie nicht der Richtige war. Sie fragte sich, was die Leute im Ort wohl sagen würden. Ihr Bruder. Sara. Und dann war da noch …

»John, ich … ich kann Ivy Cottage nicht verlassen. Es ist mein Zuhause, und die Hunde …«

»Ist das dein einziger Einwand, Marjorie? Dann kann ich dir sagen: Das ist vollkommen in Ordnung für mich. Du bist in meinem Haus immer willkommen, mit so vielen Corgis, wie du nur willst. Und ich freue mich, wenn ich auch bei dir willkommen bin. Vielleicht werden wir zwei hübsche kleine Häuschen haben und in ihnen die glücklichste aller jemals in Lyme Regis geschlossenen Ehen führen.«

Seine Stimme klang ein wenig zittrig. War er etwa ebenso aufgeregt wie sie? Aber in seinen Worten schwang zudem eine nahezu euphorische Zuversicht mit, die plötzlich auch von ihr Besitz ergriff.

Er hatte recht. Verflixt, er hatte wirklich recht. Nicht nächstes Jahr. Nicht nächsten Monat. Nicht einmal morgen.

Sie nickte. Spürte dieser leichten Bewegung ihres Kopfes nach. Sie nickte tatsächlich.

»Ja«, sagte sie, ein bisschen erstaunt und von tausend anderen Gefühlen überrollt. »Ja, ich will.«

John küsste ihre Hände, erhob sich so schnell, wie sein Ächzen beim Niederknien es nicht hätte vermuten lassen.

Und sie blickten einander an, als seien sie gerade Zeugen eines Wunders geworden.

Harry nutzte die Gelegenheit und wetzte zurück zu der interessanten Stelle, der er sich gerade nicht ausführlich genug hatte widmen können. Sie ließ ihn laufen.

Plötzlich brach ein haltloses Kichern aus ihr heraus, das sich zu lautem Gelächter steigerte.

John sah sie überrascht an.

»Was ist denn so komisch?«, wollte er wissen und fiel in ihr Lachen ein.

Glück war eben ansteckend.

»Ich habe mir nur gerade vorgestellt, wie ich Maxwell anrufe und ihn bitte, mein Trauzeuge zu sein.«

Da lachten sie noch lauter. Wie zwei alberne, frisch verknallte Teenager.

Oder eben wie zwei, die viel zu lange auf genau diesen Moment gewartet hatten.

Harry

Die Chefin ist super drauf. Hab sie noch nie so lustig erlebt. Ständig lacht und singt sie.

Das hat was mit den schicken Hosenbeinen zu tun. John. *Ich hab im Gefühl, dass ich mich an diesen Namen mal besser gewöhnen sollte.*

Und wahrscheinlich hat es was mit dem Fest zu tun. Ich war nämlich dabei, als die Chefin Sara gebeten hat, das Essen für ein großes Fest zu planen. »Statt Blumenmädchen«, hat die Chefin gesagt. Keine Ahnung, was sie damit gemeint hat, aber Fest *klingt gut. Weil da immer viele Reste bleiben. Wenn ich Glück hab, achtet im Laufe des späteren Abends auch nicht immer jemand aufs Büfett.*

Die Chefin hat Sara auch noch andere Dinge gesagt. Dass es nicht gut ist, wenn man zu starrköpfig ist. Und dass Verzeihen manchmal wichtiger ist, als recht zu behalten.

Daran werd ich sie mal erinnern, wenn sie mich das nächste Mal beim Buddeln unter den Himbeerbüschen erwischt.

Sara ist seitdem jedenfalls ziemlich nachdenklich. Irgendwas geht in ihr vor …

Dass Zweibeiner immer so viel grübeln müssen.

21. Sara

Es war noch eine gute Stunde bis zur Tea Time, da klopfte es vorsichtig an die Tür ihres Zimmers.

»Komm rein, Marjorie«, rief Sara, die sich mit einem Buch auf dem Bett ausgestreckt hatte.

Die Tür wurde geöffnet, und ihre Tante betrat das Zimmer. Zum ersten Mal seit zwei Tagen – seit John Howards um ihre Hand angehalten hatte – sah Marjorie ernst aus.

Sara setzte sich rasch auf und legte das Buch zur Seite.

»Ist was passiert?«

»Du hast Besuch.« Marjorie hob die Brauen und flüsterte: »Ach du meine Güte, du hast mir gar nicht gesagt, wie gut er aussieht, dein Victor. Ich dachte schon, Pierce Brosnan steht vor der Tür.«

Sara sprang vom Bett und sah an sich herunter. Verwaschene Jeans, ungebügeltes T-Shirt, barfuß. Der Blick in den Spiegel ließ sie erleichtert aufatmen. Sie sah durchaus vorzeigbar aus.

Sie stürzte zur Tür, hielt dann inne, blickte zu Marjorie, sich ihrer Eile plötzlich peinlich bewusst. Ihre Tante nickte ihr aufmunternd zu. Gemessenen Schrittes ging sie hinaus in den kleinen Flur und sah die Treppe hinunter.

An deren Fuß stand Victor.

Schlagartig wusste Sara wieder, was sie vor fünf Jahren so sehr an ihm angezogen hatte. Seine Größe wurde durch seine extreme Schlankheit noch unterstrichen. Und natürlich durch die kleinen Hunde, die im Halbkreis um ihn herumsaßen und den Fremden im Auge behielten. Er trug seinen nachtblauen Anzug, den sie immer besonders an ihm gemocht hatte, sah zu ihr herauf und lächelte.

Sich jeder einzelnen Stufe bewusst, ging Sara hinunter. Als sie vor ihm stand, war ihr völlig unklar, wie sie ihn begrüßen sollte.

»Das ist ja eine Überraschung«, sagte sie schließlich mit einer Stimme, die ihr selbst fremd vorkam.

»Ich hoffe, ich überrumple dich nicht. Will auch nicht lange deine Zeit in Anspruch nehmen. Aber gute Nachrichten überbringt man am liebsten selbst, oder?«

»Du hast gute Nachrichten?«

Für einen Moment war sie vollkommen perplex und hatte nicht den Hauch einer Ahnung, worum es sich dabei handeln könnte.

»Ja, du hattest mich doch gebeten, mich ein wenig umzutun, um dem Freund deiner Tante unter die Arme zu greifen, diesem Whisky-Brennmeister«, sagte er.

Wie bei einem Stichwort im Theater, erschien Marjorie oben an der Treppe.

»Colin! Ja, ähm, sicher«, erinnerte Sara sich.

Marjorie kam herunter und lächelte sie beide herzlich an.

Victor wandte sich ebenso an sie wie an Sara, als er fortfuhr: »Ich habe mich in meinen verschiedenen Netzwerken ein wenig umgehört und ein paar Informationen gestreut. Und nun gibt es mehr als zwanzig Toprestaurants in London, Oxford und Bath, die starkes Interesse am Whisky aus Lyme Regis haben. Natürlich müssen jetzt erst einmal ein paar Proben her. Und da dachte ich, ich kann sie ja auch gleich persönlich abholen.«

»Über zwanzig? Oh, Victor, das ist ja …«

»Fantastisch, oder? Das *Afterwork* ist dabei und sogar das *Parkscene*!«

»Was?! Das ist ja grandios!«

Sara bemerkte erst, dass sie nach Victors Arm gegriffen hatte, als sie seinen Blick auf ihrer Hand registrierte. Rasch zog sie sie zurück.

»Das müssen wir sofort Colin erzählen! Marjorie, würdest du …?«

»Ich komm hier gut allein zurecht, Liebes.«

»Prima. Oh, Colin wird ausflippen vor Freude!«

Als sie in ihre Sneaker schlüpfte, meinte sie, einen skeptischen Blick von Marjorie aufzuschnappen.

»Nicht?«

Marjorie winkte ab. »Doch, doch! Natürlich. Er wird sich riesig freuen.«

Trotz ihrer Worte schien ihre Tante nicht ganz davon überzeugt zu sein. Aber nun war keine Zeit nachzuhaken.

Sara vertröstete die Hunde, und schon war sie zusammen mit Victor aus dem Haus und durch das Gartentor.

Am Straßenrand parkte ein großer Wagen.

»Casper hat mir das riesige Ding geliehen«, erklärte er.

Sara stellte sich vor, wie sie mit diesem Schiff durch die engen Straßen fahren würden.

»Lass uns zu Fuß gehen«, schlug sie vor. »Dann kann ich dir unterwegs ein bisschen was von Lyme Regis zeigen.«

Das klang, als sei Victor ein überaus willkommener Gast, den sie ein bisschen herumzuführen gedachte. Vielleicht fiel ihm das auch auf, denn er hatte Mühe, seine freudige Überraschung nicht zu deutlich zu zeigen.

»Natürlich. Gerne.«

Zunächst hielten sie beide einen gewissen Abstand zueinander. Doch je länger sie unterwegs waren, Sara Victor auf diesen oder jenen Ausblick aufmerksam machte, ihm einen besonderen Tearoom und das beste Fischrestaurant des Ortes zeigte, desto mehr schrumpfte die Distanz.

Zudem machte Sara die verblüffende Erfahrung, dass sie mittlerweile für so einige Leute in Lyme Regis offenbar keine Unbekannte mehr war.

Sie wurde gegrüßt und mit Fragen nach Harry und Marjorie bedacht, während Victor mehr oder weniger unauffällig gemustert wurde.

Als sie an *Fresh Alice* vorbeikamen, konnte Sara nicht widerstehen. Sie musste ihm einfach Alice' sensationelle Auswahl zeigen.

»Sara! Da bist du ja noch mal! Was vergessen?«, rief Alice, die gerade ein älteres Ehepaar bediente.

Natürlich hatte Sara sich heute Morgen mit ein paar frischen Zutaten fürs Dinner eingedeckt.

»Nein, nein, ich wollte Victor nur kurz deinen fantastischen Laden zeigen.«

Alice winkte und wandte sich wieder ihrer Kundschaft zu.

Während Sara mit Victor durch das kleine Geschäft schlenderte, machte sie ihn auf die Qualität des einen oder anderen Gemüses oder auf eine ungewöhnliche Obstsorte aufmerksam.

»Bis morgen!«, rief Alice ihnen zu, als sie den Laden wieder verließen.

»Man könnte meinen, du kennst die halbe Stadt«, bemerkte Victor.

Sie zuckte mit den Schultern. »Ich staune selbst. Kaum rettet man mal einen Corgi aus den Klippen, ist man hier gleich eine lokale Berühmtheit.«

Wenig später bogen sie in den Hof der Destillerie ein.

»Schau mal, ist das nicht wahnsinnig schön?« Sie hielt kurz inne und deutete in den urigen Innenhof der Anlage, der an drei Seiten von den alten Gebäuden begrenzt wurde. »Die Farbe der Ziegel, der Wein an den Wänden und am Dach. Idyllisch, oder? Da vorn ist das Wohnhaus, und drüben in der Scheune war bis vor ein paar Tagen noch die Pottery eines schottischen Paares. Die beiden stellen grandiose Keramik her. Aber leider packen sie derzeit zusammen, weil sie zurück nach Schottland gehen, und der Shop ist geschlossen. Dort drüben wird der Whisky hergestellt, und da vorn gibt es einen kleinen Laden. Da werden wir Colin wahrscheinlich finden.«

Sie gingen auf die niedrige Tür zu, und Sara spürte dabei plötzlich so etwas wie ein nervöses Magenflattern.

Als sie nach der Klinke griff, wurde die Tür von innen geöffnet, und eine Frau, die Sara von den Veranstaltungen des Kulturclubs kannte, trat heraus.

»Oh, hallo, Sara«, grüßte sie und zeigte beim Lächeln ihre strahlend weißen Zähne.

»Hallo Ellen.«

Gott sei Dank war ihr der Name beim Klang der melodiösen Stimme gerade rechtzeitig eingefallen.

Ellen reichte Victor die Hand. »Wir hatten noch nicht das Vergnügen?!«

»Victor Moos«, stellte er sich vor und deutete eine kleine Verbeugung an, in der Sara sogleich sein galantes Auftreten den Gästen im *Rosmary* gegenüber wiedererkannte. »Ich bin Saras …« Hier geriet Victor ins Schwimmen.

»Der Mitinhaber des Restaurants, von dem ich neulich erzählt habe«, half Sara ihm schnell.

»Ach ja, richtig. Beneidenswert, so gut kochen zu können, Sara. Ich kriege es zwar irgendwie auf die Reihe, aber gut ist anders. He, könnten Marjorie und Brenda nicht mal einen Kochkurs im Club anbieten? Ich wäre sofort dabei! Würde unter deiner Anleitung bestimmt jede Menge Spaß machen.«

Sara blinzelte kurz.

»Ähm … ja, wieso nicht?! Ich schlag es den beiden mal vor.«

»Fein. Tja, dann … Schönen Tag noch!«

Ellens Blick huschte noch einmal rasch zwischen Victor und Sara hin und her. Sie wirkte außerordentlich zufrieden. Und Sara hatte keine Ahnung, warum.

»Danke! Dir auch.«

Während Ellen Richtung Straße ging, betrat Sara den kleinen Whiskyladen.

Colin, der im hinteren Teil vor einem Regal hockte und ein paar Flaschen einräumte, sah sie, und ein überraschtes Lächeln erschien auf seinem Gesicht.

»Hi Colin«, sagte Sara und ärgerte sich darüber, dass sie sich plötzlich so befangen fühlte. »Wir haben gute Neuigkeiten.«

Victor trat an ihre Seite. Colin stand auf. Augenblicklich entstand eine seltsame Atmosphäre im Raum.

Da Colin auf ihre Einleitung nicht reagierte, sagte Sara: »Das hier ist Victor. Ähm … Victor, das ist Colin Buck, der Inhaber hier.«

Die beiden Männer waren beinahe gleich groß, bedachten sich mit einem einzigen abschätzenden Blick und nickten sich dann mit ein paar Metern Abstand höflich zu.

Was war hier denn los? Sara war für einen Moment so verwirrt, dass sie beinahe vergessen hatte, warum sie hier waren.

»Colin, ich hab dir doch gesagt, ich würde Victor fragen, ob er uns bei der Suche nach neuen Kunden für dich unterstützen kann. Er ist unglaublich gut vernetzt. Stimmt doch, Victor?! Jedenfalls haben mehr als zwanzig Restaurants in London, Oxford und …« Sie sah fragend zu Victor.

»Und Bath«, half er ihr.

»Genau. Also, stell dir vor: Mehr als zwanzig Restaurants haben Interesse an deinem Whisky! Sie wollen Proben! Und wenn er ihnen schmeckt – und das wird definitiv so sein –, werden sie ihn auf ihre Karten nehmen. Was sagst du? Ist das nicht toll?«

Colin sah zwischen ihr und Victor hin und her und schien nicht zu wissen, was er sagen sollte. Er erinnerte Sara an die ersten Tage mit ihm, an denen sie dachte, er brächte nie mehr als nur ein paar höfliche Worte heraus.

»Klingt … super«, sagte er schließlich.

Irgendwie hatte Sara sich von der Eröffnung dieser Neuigkeiten mehr Begeisterung erhofft.

»Victor ist hier, um Proben mitzunehmen.« Dabei deutete sie zuerst auf den steif neben ihr stehenden Victor und danach auf die Flaschen im Regal, wie eine Stewardess bei der Einweisung im Flugzeug. »Würdest du welche abfüllen?«

»Proben? Natürlich. Ich hab welche im Keller. Sekunde.«

Colin verschwand durch den schweren Vorhang, der den Verkaufsraum von der Treppe hinunter in den Gewölbekeller abtrennte.

Victor sah sie fragend an.

Sara dachte, er würde sich über Colins ausbleibenden Enthusiasmus ebenso wundern wie sie selbst.

Stattdessen raunte er ihr zu: »*Das* ist Colin Buck? Ich dachte, er sei mindestens siebzig oder so.«

Sie sah ihn verblüfft an.

»Wie kommst du denn darauf?«

»Na ja, du hast von der uralten Destillerie erzählt und dass er ein Freund deiner Tante sei und so. Mit *ihm* hast du die Nacht da unten in der Fischerhütte verbracht?«

Ehe Sara antworten konnte, war Colin wieder da, eine Auswahl an Dreihundert-ml-Fläschchen im Arm.

»Ich habe verschiedene Sorten, die ich in größeren Mengen anbieten kann. Gibt es besondere Wünsche?«

Er sah Sara an.

Sara wandte sich an Victor.

»Gibt es besondere Wünsche?«

Victor breitete die Arme aus. »Gerne alles, was du zu bieten hast. Ich weiß leider nicht, woran zum Beispiel Todd und Ernie aus dem *Parkscene* das größte Interesse haben.«

Wie lässig er die Namen der Besitzer eines der besten und teuersten Restaurants Londons aussprach. Sara warf ihm einen Seitenblick zu. Soweit sie wusste, kannte er die beiden gar nicht persönlich, sondern nur über einen gemeinsamen Bekannten. Wollte er etwa mit diesem Kontakt angeben? Das sähe ihm gar nicht ähnlich.

Colin runzelte für einen Moment die Stirn, ließ sich jedoch nicht anmerken, ob er tatsächlich angemessen beeindruckt war. Am Ende kannte er das *Parkscene* gar nicht, und Victor hatte umsonst seine kleine Angebernummer versucht?

»Dann hole ich besser einen festen Karton. Moment.«

Wieder verschwand er hinter dem dicken Vorhang.

Victor stand starr wie eine Statue, schwieg und betrachtete das Angebot in den Regalen.

Nach ein paar Minuten trat Colin wieder in den Verkaufsraum und stellte zwei stabile Kartons auf dem Tresen ab, es klirrte leise. Er griff nach ein paar Flyern, die dort ebenfalls lagen, und legte sie in den Karton.

»Sind natürlich noch die alten«, sagte er an Sara gewandt. »Ich bin erst dabei, den neuen zu entwerfen, über den wir gesprochen haben.«

»Natürlich. Sag Bescheid, wenn du Hilfe brauchst«, erwiderte sie.

»Mach ich. Ach, und Dean Felton war vorhin hier. Hat eine Flasche von meinem Besten gekauft und mich nach einem passenden Rezept zu so einem Schlückchen gefragt. Ich hab ihm gesagt, dass er da wohl besser dich ansprechen sollte. Er meinte, dass das Gericht – warte, was hat er gesagt? – *kochidiotensicher, aber trotzdem beeindruckend* sein sollte. Es scheint quasi um Leben und Tod zu gehen.«

So langsam gestaltete sich dieser Besuch in der Destillerie immer merkwürdiger.

»Okay. Ja, klar kann ich ihm helfen. Er will kochen? Für wen denn?«, erkundigte sie sich und merkte zu spät, dass es eine Spur zu neugierig klang.

Colin hob nur die Schultern.

»Na, das werd ich ja erfahren«, sagte sie möglichst leichthin. »Okay. Dann gehen wir mal wieder.«

Sie griff nach einem der beiden Kartons.

»Nimm den hier, da sind weniger Flaschen drin.« Colin schob ihr den anderen Karton hin.

»Ach was, ich nehm beide.« Victor klemmte sich den leichteren unter den einen Arm und nahm den anderen auch noch.

Tatsächlich. Victor kehrte hier den Gentleman heraus. Sara spürte ein Zucken in den Mundwinkeln, konnte es aber unterdrücken.

Sie tauschte einen Blick mit Colin, er wirkte ernst wie immer.

Er ging rasch an ihnen vorbei, hielt Victor die Tür auf und sagte: »Ich bin Ihnen sehr zu Dank verpflichtet.«

»Ach, das ist wirklich nicht nötig«, erwiderte Victor jovial. »Es lag Sara am Herzen, einem Freund ihrer Tante behilflich zu sein. Und da tue ich gern mein Bestes.«

Damit wandte er sich um und marschierte mit den beiden Kartons in den Armen in Richtung Hofeinfahrt.

»Danke, Sara«, sagte Colin leise, als sie an ihm vorüberging.

Sie wollte etwas erwidern. Dass ein Dankeschön nicht notwendig sei, dass sie selbst doch kaum etwas gemacht hatte. Aber der Ausdruck in seinen braunen Augen berührte sie und verbot irgendwie eine derartige Floskel. Sie hatte für ihn ihren Ex angerufen und um dessen Hilfe gebeten. Und sie hatte den Verdacht, dass er sehr wohl wusste, was sie das an Überwindung gekostet haben musste.

Daher schluckte sie nur, ehe sie nickte und sich dann beeilte, Victor zu folgen.

Harry

Ich weiß, anfangs fand ich den komischen Kauz blöde. In erster Linie wegen dieser ewigen Pfeiferei. Mittlerweile haben wir uns ja angefreundet – von wegen Leben gerettet und so weiter.

Dieser Holzstockkerl gefällt mir dagegen gar nicht, und ich kann mir nicht vorstellen, wie sich das ändern sollte. Ich habe nämlich nicht vor, in der nächsten Zeit noch einmal eine Klippe runterzufallen, um mich diesmal von ihm *retten zu lassen.*

Den ganzen Tag verbringt meine Sara ihre Zeit mit diesem Kerl, der wirkt, als hätte er einen ultimativ langen Ast verschluckt, und hat währenddessen keinen Augenblick für mich übrig.

Was soll denn an dem so Besonderes sein?

Er redet und guckt nur und guckt und redet.

Und Sara hängt an seinen Lippen, ohne daran zu denken, dass hier ein Champion-Rüde sitzt, der mal wieder ein bisschen Ohrenkraulen oder Ballspielen verdient hat.

Von mir aus kann der Holzstockkerl noch vor dem Dinner wieder abhauen. Sieht aber nicht danach aus.

22. Dean

Der Tag war frisch und bescherte den Lyme Regisern eine kühle Brise vom Meer. Kleine Wattewölkchen wanderten am Himmel, und das Wasser strahlte leuchtend blau.

Dean hatte Ivy Cottage fast erreicht, als zwei Leute aus dem Haus traten und den schmalen Gartenweg zum Törchen schlenderten.

Es waren Sara und ein unbekannter Mann, in dem Dean jedoch sofort einen geschliffenen Londoner erkannte. Niemand in Lyme Regis trug einen solchen maßgeschneiderten Anzug.

»Dean! Hallo! Ich habe schon gestern mit dir gerechnet«, rief Sara ihm zu.

Auf den ersten Blick sah sie aus wie immer, in Jeans, T-Shirt und sportlichen Schuhen. Aber als sie schließlich voreinander standen, wirkte sie irgendwie fremd auf ihn. Als sei sie gerade erst von einem Einkaufsbummel in der großen Stadt zurück und noch nicht dazu gekommen, die reinigende Seeluft tief ein- und wieder auszuatmen.

»Störe ich?«

Er erwiderte die Musterung des Fremden ebenso wie dessen freundliches Nicken zur Begrüßung.

»Überhaupt nicht. Victor ist gerade dabei, wieder aufzubrechen. Er hat zwei Kisten von Colins Whisky geholt, um sie in London an interessierte Restaurants zu verteilen. Es wartet also jede Menge Arbeit auf ihn.«

Meinte er es nur, oder klang ihre Stimme betont heiter? Und das war Victor? Der Typ, der so idiotisch gewesen war, eine Frau wie Sara für ein kurzes Vergnügen mit einer anderen derart zu verletzen?

»Na, dann … Reisende soll man nicht aufhalten«, sagte er.

Dieser Kerl hatte es nicht verdient, dass Sara ihm zum Abschied so zulächelte, wie sie es gerade tat. Zu Deans Erleichterung gab es zwischen den beiden immerhin keine Umarmung. Sie winkten einander zu, Victor stieg in den protzigen Wagen, hupte einmal kurz und fuhr davon.

Sara wandte sich zu Dean um und atmete so tief aus, als habe sie eine Prüfung gut überstanden.

»Lass mich raten. Kein geplantes Wiedersehen?«, erkundigte er sich mit einem Augenzwinkern.

Sie lachte. Und wirkte endlich wieder so, wie er sie kannte.

»Nein, das nicht. Aber es war trotzdem … sehr viel angenehmer, als ich gedacht hätte. Willst du reinkommen?«

»Gern. Vor allem, weil mich interessiert, wieso du mich gestern schon erwartet hast.«

Sie grinste. »Colin hat erwähnt, dass du dringend ein Rezept brauchst, das zu seinem Whisky passt.«

Sie gingen ums Haus herum auf die Terrasse, wo der Frühstückstisch noch für zwei gedeckt war.

»Wo sind Marjorie und die Hunde?«, fragte er.

»Sie macht mit ihnen und John einen laaangen Spaziergang. Ich rechne nicht vor der Tea Time mit ihnen.«

Sara lächelte, halb amüsiert, halb liebevoll.

»Wer hätte das gedacht, hm? Hast du eigentlich gewusst, dass die beiden früher schon mal liiert waren?«

Alice hatte da etwas von einem ungewöhnlichen Verlöbnis mit raschem Ende angedeutet. Der Autor in ihm witterte eine große Geschichte, voller Irrungen, Wirrungen, Leidenschaft, Kummer und mit einem großen Happy End.

»Ich war etwa zehn, als die beiden damals zusammen waren. Und an der abgesagten Hochzeit hat mich am meisten bekümmert, dass ich bei der Trauung doch nicht Blumenmädchen sein durfte.« Sara schüttelte lächelnd den Kopf. »So richtig klar sind mir die ganzen Zusammenhänge erst geworden, als ich am Sonntag mit meinem Dad telefoniert habe. Der war ganz durch den Wind von dieser Neuigkeit. Marjorie auch. Sie musste mir den Hörer reichen, weil sie nach der Frage, ob er ihr Trauzeuge sein will, einen echten Lachanfall bekommen hat. Sie konnte sich gar nicht beruhigen. Mein Dad wusste nicht so recht, was ihn mehr beunruhigen sollte, die Neuigkeit oder Marjories Heiterkeitsausbruch. Da hat er mir die ganze Geschichte erzählt. Ich glaube, Marjories Herz war damals mehr als nur gebrochen. Wer hätte denn auch ahnen können, dass es alles nur ein großes Missverständnis war?«

Sie erzählte ihm, was ihr Dad und ihre Tante ihr über die Geschehnisse von damals anvertraut hatten.

Er hatte recht gehabt: Was für eine dramatische Geschichte! Und wie wundervoll, dass sie ein solches Ende genommen hatte!

»Jetzt aber mal zu dir«, sagte Sara schließlich. »Was hat es mit diesem Rezept auf sich? Colin meinte, es handele sich um eine *Sache auf Leben und Tod*?«

Dass Colin Buck mehr Humor hatte, als man ihm auf den ersten Blick zutraute, hatte Dean inzwischen mitbekommen. So hätte er es nun trotzdem nicht ausdrücken müssen.

»Es ist nur Monica«, antwortete er und stellte fest, dass es ihm nicht gelang, es wie eine ganz normale Sache klingen zu lassen. Dabei war es doch nicht mehr als das. »Sie kommt nach ihrem Urlaub in Dorset heute wieder hier vorbei. Die Scheidungspapiere, weißt du?! Und da wollte ich für uns ein bisschen kochen. Aber es muss …«

»*Idiotensicher, aber trotzdem beeindruckend* sein?«

Sie grinste.

Hm, das waren ungefähr seine Worte gewesen.

»Gestern Abend hab ich dir ein bisschen was aufgeschrieben. Hier, der Einkaufszettel, den du Alice einfach in die Hand drücken kannst. Außer der Hafermilch und dem Sojajoghurt bekommst du alles bei ihr. Und der kleine Supermarkt ist ja gleich nebenan. Und so musst du vorgehen.« Sie reichte ihm noch einen weiteren Zettel, auf dem in sauberer Handschrift stand, was er zu tun haben würde. »Halt dich einfach an die Minutenangaben und die Gradzahl des Herds, dann sollte es klappen.«

Dean überflog das Rezept für die Gemüsepie mit feinen Kräutern.

»Das ist super! Genau Monicas Ding. Ich danke dir!«

»Gern geschehen.«

Er sah sie prüfend an. Ob er sie wohl nach Victors Besuch fragen könnte?

»Victor hat mich gerade gebeten, zurück nach London zu kommen«, sagte Sara da, als habe sie seine Gedanken erraten.

»Und? Wirst du gehen?«

Sie neigte den Kopf. Für eine oder zwei Sekunden sah er in ihr wieder die andere Sara. Die, der er gerade vorn an der Straße begegnet war und die er nicht so recht wiedererkannt hatte.

»Ich schätze, das sollte ich so langsam, ja. Obwohl ich noch lange nicht weiß, was aus Victor und mir wird. Es ist … na ja … viel zerstört. Aber wir haben … Grundlagen, das habe ich gestern Abend und heute Morgen wieder ganz deutlich gespürt. Und ich vermisse das *Rosmary*. Ich kann ohne meine Arbeit einfach nicht leben. Ich liebe es, frische Sachen einzukaufen, neue Rezepte zu kreieren, am Herd zu stehen und die verschiedensten Gerichte zuzubereiten. Es ist schön, hier zu sein und für Marjorie und mich zu kochen, und …« Sie hielt kurz inne, schüttelte dann leicht den Kopf. »Langsam juckt es mich in den Fingern, wieder zu arbeiten.«

»Also?«

Sie holte tief Luft und sagte: »Ich reise übermorgen wieder ab.«

»Gut, wenn man eine Entscheidung getroffen hat, wie?«

»Tja … Wenn man irgendwo ein Leben hat, ist es wohl besser, wenn man sich andernorts nicht zu heimisch zu fühlen beginnt.«

Sie lauschte einen Moment ihren eigenen Worten nach. Dann hob sie den Kopf. »Jetzt aber los! Du musst noch einkaufen.«

Sie versprachen, sich vor Saras Abreise noch einmal zu sehen. Dann verließ Dean Ivy Cottage und ging die Straße hinunter in Richtung *Fresh Alice*.

Tatsächlich hatte Alice alle Gemüsesorten da, die Sara ihm aufgeschrieben hatte, und suchte die besten Stücke für ihn heraus.

»Ist das für eine Pie? Rezept von Sara?«, fragte sie mit Kennermiene.

»Stimmt genau. Sie hat es mir gerade gegeben.«

»Gleich erkannt! Inzwischen hab ich im Gespür, was Sara für ihre kleinen Kunststückchen benötigt. Jeden Tag, wenn sie hier einkauft, versuche ich zu erraten, was es im Hause Cowell zum Dinner geben wird.« Sie sah sich im Laden um, außer ihnen war nur noch ein französisches Touri-Paar dabei, Erdbeeren auszusuchen. »Ist ihr Ex noch da?«, wollte sie leise wissen.

»Vor einer Viertelstunde wieder abgefahren.«

»Aha. Der hat zwar im *Dower House Hotel* übernachtet, aber als ich sie gestern so zusammen sah, dachte ich, da geht noch was.« Alice hob die Brauen.

»Wer weiß? Jedenfalls schienen sie sich gut zu verstehen.«

»Genau wie Marjorie und John, hm?« Alice grinste. »So was soll es ja geben: dass nach einem großen Knall am Ende doch noch alles gut wird. Oder?«

»Ja«, sagte Dean langsam. »Das soll es geben.«

Während er den Weg zum Ferienhaus ging, echoten Alice' Worte in seinem Kopf herum.

Er dachte daran, als er die frischen Lebensmittel auspackte, das Gemüse putzte und die Töpfe und Pfannen vorbereitete.

Er dachte daran, als er den Tisch mit größter Sorgfalt deckte, ein paar Blumen in einer kleinen Vase arrangierte, eine geschlagene halbe Stunde mit der Auswahl einer geeigneten CD zubrachte.

Monica hatte gesagt, sie sei gegen sechs bei ihm. Pünktlichkeit war allerdings nicht ihre Stärke, was ihm immer ein Ärgernis gewesen war, obwohl er das jetzt nicht mehr so recht verstehen konnte. Immerhin hatten ihre Verspätungen auch eine beruhigende Berechenbarkeit. Da er sie also eher gegen sieben erwartete, war er verblüfft, als es kurz vor sechs an der Tür schellte.

Kurz überkam ihn Panik. Doch die Pie befand sich bereits im Ofen und musste nur noch auf die richtige Gradzahl eingestellt werden. Sherry und Whisky standen bereit, der Wein atmete in einem Dekanter und erfüllte den Raum mit fruchtigem Duft.

Auf dem Weg zur Tür warf er einen Blick in den Spiegel. Er lächelte sich Mut zu, ohne zu wissen, wozu der gut sein sollte, und öffnete die Tür.

Davor stand eine attraktive Frau, die ihn mit ebenmäßigen weißen Zähnen anstrahlte. Es war Ellen Garcia aus dem Kulturclub.

»Hallo Dean, ich hoffe, ich störe dich nicht?«

»Hallo Ellen. Ich … ähm …«

Er wandte wie im Reflex den Kopf. Sie sah an ihm vorbei durch den kurzen Flur und geradewegs auf den für zwei gedeckten Tisch, den er extra vor das große Fenster gerückt hatte.

»Oh, du erwartest Besuch. Na, ich wieder mit meinem super Timing!«, sagte sie und versuchte vergeblich, die mitgebrachte Weinflasche hinter ihrem Rücken zu verbergen.

Er wusste, dass sie viele *Übereinstimmungen* hatten, wie Brenda es nannte. Sie arbeitete in London, wenn sie nicht gerade ihren Zweitwohnsitz hier in Lyme Regis genoss, war ebenfalls geschieden, kinderlos, liebte die Beatles und schrieb in ihrer Freizeit Lyrik. Und sie hatte auf den letzten Veranstaltungen des Jurassic Coast Kulturclubs häufig seine Nähe gesucht. Sie war ausgesprochen hübsch, bei allen beliebt, klug und belesen.

Mit einem Schlag ging ihm auf, wen Brenda gemeint haben musste, als sie von jenen sprach, die *ihn im Club kennengelernt hatten und nun bedauern würden, wenn er ihre kleine Gemein-*

schaft wieder verließ. Brenda hatte dabei ganz offensichtlich nicht an Sara gedacht.

»Tja, um ehrlich zu sein ...«, begann Dean.

In diesem Augenblick röhrte ein roter Mini die Straße herunter und hielt direkt vor seinem Häuschen.

Ellen erfasste die Situation mit einem Blick, lächelte verlegen und machte sich mit einem »Bis bald mal, Dean!« aus dem Staub, als Monica gerade dem kleinen Flitzer entstieg.

Monica sah umwerfend aus, sie trug weite Shorts, die ihre langen Beine zur Geltung brachten, offene Schuhe und ein Top, bei dem Dean tatsächlich schlucken musste. Die Sonnenbräune, die der Urlaub am Meer hinterlassen hatte, stand ihr fantastisch.

»Du bist zu früh«, stellte er ironisch fest, ehe sie bemerken konnte, wie überwältigt er war.

Sie sah auf ihre Uhr. »Nein. Ich bin genau pünktlich.«

Als sie ihn ansah, musste sie lachen.

»Du Blödmann!«

Sie lachte noch, als sie eintrat. Beim Anblick des gedeckten Tisches verstummte sie jedoch augenblicklich.

»Soll ich besser schnell wieder fahren? Du musst mir nur die Papiere geben, dann bin ich weg.«

»Was?«, entschlüpfte es ihm entsetzt.

»Du bist ganz offensichtlich auf einen Abend zu zweit eingestellt. War das gerade diese Sara? Umwerfend, muss ich sagen. Du hast Geschmack.«

Sie lachte wieder. Diesmal klang es irgendwie schräg.

»Aber nein, das ... Erstens war das nicht Sara, sondern eine Bekannte aus dem Kulturclub. Und zweitens bin ich tatsächlich auf einen Abend zu zweit eingestellt. Du wirst doch nicht jetzt noch die Fahrt nach London auf dich nehmen wollen? Ich hoffe nicht, denn ich habe ein neues Rezept ausprobiert.«

Monica starrte ihn mit offenem Mund an.

»Du hast gekocht?«

»Also bitte!«, brummte Dean.

»Für mich?«

»Für uns«, korrigierte er und setzte mit einem Grinsen hinzu: »Ich kann das auch mit dem Verplanen der Zeit anderer, weißt du.«

Monica betrachtete den liebevoll gedeckten Tisch, den Ausblick auf das blau leuchtende Meer, das sich heute von seiner schönsten Seite zeigte. Dann drehte sie auf dem Absatz ihrer Sandalen um, ging in die Küche und sah in den Ofen.

»Shepherd's Pie!«, rief sie entzückt.

»Nicht ganz. Es ist eine Gemüsepie mit frischen Kräutern, ein Rezept von Sara.«

Das Strahlen auf ihrem Gesicht verschwand.

Dean dachte an ihr kurzes Gespräch bei ihrem ersten Besuch, in dem sie über Eifersucht gesprochen hatten.

Monica fuhr sich durchs kurze Haar und zerstrubbelte es dabei noch mehr.

»Wie läuft es mit ihr?«, erkundigte sie sich.

Dean zögerte kurz.

»Sie fährt übermorgen wieder nach London zurück. Um in ihrem Restaurant zu arbeiten. Und vielleicht auch, um es noch einmal mit ihrem Ex zu versuchen. Obwohl ich finde, dass er es nicht verdient hat, nachdem er sie betrogen hat.«

»Du findest, sie sollte sich lieber für dich entscheiden?«, mutmaßte Monica.

Dean hätte gern die Hand ausgestreckt und eine vorwitzige Strähne, die ihr über dem Ohr abstand, zurückgestrichen.

»Nein, tue ich nicht. Sara und ich sind uns einig, dass wir nur Freunde sein wollen. Auch wenn ich anfangs dachte, es könnte mehr aus uns werden, wie ich gern zugebe.«

»Du hast dich also wirklich ein bisschen umgesehen, wie?«, fragte sie mit erhobenen Brauen.

»Auch das geb ich gerne zu«, antwortete er lächelnd.

»Und die Frau eben an der Tür? Behauptest du gleich, dass sie auch nur eine rein platonische Freundin ist, die von dir ebenso wenig will wie du von ihr?«

Dieses Gespräch war höchst ungewöhnlich für sie. Aber Dean fand es auf erheiternde Art spannend.

»Das war Ellen. Und nein, das behaupte ich nicht. Wie gesagt, sie ist eine Bekannte aus dem Kulturclub«, sagte er mit einer kleinen Kunstpause. »Und ich könnte mir vorstellen, dass du sie durch dein Auftauchen gerade um ihre ganz persönliche Planung eines romantischen Abends gebracht hast.«

Monicas blitzende Augen verengten sich zu Schlitzen. Dann sanken ihre Schultern, und sie wandte sich ab.

»Wusste ich es doch, als ich euch da so stehen sah.«

Dean genoss den Moment für ein paar Sekunden, dann klärte er sie auf: »Wenn du ihre Pläne nicht zerstört hättest, hätte ich es wohl tun müssen. Denn leider bin ich auf diese Weise nicht an ihr interessiert.«

Sie drehte sich nicht um. Er konnte ihrem braun gebrannten Nacken, den feinen Härchen dort, ihrem Rücken, der Haltung ihres Kopfes allerdings ansehen, dass sie ihm sehr aufmerksam zuhörte.

Hätte sie ihn angesehen, wäre es ihm wahrscheinlich nicht über die Lippen gekommen. Er hätte den Spott in ihren Augen gefürchtet – und das Bedauern.

Aber so sagte er leise: »Wenn ich da unten auf der Hafenmauer stehe und aufs Meer sehe, dann denke ich an keine neue Geschichte, an keinen Abgabetermin oder Ärger mit dem Verlag wegen eines verhunzten Covers. Ich denke nicht an Sara oder an Ellen oder an anderweitige neue Bekanntschaften. Das Einzige, woran ich die letzten zwei Wochen gedacht habe, wenn ich dort stand … warst du.«

Er konnte sie tief und schnell atmen sehen.

»Ich habe gemerkt, dass ich noch nicht bereit für irgendetwas

Neues bin«, fuhr er fort, holte tief Luft und sagte es: »Weil ich dich immer noch liebe, Mon.«

So hatte er sie früher genannt, in ihren intimen Momenten.

Ihr Name, auf diese Weise abgekürzt, schien sie zu elektrisieren. Sie drehte sich herum, und für einen winzigen Moment spürte Dean ein wohliges Erschrecken über den Ausdruck auf ihrem Gesicht.

Dann schlang er bereits die Arme um sie und zog sie an sich. Sie prallten geradezu aufeinander. Ihre Lippen fanden sich gierig, und Monica stieß ein Seufzen aus, das ihn rasend machte. Ihre Hände, seine Hände, Kleidungsstücke, Haut, so weich, so vertraut, so vermisst. Kurz nur, ganz kurz, kam der Autor in ihm durch, und er fragte sich für den Bruchteil einer Sekunde, ob diese kleine Küche in dem idyllischen Ferienhaus so etwas wohl schon erlebt hatte. Dann dachte er nicht mehr viel.

Später – nach Stationen auf dem Küchenboden und dem Sofa waren sie schließlich im Bett gelandet – spürte er diese gewisse Müdigkeit, doch sein Kopf hatte sich eingeschaltet und ließ ihn nicht einschlafen.

»Was bedeutet das hier, Mon?«, fragte er sie.

Ihr nackter Körper neben seinem war auf aufregende Weise vertraut, aber auch fremd, als habe er eine Entwicklung durchgemacht, die Dean nicht wahrgenommen hatte.

»Ich meine, war das jetzt … na ja, ein Abschied?«

Er war froh, dass sie den Arm, der gerade noch über seiner Brust gelegen hatte, fortgenommen hatte. Vielleicht würde sie seinen raschen Herzschlag so nicht spüren, der seine Angst verriet. Die Angst, die nach dem Fieber der plötzlich entfachten Leidenschaft unter seiner Haut herumkroch.

Monica reckte sich behaglich auf dem Kissen und blinzelte zu ihm hin.

»Hat es sich für dich so angefühlt?«, erwiderte sie nachdenklich.

»Nein«, sagte er und setzte ein wenig verwundert hinzu: »Es fühlte sich eher an wie ein Beginn …«

Da drehte sie sich auf der Matratze zu ihm und schlang den Arm erneut um ihn.

»Kommst du spätestens nächstes Jahr wieder mit mir hierher? Ans Meer? Nach Lyme Regis? Oder lässt dir von mir Dorset zeigen? Oder Cornwall?«

Er musste schmunzeln, während sein Herz sich vor Rührung zusammenzog. Es sah ihr ähnlich, auf diese Weise zu erklären, wonach ihr der Sinn stand.

»Das wäre die einzige Bedingung gewesen, die ich habe.«

»In Ordnung«, flüsterte sie und ließ ihre Finger über seine nackte Brust tanzen. »So, und jetzt will ich unbedingt etwas herausfinden …«

»Oh, Mon, ich weiß nicht, ob ich jetzt gerade noch mal …«

»Eitler Pfau«, sagte sie und grinste breit. »Das meine ich nicht. Ich will rausfinden, ob du wirklich kochen kannst. Wie lange braucht diese Pie, wenn wir den Ofen jetzt anschmeißen? Ich verhungere nämlich gleich!«

Harry

Seit der Holzklotz weg ist, hätten wir doch eigentlich wieder zum üblichen Tagesablauf übergehen können: Frühstück am Morgen, mit den Welpen herumtollen und ihnen zeigen, wie man am besten buddelt, ein bisschen am Zaun bellen, langer Spaziergang mit der Chefin und John.

Aber irgendwas ist verdammt komisch seitdem.

Ich habe ein ganz dummes Gefühl, was diese Koffer angeht, die da in Saras Zimmer stehen. Zwei Stück sind es. Und darin liegen alle ihre Sachen, die sie mitgebracht hat, als sie vor ein paar Wochen hier angekommen ist. Und noch ein paar, die sie hier gekauft hat.

Koffer im Zimmer der Chefin bedeuten, dass wir alle zusammen auf eine Reise gehen. Vielleicht zu einer Show, auf der ich zeigen kann, dass ich immer noch der Beste im Ring bin.

Aber Koffer in Saras Zimmer … Nein, das gefällt mir ganz und gar nicht. Besser, ich lass sie nicht mehr aus den Augen!

23. Colin

Colin trabte die Silver Street hinauf. Inzwischen hatte er Gefallen am morgendlichen Joggen gefunden.

Wenn er dabei einen kleinen Umweg durch den Ort machte, konnte er eine Zeitung mitnehmen. Vielleicht gab es interessante Inserate, in denen jemand eine umgebaute Scheune zu mieten wünschte.

Mit der eingerollten Zeitung in der Hand kam er am Gemüseladen vorbei, vor dem Alice gerade dabei war, die Ware auf den Verkaufsständern zu drapieren.

»Morgen!«, grüßte sie ihn mit ihrem breiten Lächeln im dunklen Gesicht. »Du bist ja auch schon so früh unterwegs.«

»Guten Morgen! Was heißt denn ›auch‹?«

War Sara vielleicht bereits auf Einkaufstour?

»Dean Felton war gerade hier«, erzählte Alice.

An den hatte er nun nicht gedacht. Und er war auch nicht scharf darauf, von diesem Londoner zu hören, der eine Art Anrecht auf lange Spaziergänge mit Sara zu haben schien.

Alice zwinkerte ihm zu. »Mit seiner Frau.«

Colin stutzte.

»Seiner …?«

»Sieht so aus, als wollten die beiden sich doch nicht scheiden lassen. Wirkten jedenfalls wie frisch verliebt.«

Colin hatte sich bisher keine Gedanken um Dean Feltons zerrüttete Ehe gemacht. Dean hatte die Tatsache, dass er mitten in der Scheidung steckte, nur einmal erwähnt, als sie mit dem Kulturclub diesen Museumsbesuch gemacht hatten. Und Brenda war viel zu verschwiegen, was ihre Kunden anging, und hätte ihm sicher nicht mehr dazu erzählt.

Aus irgendeinem Grund fühlte Colin sich plötzlich ein wenig leichter. Vielleicht zeigte das Laufen bereits Wirkung. Seine Lungen füllten sich mit jeder Menge erfrischender Morgenluft.

»Die beiden wollten noch hoch zu Sara, um sich zu verabschieden«, sagte Alice.

»Ach, dann fahren sie gemeinsam nach London zurück?«

Der Tag schien noch schöner und strahlender zu werden als der gestrige.

»Nein, die beiden nicht. Wollen wohl noch ein paar Tage zusammen hierbleiben.« Alice hielt inne und sah ihn von der Seite an. »Weißt du es etwa noch nicht?«

»Was denn?«

Sollte er ein paar Pfirsiche mitnehmen? Die sahen toll aus.

»Sara reist morgen wieder ab.«

Colin betrachtete weiter die Pfirsiche.

Alice winkte einer Kundin auf der anderen Straßenseite zu. »Morgen Mrs Wilson! Was macht die Hüfte?«

Die alte Dame rief etwas herüber.

Alice lachte.

Dann wandte sie sich ihm wieder zu. »Ein paar Pfirsiche, Colin?«

»Wie? Oh nein, danke. Ich muss weiter.«

Er hob grüßend die Zeitung und sah zu, dass er wegkam.

Er lief schneller als sonst, atmete nicht richtig, bekam Seitenstechen. Das war ihm schon seit Langem nicht mehr passiert. Zusammengekrümmt erreichte er den Hof und schleppte sich keuchend zur Wohnungstür. In der Diele versuchte er, seinen Puls zu beruhigen.

Als er wieder ohne Schmerzen atmen konnte, ging er ins Bad, stieg aus den Joggingsachen und drehte die Dusche auf. Er ließ das heiße Wasser seinen Körper hinabrinnen und versuchte, nicht zu denken. Oder zu fühlen.

Nachdem er sich abgetrocknet hatte, zog er seine Arbeitskleidung an, mixte sich einen Shake, trank einen Schluck und ließ den Rest stehen.

Gregory und Tom waren bereits in der Halle bei der Arbeit und füllten das Malzschrot aus dem Grist Hopper in die Maischmaschine, wo das Schrot mit heißem Wasser gemischt wurde. Er gesellte sich zu ihnen, und sie arbeiteten in gewohntem Schweigen.

»Willst du nicht langsam mal rübergehen, Colin?«, fragte Tom mit Blick auf die Uhr, als es auf die Mittagszeit zuging.

»Wieso?«

Tom wirkte leicht verunsichert.

»Kommt heute nicht der Vertreter, den du bestellt hast?«

Nun sah auch Colin auf die Uhr.

»Verdammt! Ja. Bis später!«

Er rannte durch die Halle und hinüber zum Laden.

Vom Wagen des Vertreters war weit und breit nichts zu sehen.

Dafür stand Stans Lieferwagen vor der Scheune. Pauline und er schienen beim Einladen der letzten Kartons gerade eine Pause einzulegen, denn sie standen zwischen Scheune und Wagen und redeten mit jemandem, den Colin nicht sehen konnte.

Als er um den Wagen herumging, wandten sich ihm drei Gesichter zu.

Die Dritte im Bunde war Sara. Und sie hatte Harry dabei.

Der kleine Kerl kläffte kurz auf und stürzte sich dann auf Colin, um ihn wild wedelnd zu begrüßen.

Er beugte sich hinunter und streichelte seinen neuen Freund, der sich seit dem Abenteuer im Steilhang ihm gegenüber so ganz anders benahm, fast, als seien sie nun beste Freunde.

»Heute nur in Begleitung *eines* Corgis?«, fragte Colin, froh, auf diese Weise um eine wie auch immer geartete Begrüßung herumzukommen.

Sie würde abreisen. Morgen.

»Ja, ich hab mich auch gewundert. Die Mädels sind alle mit

Marjorie und John zu einem langen Strandspaziergang losgezogen. Aber er wollte unbedingt bei mir bleiben.«

Der Blick aus den intensiv grünen Augen brannte eine Spur in ihn hinein.

»Hast du ein paar Minuten für mich?«

»Sicher. Komm doch mit ins Haus.«

Er konnte sich regelrecht dabei zusehen, wie er in Richtung seiner Wohnung deutete. Als stände er neben sich und nähme nur ein wenig Anteil an dem, was geschah.

»Ähm … Pauline? Stan? Seid ihr gleich noch hier?«

»Natürlich. Wir wollen uns noch richtig verabschieden«, sagte Pauline.

»Alles Gute!«, sagte Sara mit einem freundlichen Lächeln zu den beiden.

»Für dich auch!«, erwiderten Stan und Pauline wie aus einem Mund.

Dann gingen Colin und Sara zur Haustür hinüber. Als er sie öffnete, erinnerte er sich schlagartig an das erste und einzige Mal, als Sara hier gewesen war. Der Abend, an dem Lenox Brenda und ihn des Betrugs bezichtigt hatte, der Abend, an dem Harry verschwunden war, der Abend vor der Nacht in der alten Fischerhütte.

»Geh schon mal ins Wohnzimmer. Etwas zu trinken?«

»Ein Wasser wäre gut. Und hast du auch was für Harry?«

»Natürlich.«

In seiner kleinen Küche räumte er rasch den Shake weg und den Mixer in die Spüle, nahm zwei Gläser und eine Karaffe mit Wasser und klemmte sich ein Tupperschälchen unter den Arm.

Sara hatte sich auf dem Sofa niedergelassen, und Harry saß so brav neben ihren Füßen, dass man ihm nie im Leben zugetraut hätte, einfach abzuhauen und sie alle in Angst und Schrecken zu versetzen.

Colin setzte sich neben Sara, stellte das Schälchen vor dem

Hund ab und schenkte ihm ein. Harry senkte den Kopf und schlabberte höflich ein wenig Wasser auf.

Sara nahm ihr gefülltes Glas, trank aber nicht.

»Dean und Monica waren heute Morgen bei mir. Offenbar hat mein Rezept Wunder gewirkt.«

»Ja, Alice hat so etwas erwähnt. Es gibt also keine Scheidung, wie?«, antwortete Colin.

»Sieht so aus. Sie wirkten sehr … einfach happy.«

Sara lächelte versonnen. Es sah so aus, als gönne sie Dean und seiner Frau ihre zweite Chance von Herzen.

»Scheint die Zeit der Versöhnung zu sein«, hörte Colin sich sagen.

Klang seine Stimme immer so seltsam? So rau?

»Wieso?«

Sara strich ihr rotblondes Haar zurück. Auf der Sonnenbräune, die sie hier am Meer gewonnen hatte, tanzten Sommersprossen rund um ihre Nase.

»Na ja, Dean und seine Frau, Marjorie und John …«

»Ach so … ja, stimmt. Scheint so.«

Einen Moment lang sahen sie einander an, wie sie es unten in der Fischerhütte getan hatten.

Dann ging ein Ruck durch Sara, und auf ihrer Miene erschien ein breites Lächeln.

»Vor zwei Stunden hat Victor mich angerufen. Rate mal!«

Er hat gesagt, dass du zurückkommen sollst, lag es Colin auf der Zunge. *Vielleicht hat er dich gebeten, ihn zu heiraten. Er will dich Lyme Regis wieder wegnehmen.*

Sein Blick fiel auf den kleinen Hund, der sich im Liegen an Saras Bein schmiegte und ihn mit braunen Augen aufmerksam beobachtete – als wisse er genau, was Colin dachte, und sei genau seiner Meinung.

Gott sei Dank hatte Colin seine Gedanken nicht ausgesprochen, denn Sara platzte heraus: »Dein Whisky kommt super an!

Victor hat zwar erst geschafft, die Proben bei den Läden in London zu verteilen, aber das sind immerhin acht! Und sie alle wollen deinen Whisky für ihre Restaurants!«

Sie strahlte ihn so begeistert an, dass sie ihn mit einem Schlag aus seiner Lähmung aufrüttelte.

»Wow!«, sagte er. »Das sind ja großartige Neuigkeiten. Acht …?«

»Darunter auch das *Parkscene*! Sie faxen dir alle noch heute ihre Bestellungen, und das werden sicherlich keine kleinen Mengen sein. Colin, weißt du, was das bedeutet?«

Tatsächlich kam die Botschaft nun langsam bei ihm an.

Acht gehobene Restaurants in London wollten seinen Whisky ordern! Sie wollten seine Produkte auf ihre Karten nehmen, vielleicht sogar als besondere Spezialität präsentieren!

Sein Blick fiel aus dem Fenster hinüber zur Halle, in der Tom und Gregory gerade sorgfältig ihre Arbeit taten.

Vielleicht würden die Flaschen, die sie gleich abfüllen würden, ihre Abnehmer in London finden? Serviert zu exquisiten Gerichten, von Sterne-Köchen zubereitet, die in der ganzen Stadt und darüber hinaus bekannt waren.

»Es bedeutet, dass ich die Destillerie wohl werde weiterführen können«, sagte er leise.

Da war ein Zittern in seinem Bauch. Aufregung? Freude?

»Sara, das ist ja …«

Er wollte ihre Hand nehmen. Doch hier, in seinem gewohnten Umfeld, überkam ihn die ebenfalls vertraute Scheu.

»Ich wusste, dass du dich freust!«

Nicht nur ihre Augen, die ganze Sara leuchtete.

»Das ist ein wirklich schönes … Abschiedsgeschenk«, sagte Colin.

Sara stutzte. Dann schüttelte sie schmunzelnd den Kopf.

»Ich hätte mir denken können, dass du es schon weißt. Alice, wie? Ja, ich gehe zurück. Das *Rosmary* wartet auf mich. Meine Arbeit dort.«

Mit keinem Wort erwähnte sie Victor. Aber das brauchte sie auch nicht. Er war ihr Geschäftspartner, mit dem sie den großen Traum ihres Lebens teilte. Und die Wohnung.

Für eine kleine Weile blieb es still zwischen ihnen.

Harry setzte sich auf und winselte leise.

»Du könntest dir auch nicht vorstellen, ohne all das hier zu leben, oder?«, fragte Sara und deutete mit dem Kopf zum Fenster.

»Nein.«

»Ich wusste, dass du es am besten von allen verstehst.«

Ihre leise Stimme klang beinahe so, als wolle sie ihn um Entschuldigung bitten.

»Heute Abend werde ich etwas ganz Besonderes kochen. Marjorie und John werden natürlich da sein. Und ich dachte, du hättest vielleicht auch Lust zu kommen? Eine Art Abschiedsdinner. Oder findest du das zu … rührselig?«

Ihr schiefes Lächeln. Die Bitte in ihren grünen Augen.

Plötzlich schienen ihm die etlichen Male, an denen sie gemeinsam auf Marjories Terrasse gegessen, erzählt und gelacht hatten, wie eine Aneinanderreihung von Abschiedsdinnern. Als hätten alle nur auf dieses letzte hingewiesen.

Der Gedanke war ihm so unangenehm, dass er spontan sagte: »Tut mir leid. Heute kann ich nicht.«

Und es im nächsten Augenblick schon bereute.

Sara nickte rasch und stand auf. Harry sprang neben sie, als befürchtete er, sie könnte sonst ohne ihn gehen.

»Es ist ja kein richtiger Abschied, oder? Ich komme auf jeden Fall wieder. Der nächste Urlaub ist quasi schon in Sicht. Und natürlich bin ich zur Hochzeit da«, sagte sie betont munter.

»Klar«, antwortete er mit dieser seltsam fremden Stimme.

Sie hob die Hand, zögerte kurz und legte sie auf seine Schulter. »Dann sag ich erst mal auf Wiedersehen. Pass auf dich auf. Und wir bleiben in Kontakt, ja?«

»Ja, auf Wiedersehen«, erwiderte er.

Sara beugte sich vor und küsste seine Wange. Ein Hauch von Apfelduft umwehte sie, als ihre Haare seine Haut streiften.

Für einen kurzen Moment sahen sie sich in die Augen. Dann lächelten sie beide, und Sara lief leichtfüßig hinaus, dicht gefolgt von ihrem kleinen beigefarbenen Schatten.

Colin blieb noch eine Weile sitzen, starrte aus dem Fenster und versuchte zu begreifen, was in ihm vorging.

Die Destillerie war gerettet! Er konnte den Termin mit der Bank absagen. Wenn erst die Bestellungen aus London reinkamen, sähe die Zukunft rosig aus.

Irgendwann stand er auf, und da der Vertreter immer noch auf sich warten ließ, ging er hinüber in die Halle.

Als er Tom und Gregory die Neuigkeit erzählte, brachen die beiden in grölenden Jubel aus und zogen ihn mit sich. Sie stießen auf diese grandiosen Aussichten an, redeten aufgeregt durcheinander, und Colin sagte sich zwischendurch, dass er vorhin offenbar so eine Art Schock erlitten haben musste, wegen dem er sich erst gar nicht richtig hatte freuen können.

Sein Betrieb war gerettet! All seine Sorgen lösten sich in Luft auf! Er würde weiterhin seinem Traumberuf nachgehen können!

Noch lachend trat er zehn Minuten später wieder in den Hof, während Gregory und Tom sich mit doppelter Energie an ihre Arbeit begaben.

Da sah er Stan und Pauline an ihrem Umzugswagen stehen und ging zu ihnen hinüber.

Auch ihnen teilte er die gute Nachricht mit, und die beiden freuten sich von Herzen mit ihm. Besonders Stan schien um einen tonnenschweren Stein auf seiner Brust erleichtert, da er nun nicht mehr befürchten musste, mit ihrem Weggang an Colins Ruin beteiligt zu sein.

Sie umarmten sich fest, wünschten sich alles erdenklich Gute, versprachen, in Kontakt zu bleiben. Dann stiegen die beiden in den Wagen und fuhren hupend und winkend vom Hof.

Colin sah ihnen nach und dann zur Scheune, deren Tür noch nicht verschlossen war.

Er ging hinein und sah sich um. Ohne die hübschen Regale und die bunten Keramiken darin wirkte der Raum groß und leer. Dennoch herrschte eine wunderschöne, einnehmende Atmosphäre, die durch die hohen Deckenbalken und das durch die alten Fenster hereinströmende Licht entstand.

Den abgetrennten Bereich hinten hatten die beiden Schotten nur als kleine Teeküche benutzt, obwohl dort von Wasser bis Starkstrom alle Anschlüsse zur Verfügung standen. Als Colin die Scheune damals ausgebaut hatte, hatte er noch nicht gewusst, was daraus einmal werden sollte, und so hatte er für alles vorgesorgt.

Jetzt, da die Bestellungen der Restaurants ins Haus standen, war er auf die Einkünfte aus der Vermietung zwar nicht mehr angewiesen, aber wer wusste schon, wie es sich entwickeln würde?

Während er das alles ansah, war es, als wolle etwas mit Gewalt in sein Bewusstsein dringen. Sosehr er sich jedoch bemühte, den Gedanken zu heben – er blieb ihm verborgen.

Harry

Hab ich es mir doch gedacht!

Diese Koffer in Saras Zimmer bedeuten tatsächlich das Schlimmste, was ein Corgi in meiner Lage nur erwarten kann: Sara will uns, will mich *wieder verlassen!*

Den ganzen Tag bin ich mit ihr durch den Ort gelaufen, und überall hat sie sich verabschiedet.

Aber ich wäre nicht ein zweifach prämierter Champion-Rüde, ich wäre kein Corgi aus der besten Zucht Englands, wenn ich das so einfach zulassen würde.

Ich muss mir etwas einfallen lassen!

Ich muss sie daran hindern, ihre Koffer zu nehmen und einfach wieder aus unserem Leben zu verschwinden.

Denn Sara, dass das mal klar ist, Sara gehört zu uns.

Sie gehört hierher, nach Lyme Regis!

24. Sara

So einen Traum hatte sie schon lange nicht mehr gehabt. Vielleicht als Teenager, als sie herzerweichend schmerzvoll in ihren Musiklehrer verknallt gewesen war. Irgendetwas hatte sich an diesem Traum ganz besonders angefühlt. Verwegen und vorsichtig. Zugleich gnadenlos tief und hoffnungsvoll warm. Er war ihr regelrecht unter die Haut gegangen. Sie hing dem Traum nach und erinnerte sich an Küsse, an Hände auf ihrer Haut, an dunkle Augen, die mit so viel Zärtlichkeit in ihre blickten …

Dunkle Augen.

Sara blinzelte verwirrt und drehte sich unter der leichten Decke auf die Seite, um zum Fenster hinauszusehen.

Gestern Abend, nach dem ausgiebigen Dinner mit Marjorie und John, hatte sie die Vorhänge mit Absicht nicht zugezogen. Sie wollte beim Aufwachen am Morgen diesen Ausblick genießen.

Vom Bett aus konnte sie nicht hinunter zum Meer sehen, doch der Himmel darüber versprach einen schönen Tag. Sie sah ein paar Wolken durch das Blau segeln. Ein paar Blüten der Rambler-Rose, die sich diese Seite des Cottage bis zum Giebel hinauf erobert hatte, winkten zu ihr herein. Sara spürte ein leichtes Lächeln auf ihren Lippen, so wohlig angenehm fühlte sie sich.

Dann glitt ihr Blick durchs Zimmer, das so ungewohnt aufgeräumt wirkte, und fiel auf die beiden Koffer, die neben der Kommode standen.

Es war ihr Abreisetag.

Einen Moment schloss sie noch einmal die Augen. Die schönen Traumbilder wollten allerdings ebenso wenig zurückkommen wie das Lächeln.

Also stand sie auf und öffnete die Zimmertür, um ins Bad zu gehen.

»Harry! Du hast doch nicht etwa die ganze Nacht hier gelegen?«

Der kleine Rüde streckte sich und wedelte sie fröhlich an.

»Hat er!«, rief Marjorie von unten.

Sie kam mit einem Tablett aus der Küche, auf dem sich Frühstückssachen türmten. Kaffeeduft zog durchs Cottage.

»Und du machst Frühstück für uns?«

Sara beugte sich über das Geländer, und ihre Tante zwinkerte ihr von unten zu.

»Du hast mich einen Monat lang verwöhnt. Zum Abschied bist du mal dran. Wenn du fertig bist, kannst du einfach runterkommen. Ich hab alles vorbereitet.«

Damit eilte sie weiter Richtung Terrasse.

Nun musste Sara doch wieder lächeln. Sie kraulte Harry kurz die Ohren, der sie glücklich anhechelte, und enterte dann das Bad.

Nach dem Duschen schlüpfte sie in ihre Leinenhose und eine ärmellose, feine Bluse. Beides hatte sie in den vier Wochen hier nicht ein einziges Mal getragen. Gestern Abend hatte sie die Sachen rausgelegt, weil sie sich überlegt hatte, dass die Kleidung zu ihrer Rückkehr nach London passen würde.

»Da werden deinem Victor aber die Augen aus dem Kopf fallen«, sagte Marjorie, als sie am Frühstückstisch auf der Terrasse erschien.

»Er wird im *Rosmary* sein. Ich hab ihm nicht gesagt, dass ich heute ankomme.«

Marjorie musterte sie kurz.

Eine Weile war es still am Tisch.

»Wollte John gestern nicht hier übernachten?«, erkundigte Sara sich.

Die Stimmung war ein wenig gedrückt. Über John und die bevorstehende Hochzeit zu sprechen hatte Marjorie in den letzten Tagen stets ein Lächeln aufs Gesicht gezaubert.

»Nein. Wir fanden, dass dieser Morgen ganz uns beiden gehören sollte, dir und mir«, antwortete Marjorie.

Neben dem Tisch winselte Harry, und wie zur Begleitung klopften Lizzy und Di mit den Schwänzen gegen das Holz der Rankhilfen für die Clematis, vor denen sie es sich bequem gemacht hatten.

»Und euch Corgis natürlich!«, versicherte Sara ihnen.

»Warum hast du Victor nicht gesagt, dass du heute zurückkommst? Meinst du nicht, er würde sich freuen?«

Sara nahm einen Schluck Kaffee.

»Schätze schon. Aber ich weiß nicht, ob eine Willkommensszene auf dem Bahnsteig von Waterloo Station nicht mehr wäre, als ich bereits verkraften kann.«

Ihre Tante nickte nachdenklich. Wieder dieser Blick. Ihre seegrünen Augen waren Saras so ähnlich. Sie fühlte sich von ihnen durchdrungen, als könne Marjorie etwas sehen, das ihr selbst noch verschlossen war.

»Beim Verzeihen kann man keine halben Sachen machen. Das habe ich jetzt wirklich begriffen«, sagte Marjorie. »Es braucht allerdings jede Menge Mut. Wie immer im Leben, wenn man etwas hinter sich lassen und etwas Neues beginnen will.«

»Oh, ich hab ihm verziehen«, entschlüpfte es Sara, ehe sie genau darüber nachdenken konnte, und sie stellte verwundert fest, dass es tatsächlich der Wahrheit entsprach. »Aber was passiert ist, hat einen Grund, nicht wahr? Victor ist nicht der Typ, der durch die Betten tourt. Etwas zwischen uns muss ganz und gar nicht gestimmt haben. Ist doch so?«

Marjorie hob die Schultern und sah sie weiter aufmerksam an.

»Und du willst rausfinden, ob ihr es wieder hinbekommt?«

Sara wollte sagen, dass sie genau das vorhatte. Es fühlte sich indes seltsam an. Der Traum der frühen Morgenstunden fiel ihr wieder ein.

Und so schwieg sie.

»Das *Rosmary* wartet jedenfalls auf dich!«, stellte Marjorie schließlich fest.

»Ja!«

Sara war ihr für den Themenwechsel dankbar. Und so erzählte sie, dass sie Ideen für ein paar neue Gerichte auf der Karte ausgearbeitet hatte. Spezialitäten, die sicherlich bald für Aufsehen in der Londoner Gastronomie sorgen würden.

»Eine Whisky-Soße?«, hakte Marjorie mit interessiertem Glitzern in den Augen nach.

»Wieso nicht? Es gibt Sous Chefs, die …« Sie erklärte, an wessen hoch gelobten Speisen und Rezepten sie sich orientiert hatte.

Merkwürdigerweise schienen Marjorie ihre Ausführungen nicht so sehr zu interessieren, wie man nach ihrem Aufhorchen hätte meinen können.

Irgendwann sah ihre Tante sogar auf die Uhr und sagte: »Ich will dich natürlich nicht drängeln, aber in einer Viertelstunde kommt dein Taxi.«

Und so beendeten sie ihr letztes gemeinsames Frühstück in Ivy Cottage.

Marjorie wollte allein abräumen und scheuchte Sara weg, um die letzten Handgriffe vor ihrer Abreise zu erledigen.

Harry begleitete Sara hinauf und sah mit seinen braunen Hundeaugen dabei zu, wie sie einen der Koffer noch einmal öffnete, um ihre Badsachen darin zu verstauen. Und er stand neben ihr, als sie die Koffer bereits zur Tür hinausgeschafft hatte und sich nun in dem gemütlichen Zimmer ein letztes Mal umsah.

Das Rosmary *wartet auf dich*, hatte Marjorie ganz richtig gesagt. Und trotzdem war ihr Herz plötzlich schwer.

Harry schien es zu spüren, denn er winselte leise und pfötelte an ihr Schienbein. Sie hockte sich zu ihm.

»Hör zu, mein Freund«, raunte Sara ihm leise zu. »Du passt hier gut auf alles auf, verstanden? Dein Frauchen soll immer glücklich sein, kapiert? Und achte darauf, dass Lizzy sich auf den Klippen nicht überanstrengt, sie ist ein altes Mädel, klar? Hör auch mal auf die Mädels. Es sind kluge Hündinnen und würden bestimmt nicht auf die Idee kommen, bei Sturm in einem Steilhang herumzuklettern. Achte auf sie alle, ja? Versuch, sie glücklich zu machen!«

Harry gab einen kläglichen kleinen Jauler von sich, der klang, als wolle er »Und du?« sagen.

Oh Gott, jetzt redete sie sich schon ein, der Hund würde mit ihr sprechen. Rasch erhob sich Sara und strich ihre Hose glatt. Zeit, dass sie sich der Realität stellte.

Sie trug die Koffer hinunter und wollte sie gerade ans Gartentor stellen, als John plötzlich in der Tür auftauchte.

»Lass mich das machen«, sagte er und nahm ihr die Koffer ab.

»Wie schön, dass du zum Abschied noch mal hergekommen bist.«

Sara freute sich wirklich. Denn mittlerweile fürchtete sie den Augenblick, in dem sie im Taxi davonfahren und im Rückfenster ihre Tante am Gartenzaun immer kleiner werden sehen würde.

Auch Marjorie konnte ihre Erleichterung darüber kaum verbergen, nicht allein zurückbleiben zu müssen.

Sie standen zu dritt innen hinter dem Gartentor und sprachen Belangloses – über das Wetter, die nächste Veranstaltung des Kulturclubs –, während sie auf das Taxi warteten.

Sara ertappte sich dabei, wie sie immer wieder die schmale Straße hinuntersah, als erwarte sie irgendjemanden.

Völliger Unsinn. Schließlich hatte sie sich von all ihren Freunden im Ort schon gestern verabschiedet.

Als das Taxi dann erschien und der Fahrer den Kofferraum öffnete, spürte sie in ihrer Kehle einen Kloß wachsen.

»Okay, passt auf, wir machen jetzt keine große Verabschiedungsszene, ja?!«, bat sie Marjorie und John und drückte sie beide rasch an sich. »Wir sehen uns schon bald bei eurer Hochzeit wieder. Und Telefon gibt es auch. Ich melde mich, sobald ich … angekommen bin.«

Zuhause, hatte sie sagen wollen. Doch das Wort war ihr nicht über die Lippen gekommen.

Marjorie, deren Augen verdächtig schimmerten, drückte ein letztes Mal fest ihre Hand und gab ihr dann einen kleinen Stups.

»Denk an das, was ich dir beim Frühstück gesagt habe: Mut!«, sagte sie.

»Alles klar, Chefin!«, antwortete Sara und versuchte ein Lächeln. Es geriet allerdings ziemlich schief.

Hinter dem Gartentor quietschten und fiepten die Corgis. Sara sah kurz zu ihnen hinüber. Sie hatte sich gebührend von jedem einzelnen verabschiedet. Wenn sie jetzt noch einmal zu ihnen gehen würde, könnte sie die Tränen nicht länger zurückhalten. Was wäre das für ein Zeichen? Für die Zukunft und das, was in London auf sie wartete?

»Wiedersehen, ihr Süßen!«, rief sie also nur.

Einer der Hunde steigerte sein Winseln zu einem infernalischen Geheul. Sara hatte den Verdacht, dass es Harry war.

»Jetzt aber schnell!«, sagte sie zu Marjorie und sprang in den Wagen.

»Zum Bahnhof in Axminster, bitte«, nannte sie dem Fahrer ihr Ziel.

Durch das geschlossene Fenster konnte Sara die Hunde jaulen hören, besonders diese eine Stimme.

»Fahren Sie besser schnell los«, presste sie an dem Kloß in ihrem Hals vorbei.

Er nickte, und schon waren sie auf dem Weg.

Nach hundert Metern wagte Sara es und drehte sich auf dem Sitz herum, um durch die Heckscheibe einen letzten Blick auf ihre

Tante und John, Ivy Cottage und das dahinter schimmernde Meer zu werfen.

Und genau dies war der Augenblick, in dem über die kleine Gartenpforte plötzlich etwas Beigefarbenes mit ziemlich großen Ohren geflogen kam.

»Harry!«, keuchte Sara erschrocken auf.

Sie sah, wie Marjorie und John versuchten, den Ausreißer zu fassen, ihn aber um Haaresbreite verfehlten, weil er geschickt Haken schlug. Und dann wetzte der Kerl mit hohem, lautem Bellen hinter dem Wagen her.

»Geben Sie Gas!«, rief Sara und deutete nach vorn.

Der Mann tat, wie ihm geheißen. Der Wagen beschleunigte. Und so schnell ein Corgi auch sein mochte, mit der Geschwindigkeit eines Autos konnte er natürlich nicht mithalten. Doch es wäre nicht Harry gewesen, wenn er aufgegeben hätte. Er rannte so schnell, wie seine kleinen Beine ihn nur trugen, weit hinter ihm Marjorie und John, die ihnen ebenfalls schreiend und winkend folgten.

»Da kommt Gegenverkehr«, wies der Fahrer sie auf ein entgegenkommendes Auto hin.

»Halten Sie!«, kreischte Sara, der plötzlich die Vision vom überfahrenen Harry im Straßengraben kam.

Er trat in die Bremsen, und Sara fiel regelrecht aus dem Wagen. Ihre Tasche schlackerte an ihrer Seite, als sie die Straße zurücklief, Harry entgegen, der mit weit aus dem Maul hängender Zunge immer noch auf sie zurannte.

Der Fahrer des anderen Wagens hatte den kleinen Hund registriert, verlangsamte, machte einen Bogen und fuhr weiter.

Sara ging auf die Knie, und Harry flog regelrecht in ihre Arme.

Der kleine Kerl war so außer Atem, dass er am ganzen Körper bebte. Trotzdem versuchte er, Saras Gesicht zu lecken, und stieß abgehackte kleine Winsellaute aus.

Sara streichelte ihn und redete beruhigend auf ihn ein, stellte aber fest, dass ihre Stimme versagte und Tränen ihre Wangen hinabrannen.

»Himmel … noch mal …«, rief John, der neben Marjorie herangekeucht kam. »Was war das denn?«

Als Sara den Kopf hob, war da noch jemand. Jemand in Arbeitskleidung und Sicherheitsschuhen, wie man sie tragen sollte, wenn man zum Beispiel in einer Whisky-Destillerie arbeitete. Und dieser Jemand rannte ebenfalls den Hügel herauf auf sie zu.

Sara sah ihm entgegen und konnte das Gefühl nicht greifen, das sie plötzlich so heftig erfasste.

»Harry!«, japste Marjorie, die als Erste bei ihnen ankam. Sie hielt sich die Seite und schüttelte ungläubig den Kopf.

Auch John sagte irgendetwas.

Aber Sara registrierte es nicht. Sie blickte an den beiden vorbei auf den Mann, der dort in raschem Trab auf sie zukam.

»Sara«, stieß er heftig atmend hervor, als er sie schließlich erreicht hatte.

»Colin, was tust du hier?«, wollte sie wissen und wischte sich durchs Gesicht, das bestimmt schrecklich verschmiert aussah.

Der Traum. Es waren diese Augen gewesen, die sie jetzt mit einer explosiven Mischung aus Furcht und wilder Entschlossenheit anblickten.

»Ich hab mir was überlegt«, schnaufte Colin und half ihr auf.

Seine Hand in ihrer Hand, an ihrem Arm.

»Die Scheune steht doch jetzt leer. Und das ist viel zu schade, denn der Raum ist sensationell. Er hat Atmosphäre, ist etwas ganz Besonderes. Die Leute würden es lieben, in so einem Ambiente köstliches Essen genießen zu können. Im hinteren Teil liegen sogar schon alle Anschlüsse, die man bräuchte, wenn man dort eine professionelle Küche einrichten wollte.« Er atmete tief ein und wieder aus. »Willst du dort ein Restaurant eröffnen? Ich würde alles so umbauen, wie du es brauchst. Im Sommer könntest du Tische in den Hof stellen. Es wäre wahrscheinlich das beste und gefragteste Lokal an der ganzen Jurassic Coast.« Er nahm ihre Hand. Wieder. Hielt sie fest. »Du musst nicht wegfahren, Sara, nur weil du kochen willst. Hier ist alles … alles, was du brauchst.«

Sie nahm Marjories Gesicht wahr, irgendwo. Und auch John, der Harry auf dem Arm hielt und verwirrt von einem zum anderen sah.

Aber im Grunde gab es gerade nichts anderes als Colins Augen, die in ihre blickten.

Sie öffnete den Mund. Und schloss ihn wieder.

»Victor …«, brachte sie schließlich heraus.

Er unterbrach sie, als könne er es nicht ertragen, diesen Namen hier und jetzt zu hören.

»Geh nicht zurück zu ihm, Sara!«, brach es aus ihm heraus. »Geh nicht. Bleib hier. Bleib … bei mir. Sara.«

Aus irgendeinem Grund dachte sie daran, wie sie sich das erste Mal begegnet waren und sie ihn für unnahbar und wortkarg gehalten hatte, ein eher unfreundlicher Einheimischer.

Er hat das Herz am rechten Fleck, hatte Marjorie damals gesagt.

Genau der Fleck, an dem offenbar sie ihren Platz gefunden hatte.

Colin hielt ebenso die Luft an wie Marjorie und John, das konnte sie spüren.

»Was ist denn jetzt mit der Fahrt?«, mischte sich der Taxifahrer ein, der ebenfalls ausgestiegen und zu ihnen gekommen war. »Da kann ich nicht stehen bleiben.«

Sara wandte sich ihm zu.

Da war kein Zögern oder Zweifel.

Sie griff in ihre Tasche und zog ihr Portemonnaie heraus.

»Wie viel hätte die Fahrt zum Bahnhof gekostet?«, fragte sie.

Er nannte den Preis. Sie gab ihm das Geld plus ein fettes Trinkgeld.

»Ich brauche Sie nicht mehr. Wenn Sie nur die Koffer bitte wieder ausladen würden.«

Dann drehte sie sich herum, hob Colins Hand, die sie nicht losgelassen hatte, an ihre Lippen und küsste sie.

Sie hörte, wie Marjorie die Luft einsog und etwas murmelte.

Aber da hatte Colin sie bereits in seine Arme gezogen und berührte mit den Lippen ihr Haar. Ihr Haar, ihre Stirn, ihre Schläfe, ihre sommersprossige Nase, ihre Lippen.

Hier standen sie, weit über dem Meer von Lyme Regis, lagen sich in den Armen, küssten sich, und alles war mit einem Mal so leicht wie der Flügelschlag der Möwen über ihnen.

Harry

Ach, ich liebe diese Tage im Herbst!

Die Touristen mit ihren Angeber-Stadthunden ziehen sich langsam zurück, und vor uns liegt der Winter mit seinen gemütlichen Tagen vor dem Kamin und dem wilden Wind, der unten am Strand an meinen Ohren zieht.

Diesen Herbst ist natürlich alles ein wenig anders.

Dass der nette Kauz unser Gartentor um ein gutes Stück erhöht hat, ist nur Nebensache.

Viel wichtiger sind die Vorbereitungen für das große Fest, bei dem es dieses sagenhafte Büfett geben wird.

Mein Kumpel John und ich sind jetzt öfter zusammen unterwegs, um viele Kleinigkeiten für diesen tollen Tag zu erledigen. Er ist ein echter Kamerad auf Augenhöhe geworden, auch wenn sich von selbst versteht, dass ich nicht gleich angerannt komme, wenn er pfeift. Das Pfeifen werde ich ihm auch noch abgewöhnen – genau wie dem netten Kauz.

Der ist übrigens so gut gelaunt, wie ich ihn noch nie erlebt habe. Dabei hat er jede Menge Arbeit auf seinem Hof. Sara, die wirklich hohe Ansprüche hat – sonst würde sie nicht immer meine Mädels und mich für die besten Hunde der Welt erklären –, hat nämlich ihre ganz eigenen Vorstellungen, wie es da zukünftig aussehen soll. Aber das scheint dem Kauz nichts auszumachen. Er lacht und nickt und drückt sie an sich, und dann verschwinden sie wieder irgendwohin, wohin ich nicht immer folgen darf.

Und da sind diese prüfenden Blicke der Chefin, die immer mal wieder auf mir ruhen und dann zu Katy wandern.

Ich könnte mir gut vorstellen, dass die brave Katy und ich im Frühjahr noch mal Welpen haben. Vielleicht wird eins davon dann bei Sara und dem netten Kauz bleiben. Ich werde mal sehen, was ich machen kann. Denn dass ich alles machen kann, was ich nur will, hab ich ja wohl zur Genüge bewiesen.

Müsste dann aber ein Mädel sein, denn der nette Kauz ist irgendwie kein Typ für eigenständige, willensstarke Rüden wie mich.

Und wenn man mal ehrlich ist: Ich selbst bin ja auch durch keinen zu ersetzen.

Nachwort

Lyme Regis ist tatsächlich der Fundort von vielen Fossilien und die Geburts- und Wirkungsstätte von Mary Anning, einer der großen Paläontolog:innen.

Ich selbst bin schon über die kleinen Felsen am Strand ortsauswärts geklettert, habe Ammoniten und andere wunderschöne Versteinerungen auf meinem Weg entdeckt und dabei gedacht: Hier sollte mal eine meiner Geschichten spielen.

Eine Whisky-Destillerie gibt es in dem hübschen Ort an der Jurassic Coast allerdings nicht. Auch alle anderen Örtlichkeiten, wie *Fresh Alice*, und alle Figuren sind rein fiktiv.

Aber ist es nicht mehr als glaubwürdig, dass die Liebe sowohl Unterschiede als auch Missverständnisse und erst recht einen nicht gerade glanzvollen ersten Eindruck überwindet und sich ihren eigenen Platz in den Herzen sucht? Besonders, wenn Corgis im Spiel sind?!